上了贼船，下不来

shanglezeichuan, xiabulai

十月满 著

当代世界出版社

图书在版编目（CIP）数据

上了贼船，下不来 / 十月满著.-- 北京：当代世界出版社，2013.5

ISBN 978-7-5090-0889-8

Ⅰ.①上… Ⅱ.①十… Ⅲ.①长篇小说—中国—当代 Ⅳ.①I247.5

中国版本图书馆CIP数据核字（2013）第037912号

书　　名：	上了贼船，下不来
出版发行：	当代世界出版社
地　　址：	北京市复兴路4号（100860）
网　　址：	http://www.worldpress.org.cn
编务电话：	（010）83907332
发行电话：	（010）83908409
	（010）83908455
	（010）83908377
	（010）83908423（邮购）
	（010）83908410（传真）
经　　销：	新华书店
印　　刷：	北京普瑞德印刷厂
开　　本：	730mm×960mm　1/32
印　　张：	9
字　　数：	250千字
版　　次：	2013年5月第1版
印　　次：	2013年5月第1次
书　　号：	ISBN 978-7-5090-0889-8
定　　价：	25.00元

如发现印装质量问题，请与承印厂联系调换。
版权所有，翻印必究；未经许可，不得转载。

目 录
CONTENTS

第一章　女大神在线　/ 001

第二章　男大神不在线　/ 017

第三章　见父母啊　/ 042

第四章　怕冷的女人　/ 057

第五章　想赶我走？没门儿　/ 070

第六章　和谐的同居生活　/ 085

第七章　没有我你该怎么办　/ 102

第八章　为什么你是密　/ 116

第九章　我是你的唯一　/ 132

第十章　他是谁　/ 148

目录 CONTENTS

第十一章 站在我身后 / 163

第十二章 你懂我 / 181

第十三章 大神的感情归路 / 197

第十四章 卢堂兄的使命 / 208

第十五章 我爱你 / 222

第十六章 过去的回忆 / 235

第十七章 你会回来吗 / 248

第十八章 不想你离开 / 258

番外 另一个故事 / 291

第一章　女大神在线

　　凌晨2点多，窗外只有偶尔来去的车辆奔驰而过的声音，50多平方米的一室一厅房子里，只有小小的卧室里灯光明亮。从外面看，在黑乎乎的整栋大楼里显得格外显眼。

　　漆黑的夜是灵感聚集的时刻。一个消瘦的背影端坐在电脑前，噼里啪啦地在键盘上敲击。薄薄的长发凌乱地蜿蜒在腰际，略保守的睡衣睡裤皱巴巴地挂在主人身上，在灯光的照射下反射出粉红色的霓虹色彩。

　　过了许久，指尖在键盘上的舞蹈终于结束。"吱"的一声，宽大柔软的皮椅在地上被推离，划出长长的刺耳的摩擦声。

　　姚蜜言起身，踢踏着拖鞋钻进厨房打开冰箱，望着只有一碗泡面的空冰箱，长长地叹了一口气。她的表情有些哀怨：泡面都没了，明日还得出门去买。

　　无奈地掂了掂手上的泡面，她找到角落的热水壶，略微摇了摇，不错——还有点水。将泡面里的塑料叉子扔进垃圾桶，再顺手拿了一双仿紫檀筷子，姚蜜言端起泡面回到卧室里的电脑前，关掉打开着的WORD文档，切换到一直挂着角色的游戏界面。

　　画面上小巧可爱的蓝色短发小姑娘，正在自己家的后花园里辛勤地采集合成布料所需的原料，在画面的右下角，好友头像一闪一闪的，姚

蜜言点了两下，一条对话便弹了出来。

【好友】毛驴倒着跑：这么晚还在？

挑了一口泡面，她顺手打了个"嗯"字发过去，很快，那边暗着的头像又亮起。

【好友】毛驴倒着跑：你一直这么晚睡？

一直这么晚睡吗？姚蜜言偏头想了想，好像是的，自从字丰公司决定让她辞去编辑一职起，她的生活就变成这样日夜不分，昼夜颠倒了。

【好友】人生0322：对。

【好友】毛驴倒着跑：(+__+)~

对方发了个晕的表情过来，姚蜜言笑了笑，没有再回复，将游戏最小化。

她打开QQ登录上去。瞬间，数十声咳嗽响起，她皱了皱秀气的眉毛，将那些信息看也不看地忽略掉。好友名单上只有一个人，此刻已成灰色。点开名叫柳树的好友，她快速地输了一行字过去。

人生0322 02:47:06

这个文快完结了。

对方没有反应，半夜2点了，自然是该睡觉的了。姚蜜言赶紧挑了几口手上的泡面，本来就难吃，再凉下去，就真的没法吃了。正想关了QQ，她心念一动，打开了群组那一栏，刷地一声，从上排到下的无数个红色QQ群名排满了整个栏目。

【密大书友群】从1到99，每个QQ群的尾巴上都缀着的一堆数字，并且正在以几何速度狂增。姚蜜言知道，那是QQ消息的数目。看样子，跟她一样的夜猫子还是很多的呢！随便点开一个，电脑屏幕瞬间凝固，姚蜜言郁闷地动了动鼠标，不动，还是不动，她只好弃了鼠标，将剩下的泡面吃完，转身从旁边的床头拖过纸巾，胡乱地抹了抹嘴巴，再朝屏幕看去。

【群消息】鱼鱼：大家好，我是新来的。

【群消息】狼的诱惑：美女你好！

【群消息】鱼鱼：大家好，请问密大在不在？

【群消息】苹果：密大好像很少出现吧，这个时候应该不在的。

【群消息】鱼鱼：密大是男是女，大家知道吗？

【群消息】狼的诱惑：我觉得是男的，密大的文采和构思实在太牛了，我不得不佩服啊！

【群消息】爱歌*咻咻：我也觉得是男的，写得那么大气，不可能不是男的。

姚蜜言突然很郁闷，她知道自己写文很粗，也不怎么会写感情戏，但也不至于把她归结于男人的范畴吧！

【群消息】鱼鱼：嘿嘿，我要去贿赂密大让他教我写文，我现在在女频写小说喔，可是人家编辑都说我人气不足，不跟我签约。

【群消息】狼的诱惑：鱼鱼也是作者啊，我也是，写过3本签约小说了，可是没一本比得上密大，估计我再写300本也赶不上他，唉！

【群消息】鱼鱼：好崇拜密大啊！写文棒，脾气好，还低调，怎么会有这么完美的男人！！！

【群消息】爱歌*咻咻：密大的QQ好像在线。

哎呀，被人发现了！姚蜜言还没来得及做出反应，她的QQ头像就开始闪烁。

鱼鱼 02:57:05

密大，你在吗？

鱼鱼 02:58:11

密大，我是你的粉丝喔！你写的小说都好好看喔！

鱼鱼 03:02:01

密大，古今中外、天文地理、历史宗教、玄学传奇，你书里的这些东西又深奥又浅显，看得我越看越想看，你能不能告诉我，我要怎样才能跟你一样啊？

……

鱼鱼 03:03:08

密大，你真的下线了吗？你怎么就下线了？人家还没跟你说上话呢！

聒噪的鱼鱼在她隐身后，仍是不死心地发过来大量的信息，姚蜜言没法，只得选择了下线避免这个叫鱼鱼的骚扰。手放在鼠标上，无意识地摩挲了一会儿，直到食指上感觉到了鼠标明显的滑腻，她才慢慢停住了手，这样的日子还要多久呢？或许，是一辈子？

轻叹一口气，点开许久不曾点开的网页，姚蜜言顺利地找到自己的文所发布的位置。在书评区那里，置顶的帖子赫然写着"我们永远支持密大，密大万岁！"

她莞尔一笑，定睛看去，评论的出处竟然也是个名叫鱼鱼的人。一个小说评论，洋洋洒洒地竟然翻了个页，最少也有1万字。

就在姚蜜言认真阅读鱼鱼评论的时候，游戏里等着她回复的卢雨寒，嘴角勾起一个无奈的笑容。

她又莫名其妙失踪了，难道是因为生日所以更忙碌一些？不，她平日也是这样的，说不到两句话，便会没有了消息。

他这礼物可怎么送出去呀！

好吧，他知道，这个挂着"毛驴倒着跑的娘子"的女号根本不稀罕拿人钱财，但是她好歹也是他挂名的老婆，总不能让她穿着一身新手装就到处溜达吧？

他149级满级的时候，在野外竟然发现从他83级就跟他结婚的女号"生活0322"正穿着一身新手装在野外的地图上挖草皮。他从83级升到149级的这3个月里，她竟然才从25级升到60级……

看样子，等她下次回神还不知道是什么时候了，但愿能让他还能睡上几个小时，不然明天根本就没法上班了。

想到上班，卢雨寒的头开始疼了。前几天他的顶头上司，也就是目前以经营网络小说网站为主的公司字丰的大老板，纡尊降贵亲自到他的办公室让他帮个小忙。这个忙还真小，就是让他在字丰女性频道的茫茫人海中，找到大老板女朋友的ID，通融通融让她上个榜。他已经秘密找了好几天了，根本没有找到这个据说名叫蓝鱼的写手。

好吧，趁现在有空，再找找吧！顺便看看有没有什么新的好文。身为字丰女频总编的他，还真没有看到过几个能入他眼的女写手。

才翻着，就发现一个新写手，作者名后似乎还带着一个鱼字，所以卢雨寒赶紧点过去，可惜按得快了，还没反应过来，他就已经点了阅读。扫了一眼，卢雨寒抽了抽嘴角。

行文完全不通啊不通啊！

事件描述不清啊不清啊！

交代中心不明确啊不明确啊！

这样的文，想签约实在太难了！

再回头来看那作者名——鱼鱼，竟然不是蓝鱼，差一个字就能完成老板的任务了，真可惜。卢雨寒撇撇嘴，继续在茫茫书海中寻找大老板女朋友的疑似ID。

唉，谁让他给人打工呢！哀怨的卢雨寒默默地想。

等看完鱼鱼的评论，已经是半个小时后了。鱼鱼的长篇评论虽然东拉西凑、言语不通，但姚蜜言文中很多地方的伏笔和文词的互换都被她看穿了，还作了与姚蜜言意愿相似的揣测。姚蜜言哑然，莫非这鱼鱼也算自己的知音之一？

关上浏览器，游戏便弹了出来，游戏上的对话框还张扬地挂在正中间。

【好友】毛驴倒着跑：你在哪儿，给你样东西。

正要回他一句，却发现在那可爱的蓝色短发小人身边，一个全身闪光的男性角色正顶着"人生0322的夫君"字样，安静地待在那里一动不动。她愣了愣，关上对话框，在附近频道打了一行字。

【附近】人生0322：刚刚有事去了，找我什么事？

原以为自己这么长时间没回复他，他应该也去忙别的了，可是消

息才发出去，对方就有了反应。

【附近】毛驴倒着跑：喔。

接着，一个交易框弹出来。姚蜜言疑惑地勾上确认那一栏，看见对方宠物栏里放进了一只名叫"送老婆的生日礼物"的宠物。

姚蜜言瞬间呆滞，他怎么知道自己生日？虽然他是自己在游戏里名义上的老公，但是两人的交流一直局限在他给装备她收装备的举动中，并没有更深层次的沟通。

不过，即使很疑惑，姚蜜言也没有追问。她轻轻地笑了下，这是她20多年来的第一份生日礼物。在她的心里，这样的第一次，比其他所有的理由都要令她温暖。

查看宠物的资质——蓝猫：力资2.5、体资2.6、耐资2.4，果然是全区上下数得出来的神兽。蓝猫的价格在市场上一向是有价无市，这只资质这么好，她根本没办法估算它的价值。而他，就这么给她了，还真是同以往一样的大手笔啊！她几乎能想象得出，如果她说不要，对方就会很轻蔑地回个"那就扔了吧"。好吧，她是真的不想浪费钱，她绝对不会承认，她只是贪恋这种被关怀的感觉。

【附近】人生0322：明天不用上班吗？

【附近】毛驴倒着跑：上，晚上回来才收到卖家消息拿回蓝猫，现在给你了，马上下线。

【附近】人生0322：谢谢。

【附近】毛驴倒着跑：不客气。

附赠一个大大的笑脸后，她的夫君"毛驴倒着跑"就原地消失了踪影，好友名单里的名字颜色也瞬间变成了灰色。

将蓝猫放出来，憨厚可爱的蓝色猫咪在她身边一摇一摆地打着转儿，甚是有趣。他等到这么晚，就为了把这个生日礼物给自己吗？姚蜜言怔怔地想。看了许久，察觉到自己的角色正无所事事地站在原地，忘了采集原材料。她狠狠地翻了个白眼唾弃自己的不淡定后，将蓝猫收回宠物空间上锁，继续采集。

第二日，正是星期五。《碎天星》游戏最近正在做活动，每个星期五做完那简单的任务流程，可以得到8个小时的4倍经验奖励。像姚蜜言这种整日只知道挖地的人，自然是不会为这样的活动感到高兴的。

姚蜜言噼里啪啦地打完字，想起自己的包裹该采集满了，忙切换过去查看。一边倒腾自己的包裹，一边点开好友信息，留言的又是自己的"老公"。

【好友】毛驴倒着跑：任务做了吗？晚上一起升级。

升级？那8个小时的奖励？姚蜜言有点头疼。8小时啊，会累死的，只有他这种为了升级而生存的人在意这个任务是正常的，可莫名其妙地找她算什么事啊。

卢雨寒也很郁闷啊，他每个星期五晚上的队伍都是固定的，都坚持两个月了，可今天不知道为什么，其中一个家伙竟然临时掉链子，莫名其妙地就不来了，连个招呼也不打。大家都不知道他的联系方式和账号，只好临时找人。

像这种8小时4倍经验的活动，几乎所有在线想升级的人都已经找好了队伍，而且装备差点的，他们也不能凑合啊！所以卢雨寒就想起了自家娘子。他家娘子似乎从来没有升过级，每天都是窝在家里的后院，挖地皮、挖矿石，这个时间段，她应该是有时间的，至于装备，那都是他自己弄的，他能不清楚吗？所以卢雨寒就发了个消息给自家娘子。说也好笑，这两人结婚已经有一年多了，却从来没有在一个队伍里升过级。像他俩这样的夫妻，在游戏里也算是独一份。

其实，这两人结婚的事也是个乌龙。那天，他做任务路过新手怪物区，看到她正好组队和人打怪。打死一个小BOSS后，队友里的其他两人捡了东西逃之夭夭，就剩她一人。她没有漫骂，没有愤怒，而是默默地继续打怪。

他心中一软，虽然她的名字很不女性化——人生0322，但那一片

007

沉默让他稍微生出了一些怜悯。于是，他走上前问她。

【附近】毛驴倒着跑：你[空格]LG不？

【附近】人生0322：没。

如此对话，他立刻愣了，他原本是打算问她：你是LG不？LG=龙宫，龙宫与天宫外形相近，但法攻较强，如果是龙宫他可以带她去比较适合的地图练级。

可郁闷的是，他正好把那个"是"字给漏掉了，结果对方误会成"你有LG不"＝"你有老公不"。于是接下来的事就顺理成章，他将她带到了月老前，许下了诺言，与她承诺一辈子相厮相守——当然，只限于游戏中。

由于这样的乌龙事件，卢雨寒一直没把这个老婆当回事，自然也就没想过要跟老婆卿卿我我培养感情。要不是某次突然在野外看到自己的老婆穿着新手装挖矿，他还想不起自己居然还有个游戏老婆。

只是那时候，双方的等级差距已经拉得太大，游戏圈子又不同，所以也凑不到一块去。要不是他一直坚持送她这个送她那个，估计两人会陌生得连对方叫什么都想不起来。其实，卢雨寒自己也把不准，游戏里的老婆到底是不是人妖。她沉默寡言，心机深沉，长时间在线却不见等级上升，也从不在意装备问题。

大多时候，卢雨寒都认为这是一个现实繁忙只想偶尔偷空享受一下游戏乐趣的工作狂，当然，这工作狂大概有80%的几率是男性。

虽然心里对"自己的老婆是人妖"这样的事实有所抵触，但身为《碎天星》游戏大区十强的大神级人物，他自然也不能让自己的"老婆"成为一个被人欺负的小虾米，所以费心费力替她寻找装备，打造武器，搜罗宠物。等这次蓝猫一送完，她号上能拥有的东西也算全了一套，在大区里也算中上等，再也不用担心她丢了自己的面子——就算是人妖，在别人面前"她"也是他老婆啊！

当然，他绝对想不到，也正是考虑到自己全身装备和宝宝都是他无条件赠送的，再加上他送给了她第一个生日礼物，姚蜜言才决定迎合他一次，权作是补偿。

发了个点头的表情过去后，姚蜜言快速倒腾完自己的包裹，骑着他送的顶级坐骑白鹤，更加快速地跑完任务，然后在指定地点等待。

不一会儿，毛驴倒着跑便飞了个组队过来，队伍里已经有了三个140+的四转高手在。他们升级的过程很简单，就是由队长在一个NPC领完任务，然后五人分头去找到指定的怪物，再合力将怪物杀死，这任务就算完成。这个任务是《碎天星》升级最快的，所以一路上可以看见无数支因为这8小时的奖励而四处乱窜的队伍。

毛驴倒着跑接了任务，然后在队里打上一行字，大概意思就是队员无需离队，只要跟随就行，等他找到怪物，大家再回魂。不过如果有谁在打怪期间拖沓的话，他便会不客气。这话自然是在提醒姚蜜言，140多级的还是四转的高手会不知道这样的任务流程？他也是怕她半路出了篓子，给队友们看笑话。

姚蜜言没作声，心里却提了个醒，干脆把WORD关了，一边看世界上的聊天和买卖一边跟随毛驴倒着跑，生平第一次认真升级。队里那三人开始是嫌弃她级低，但一看到她那顶级坐骑还有明晃晃的蓝猫以及身上闪闪发光的装备后，便把不满都咽回了肚子，打怪的时候格外认真，怕被这低级的女性角色给占了风头。

于是，这趟升级之旅效率不是一般的高。不过4小时而已，姚蜜言便愣是冲了3级上来。她琢磨着，大概8小时完她该到107级了吧？

正想着，却发现自己的血条轰地一下少了小半管，她赶忙手动加血，转了个方向去看。一群人在不远处混战，有一个全身红得发紫、顶着"淡漠封心"名字的家伙，正在远处不停地将技能打到她身上。她正在跟随队友，无法自己躲闪，那些技能又是跟踪技能，便一个不落地轰到她头上。眼看血越加越少，姚蜜言不得不临时退组自己操作起角色上蹿下跳，才勉强躲过了部分追击，血条也渐渐满了起来——一身极品装备想死也不是那么容易的。

过了一会儿，毛驴倒着跑非常不满地发来一个问号。

姚蜜言郁闷地快速打了句"有人追杀我"发过去，再也无暇管他的反应。

姚蜜言很郁闷，毛驴倒着跑更郁闷，好歹他也算《碎天星》大区十大人物，在这小区内自然是各项都在榜首的牛逼人物，居然有人这么不要命，敢在自己做正事的时候打断他的升级大业。于是他脑子一热，就将那一队升级的家伙直接拖到了现场，顺便在自己的好友栏发了个群发消息，在帮派里吼上两声——嚯，这下原本混乱的场面就更加混乱……

他们剩下来的升级过程没有再能继续，世界频道上。无数批判毛驴倒着跑的小号们刷了一个满频。

接着，无数指责那群不懂事的低级小娃娃们竟敢伤害骑驴老大亲爱"老婆"恶行的声音也刷了一个满频——于是，公说公有理，婆说婆有理，"人生0322"这个名字在创建十个月零三天后，风靡了《碎天星》的小区世界。

自此一战，毛驴倒着跑再也没要求过一起升级这件事，姚蜜言自然乐得清闲，天天躲在自家后园里挖草皮、挖药材，两人恢复了似乎有关系但又没联系的奇怪状态。

这天，她刚写完一篇文章，再看了看游戏，非常平静。安静的房间让她开始有一点心慌，她知道，那是寂寞的感觉。

扯着嘴笑笑，姚蜜言想起有人说的那句话：姐写的不是文，是寂寞。满脑子的思想一乱飞，就鬼使神差地上了QQ。这时，陈自咏的信息弹了出来。

柳树　08:12:05
小蜜啊，以你的写作速度，其实还可以再开一本书的啊！
柳树　08:13:23
小蜜啊，你真的不考虑多开一本书？
柳树　08:14:46

小蜜啊，每天才2500字，你的读者都要疯了！！
柳树 08:15:56
小蜜啊，我也要疯了，我也想看……
末了，还发个大哭的表情。

恐怕当字丰的写手们看到大编辑"柳树"发出这些信息时，下巴都会掉下来引起脱臼，可是对于姚蜜言来说，只是家常便饭罢了。她微微弯起的眸子闪过一抹光芒，随即嗤笑出声，如果她能，她肯定不会愿意顶着2010年最神写手的名号。可是，事实并非她一人能控制的。

再点开另外一个人的信息，顿时姚蜜言的电脑被狠狠地震撼了一把。50多条信息，全是那个鱼鱼的杰作。姚蜜言狠狠地翻了个白眼，揪了自己一把——她居然会以为这么聒噪的鱼鱼是自己的知音？

50多条信息都是鱼鱼的崇拜之情和自我介绍，末了，还很虔诚地发了5万字的稿子给她看，说是让她帮忙看看有什么不妥之处。

鱼鱼自称S城人，现20岁，在读大学生。从某个网虫朋友那里听过密大人的书好看得不得了后，平时自诩小才女的她不服便上网找到密大的成名之作——《碎天星》，一夜狂啃后成为密大的铁杆粉丝一员。

姚蜜言摇头苦笑，能把这么短短的几个信息分发成50多条消息，这人的功力实在不可小觑。再看那鱼鱼发给她的离线文件，5万字，的、地、得三字不分，五谷杂粮不分，地方风情不分，完全就是小学生的思考模式。倒是拽文拽得厉害，里面华丽的辞藻一堆一堆的，把好好的一个窈窕淑女型架构堆成了一个胖贵妇型的臃肿文。

早看她给自己写的评论就知这小家伙的水准了，也怪不得女频的编辑不肯签，要是签了，还不得又被人说她们女频编辑都是胸大无脑的草包？姚蜜言强迫自己看完，鼠标挪了挪，想点掉右上角的叉叉。

可最终没有点下去。

寂寞，让她感受到这个名为鱼鱼火一般的热情。她已经很久没有被这样感动过了，这感动让她很温暖，温暖得让她产生了错觉，自己不是孤单一人……而且，这5万字实在看得让人眼角有点抽。于是这天晚

011

上，12楼3号房卧室的灯光一直没有关。5万字，读来简单，但一旦动笔改动，也是很费神的事情。直到将那5万字反复修改、反复通读、反复咀嚼后，已经是第二天早上8点了。

长长地伸了个懒腰，将那5万字回发给鱼鱼，姚蜜言终于蹒跚地倒在床上一睡不醒。她不知道，就在她抱着枕头与周公你追我赶的时候，字丰公司女频编辑部已经炸开了锅。

"小陈！快来看这个文！"字丰女频编辑部，一个短发女子9点半上班的第一件事，就是放下手上的咖啡打开电脑去看自己的管理版块。直到将那戳着9点半更新标志的3万字一口气看完后，她失手打翻了自己手边的咖啡杯。

不远处的长卷发美女慢吞吞地收好镜子，绕到她身旁，风情地撩了一下长发："什么事？"

"这个……是密大的风格！"短发女子非常确定地说。

众女编辑闻风而上，全部集中在她旁边，将那短短的3万字看完后，互相对望一眼。

绝对是！绝对是！绝对是密大的风格！那优美但不失睿智的文笔，那信手拈来的古诗绝词，那紧密衔接的故事布局，如果这不是密大，那就意味着，新一代大神即将崛起！

女频的人少，但效率却是出奇得高，上午10点整，完整的新文资料和作者资料已经交到总编办公室。小陈在踩着猫步离开时，还娇媚地叫了声总编，抛了个媚眼让他赶紧审核这篇文。

卢雨寒微蹙眉头目送自己的属下离去，拿起手中的资料看了一眼。3万字？他以前就特别交代，若有不到5万字、不是特别出色的文绝对不能拿到他这里审核。但是从第一行起，卢雨寒就被那如行云流水一般的文字给吸引住了。读完第一遍，卢雨寒震惊了，这个文他有见过！但是，到底是在哪里见过的呢？

震惊之余，卢雨寒再回过头读第二遍，读完第二遍，再回头重读第三遍……如此反复,卢雨寒的笔第一次没有用武之地,这短短3万字,一字不可删,一字不可改,让他很有挫败的感觉。终于在读完第10遍后,他心情复杂地拿起作者资料。

昵称:鱼鱼。

年龄:20岁。

性别:女。

×××年10月1日注册。

×××年10月1日上传。

×××年10月5日申请签约,被驳回。

×××年10月10日申请签约,被驳回。

上附之前鱼鱼文稿责编的评论:行文不通,事件描述不清,漏洞百出,交代中心不明确。

想起来了!卢雨寒终于想起来了,在前几天晚上,他去查找大老板女友的ID以便上报的时候看过这个文。那时候,5万字的文章狗屁不通,处理松散,完全和现在这个文的密大风格不搭。

是的,卢雨寒是崇拜密的。否则,他也不会因为密的《碎天星》而去玩那么一个休闲类的游戏。可是,这是谁?难道,这个真是大老板的女友?这篇文是大老板亲自帮她修改的?还是,其实字丰公司的老板,是一直神秘无踪的密?!卢雨寒越来越被自己的联想内容给吓到了。

修改前的文稿因为没有留底,已经无从考证,但能将一篇烂文修得起死回生的事件以前也不是没有过,所以卢雨寒在看过这3万字后决定,不管是什么原因,这个鱼鱼由他亲自跟文!

十天后,鱼鱼的这篇小言以更新稳定、文笔超常的特点,被读者们顶上了天。

卢雨寒却不见那鱼鱼再次申请签约,在思量一番后,决定主动找到鱼鱼。

将最后几万字一次性上传,设置好自动发布。姚蜜言转了转后

颈,下一部该写什么好呢?想起鱼鱼的那篇小言情,她突然嗤地一笑,要不,自己也写个女主文玩玩?那就避免不了会写到感情戏。感情戏啊感情戏,她都没感情,哪来的感情戏?

姚蜜言笑着摇头,这才发现网页上方正大喇喇顶着一条通知:12月1日字丰作家见面会紧急筹备中。

柳树 08:05:56

小蜜,这回的见面会你来吗?

柳树 08:10:56

小蜜,就当哥哥求你,上面都压下来了,你再不来我会被炒鱿鱼的!

柳树 08:18:56

小蜜,你只要来一次就好,我保证你让我做任何事情都行,怎么样?

果然,陈自咏已经在QQ上留了一堆言。她闪了闪眸子,硬是在对话框里输了两个字:不去。

回复过去,本来灰色的头像却突然亮起。

柳树 15:15:56

哈哈,小蜜,我终于抓住你啦!

柳树 15:16:56

别这样嘛!小蜜,好多人等着看你呢!

人生0322 15:17:02

又不是猴子。

柳树 15:18:26

可你比猴子值钱多了,对了,小蜜你下个文开什么样的题材?

人生0322 15:19:50

女主。

柳树 15:20:09

小蜜!你要抛弃我去女频!

柳树 15:21:12

对喔,你就算去女频我还可以是你的编辑。但是小蜜啊,你能写出感情戏吗？要不你来见面会试试有没有艳遇？可以激发灵感喔！

陈自咏不愧是和她合作了两年多的人，一下子就揪住她的致命伤。姚蜜言没有答话，在电脑前支撑脑袋细细思考了起来。自己不会写感情戏，对于读者要求的H情节也是有心无力，这样的状况让她非常不满。

虽然写作不是她的本意，但她一直就是自我要求完美的一个人。要写好感情戏，她势必需要找个男人来配合一番。只是，找谁好呢？天天这样窝在家里，写写文、打打游戏、睡睡觉，能见着男人才有鬼了……

陈自咏的意见，值得考虑。

就在她思索的时候，一个视频弹出来，又取消，紧接着听见信息的嘀嘀声。

鱼鱼 15:23:51

密大，你在吗？我看见你在哦！

鱼鱼 15:23:54

密大，我跟你说喔！上次你帮我改的文，我拿去发了，然后有编辑联系我呢！

鱼鱼 15:24:02

他说让我签约，可是那是你改的嘛！所以我不敢签，但是他说如果我不签约我就没机会去这次的作家见面会！

鱼鱼 15:24:13

他说这次作家见面会你会去，所以我就签了，密大你会不会不高兴？

人生0322 15:25:11

不会。

对方沉默了很久，久到让姚蜜言以为她掉了线。大约过了两分钟，鱼鱼终于才反应过来。

鱼鱼 15:27:58

啊啊啊啊，密大你回我了唉！密大你人真好！密大你真的要去见面会吗？

……

姚蜜言抚额,面对两个明明互不相识却都一致要求她去参加作家见面会的家伙,她实在有点头疼。

鱼鱼 15:31:51
密大,你就来嘛!密大,我想见你。
人生0322 15:32:51
好。

对方又诡异地安静了。

姚蜜言抽了抽嘴角,对自己的冲动无力阻止。她绝对不承认,自己是想接近鱼鱼的温暖才莫名其妙地答应了鱼鱼的纠缠。她给自己找的借口是,正如陈自咏所说,她是去找找写作灵感的。

将同样的意思转述给陈自咏,他差点没直接顺着网线钻到她的电脑前看看她是不是被外星人附体……只不过,他没有这样的机会,因为姚蜜言下线了。

接下来的十来天,在家里过着悠闲生活的姚蜜言不知道因为自己的临时决定,字丰公司以及字丰网发生了多大的动荡。

以前,编辑们见面就问,今天有什么好文没有?现在变成,今天离见面会还有几天?

以前,作者们见面就问,今天你码了多少字?现在变成,你接到见面会的通知没有?

以前,读者们见面就问,今天密大更新了没有?现在变成,谁要去偷拍密大?

日子终于一天天过去,平静得有如一片被搅动的湖水,姚蜜言就是那漩涡的中心,静如死潭,任凭外界狂风暴雨,她却岿然不动。

等她将新文的构造想了一遍后,又琢磨了一晚上的大纲,往电脑右下角一瞟——12月1日6点45分。好像自己还得去参加什么作者见面会……姚蜜言抓了抓长发,决定洗个澡小睡一小时再出发。

第二章　男大神不在线

S城绿仙公园前，一长排的巴士正安静地等待着。上百人胸前挂着代表自己身份的塑料牌，一小撮一小撮地聚在一起谈天说笑。

"据可靠消息，密大今天会来耶！"

"你们说，密大长什么样？要是个帅哥就好了！"

"已经8点20了，还没有见到他呢！"

是啊，都8点20了，小蜜怎么还没来呢？陈自咏纠结着眉毛在接待处来回走动，心里恨不得把这家伙揪出来抽一顿才好。说什么怕人骚扰把家里的电话线拔了，说什么没钱冲话费不买手机，她当她是原始社会的人吗？他联系不到她啊！

时间越来越近，8点半车队就要出发，陈自咏不停地看着手表，人员基本都到齐了，接待处只剩下两张身份牌，一张是密，一张名字是狐兮兮。

8点半，车队启程。陈自咏不甘心地一步三回头跟着自己组里的编辑作者们往车上行去。许多人的期待也都落了空，对柳树大人的同情心瞬间达到临界点。

公车拖起长长的灰尘呼啸离去，接待处的MM正低头收拾东西准备上最后一辆车，突然传来一个清冷的女声："请问，这里是字丰网络作

者见面会的集合地点吗?"

接待MM抬头,一个长发及腰的清瘦女子穿着敞开的米色风衣,里面是黑色高领拉长打底衫衬上一串普通的毛衣链,下身是简单的蓝色牛仔裤配米色高筒靴。女子正半歪着头看她,清冷苍白的脸上带着询问的意思,等待MM的回答。

正在两人互相打量的时候,最后一辆公车发动了,接待MM的同伴在车门前喊她。接待MM这才回过神来,将手上狐兮兮的身份牌急忙塞给女子,拉住她就往车上去:"快点,你怎么来这么晚!"

女子眨巴着眼睛看看手上的身份牌,正在考虑要不要告诉前面正在拽着自己的MM,她并不是狐兮兮……可惜,自己已经被她带到了车前,望着一车形形色色的女子和偶尔冒出来的男性短发,姚蜜言终于决定还是顺其自然。

找了个空位坐下,车子很快就上了高速。姚蜜言在车内环视了一圈后,决定打个盹。

"哎!密大又没来啊!"

"不是听他的专署编辑柳树大人说他一定会来的吗?"

"放鸽子了呗!"

"也可能是临时有事呢!"

她不是在这儿呢吗?姚蜜言一边暗笑,一边在众人的讨论声中不小心就睡了过去。

不久后,她感觉到有人在碰她,睁开眼,身旁的女孩正歉意地朝她笑:"该下车了。"

她忙让出位置给女孩出去,等众人都下得差不多了,这才慢悠悠地跟在众人屁股后头前行。

"作者尾号123的女作者在我这集合,尾号456的在橙黄那里集合……"下车就听见有个女声拿着喇叭喊。她迷茫了,这狐兮兮的作者号是多少啊?自己该去哪边?

眼看众人一个一个都到了自己的位置,姚蜜言咬着唇不知道往哪方向走。

"你怎么不去集合呢？"蓦地，耳里撞进一个低沉的男音，她转头一看，眼前站着一个文质彬彬的男人，一双似笑非笑的眸子几乎能将人的心都看穿。

姚蜜言有点不自在地撇开目光，不自觉地舔了舔唇。大概是因为太久没跟男人接触了才会紧张吧。姚蜜言暗里给自己找借口，顺便想了个理由来回答男子的问话："我忘了我的作者尾号。"

"这样啊……"男人明了地点点头，稍微向前倾身，脸放在与她平行的位置，状似无意地撩起她的丝丝长发，指向一个长卷发女子，"你去找她吧！她是酒红编辑，负责的是8号和9号。"

两人的距离一下子拉近，他呼出来的气息温温热热地扫来，实在令人心跳加速。姚蜜言不着痕迹地后退一步，拉开与这人的距离，"谢谢，我知道了。"

卢雨寒勾着笑容看那女子优雅地离去，他自然不知道，自己已经在这个气质清冷的女子心中打上了人品低劣、风流成性的标签。

被刚刚那男人弄得有点脑子发麻，姚蜜言觉得自己简直是落荒而逃。就在她一边思考一边大步走向酒红编辑的时候，一股巨大的冲力撞来，她反射性地抓住对方，但仍趔趄了好几步才勉强站稳。

"对不起对不起，我不是故意的……"清甜的女孩慌忙道歉，语含自责。

姚蜜言皱了皱眉，这才看清自己抓住的女生——娇小的脸藏在一头公主卷发中，发尾披肩，身着粉红色上装，黑色亮片百褶裙，最出众的还是脖子上那一抹粉红色纱巾，把她装点得异常甜美。

"真对不起喔！"女生吐了吐舌头，粉嫩的脸上有着淡淡的红晕，"我还以为迟到了呢！所以有点急，刚刚撞到你了，真不好意思。"

迟到？难道她就是狐兮兮本人？姚蜜言有点闪神，问道："你

是?"

"我叫鱼鱼,你呢……"女生将肩上的包包往上移了一点,热情地挽住姚蜜言的手臂,"啊,看到了,你叫狐兮兮呀!好好听的名字。"

姚蜜言干笑,在心里狠狠地为自己和鱼鱼的缘分道了声"阿门"。居然这么巧,随便一撞就撞上了她。

鱼鱼的打扮,看起来就是个被宠坏且不知世事的小公主,人也表现得单纯热情。女孩嘛,在陌生的环境就会反射性地要找比较合得来的朋友组成小圈子进行社交。鱼鱼和姚蜜言来得晚,与其他人没有什么共同语言,于是两人临时凑成了一队,在队伍中间缓缓地往上爬——对,往山上爬。

字丰公司活动负责人大概是觉得作者们都是宅属性动物,于是特地将前半部分的活动地点安排在了山顶,还特别交代车辆不得入山。

姚蜜言后悔了个半死,早知道自己就在窝里待着也不用出来受这份罪。旁边的鱼鱼倒是快活得很,一边蹦蹦跳跳,一边跟姚蜜言大倒苦水。

"兮兮啊,密大明明答应我要来的,怎么没来呢?"

"兮兮啊,人家好想见密大喔!"

"兮兮啊,你难道不想见密大吗?"

姚蜜言不停地翻白眼擦汗,暗里腹诽:我这不就在你身边吗?嘴上倒是没说,只是淡淡地问了句:"鱼鱼,你不累吗?"

"累?"鱼鱼愣了愣,随即笑弯了眸子,"嘻嘻,我男朋友是个变态,要求我每天都要晨跑半小时,爬山这点小事难不倒我啦!"

姚蜜言闭了嘴,决定不跟这个不知人间疾苦的孩子计较。鱼鱼倒是个好孩子,看姚蜜言爬得很累,就把她手上的包包和脱下的风衣都揽在了怀里。姚蜜言看她虽然脸上红扑扑的,但精神确实很好,于是也就承了她这份情。在她的搀扶下,姚蜜言在一群扶腰喘气的男女中间,倒还算姿势比较正常,没有狼狈到哪里去。

"兮兮,你看那个男人,好帅喔!"鱼鱼突然指着从前面队伍掉下来在路旁靠石歇息的身影道。

姚蜜言瞥了一眼,是之前跟她说话的男子,就算长得帅,此刻也满身狼狈,估计也没那力气去勾搭女人了,姚蜜言暗自腹诽。

"不知道是编辑还是作者?真没想到哇,写文的人还有这样的帅哥……"鱼鱼继续陶醉。

喊,这算什么,再怎么帅,也比不上那个人的出尘脱俗……姚蜜言突然顿住,最近想到他的次数有点多了。

众人一番上爬,终于在全军覆没前抵达山顶。一到山顶,众人都无言地站在顶峰,眺望远处连绵起伏的山峦,还有那似梦似幻的云雾。姚蜜言突然有点明白,这个活动的策划人想要表达的含义。人生,就像这山峰,只有到了顶,才知道自己的渺小……

看了不多久,编辑们宣布可以野餐了。也不知道是哪些倒霉鬼碰上了带食物这个差事,那几个巨大的旅行袋,差点没把人眼睛瞪脱窗。也是,这差不多快两百的人数,随便带点什么都得积累成很大的数目。

姚蜜言同鱼鱼拿了一点食物,抱着自己的东西找了处安静的地方坐下吃东西。卖相不是很好的蛋糕,加上一份牛奶,便是他们的早餐了。

姚蜜言一边吃着,一边在人群中搜索陈自咏的影子,可是人太多了,她根本找不着。算了,反正她人是来了,他没看到可不是自己的错。

吃完,鱼鱼建议起身走走。姚蜜言耸耸肩,便跟她一起在众人外围转悠,不多一会儿,渐渐地听不到那些人的谈论声。清幽的树林,伴随着两人的脚步声,显得无比空寂。

"兮兮,这里空气好新鲜呢!"鱼鱼蹦蹦跳跳地像个孩子,这棵树上拽拽,那株草上扯扯,"兮兮,你看,那里有条河!"突然,鱼鱼惊讶地指着道边一处幽谷。

姚蜜言走过去一看,顿时河水淙淙声充斥耳朵,不禁也笑开:

"果然是河。"虽然河的宽度不到三米,但看起来还是蛮深的。

鱼鱼欢乐地拉着姚蜜言的手,顺着小道往下转。不多一会儿,两人就一路顺利地走到河边。光秃秃的河边,部分鹅卵石被水流冲击得光亮无比,连带着底下沉浸的砂土都显得特别得耀眼。

"真漂亮啊!"鱼鱼陶醉地捧着河水,呈淡绿色的河水从手缝中滑过,她微微眯了眼,感受着大自然的气息。

姚蜜言点了点头,平常自己窝在家里,很少来到野外,这么美丽的小河都能让她感觉心灵被洗涤一般。

"我要下水去玩!"鱼鱼快乐地宣布,没等姚蜜言有所反应,她早已手脚利索地将鞋子袜子一扔,赤着一双白嫩小脚,踏上那可爱的鹅卵石,"哈哈,好舒服啊!兮兮,你要不要来?"

姚蜜言抿嘴轻轻摇头,要她像鱼鱼一样无忧无虑地玩耍,她做不到,"你小心有水蛇。"

"啊?"鱼鱼被吓了一跳,赶紧往岸上走了几步。正了正神,却看到姚蜜言脸上掩饰不住的笑意,撅着嘴说:"喂,兮兮,你吓我!"

姚蜜言赶紧摇头,眼眸却仍是弯弯的。很显然,她非常高兴。

鱼鱼见她笑了,自然知道她确实是在吓唬自己,眼珠一转,计上心来,手捧着一捧清水就往她的方向泼。

看她玩得开心,姚蜜言也开朗了很多,于是,鞋袜一脱,裤腿一挽,居然也跟着踏进了河。

两人你泼过来我泼过去,笑闹得不亦乐乎。终于,鱼鱼笑得累了,爬上岸想休息会儿。姚蜜言也朝岸上走去,突然脚下一滑,踩到一颗松落的鹅卵石,她惊得尖叫一声,整个重心侧移,等回过神来,自己已经摔倒在河中央,倒霉地被灌了几大口水……

"啊!救命啊救命啊!"鱼鱼在岸上被她这突然一吓,赶紧冲到水边,看那幽深的水,却不敢下去,只得大叫救命。

姚蜜言好不容易支撑起身子,无奈地吐几口水,朝她叫道:"喊什么呢?"

鱼鱼顿时失声，原来，这河水刚刚齐到姚蜜言的肩膀处，"你快上来吧！天气凉，要感冒的。"

姚蜜言点点头，看着自己身上滴滴答答的全湿了，只得往岸边走去。她此刻不知道有多后悔，早知道就在家里睡觉了。

鱼鱼抓着头发，看她一副愁眉苦脸的样，不禁赔笑："你这可是玩大了……"

可不是吗？姚蜜言默默无语，从山顶走到山下，还得去找车，这一路回去，自己不被冻死就算老天爷开眼了。可若是现在回去，她这全身湿透了的模样，怎么站在别人面前？

就在两人不知道怎么办的时候，一个满带着愕然的声音插了进来："怎么弄成这个样子了？"

两女循声望去，却是两人都很熟悉的那个男人。他讶异地瞪着姚蜜言，眼眸里却带了些许诱惑，唇边形带起一个似笑非笑的弧度："你们这是玩水玩的？"

姚蜜言扫了一下自己的身子，下半身倒还好，反正是紧身牛仔裤，看不出什么。上半身就比较郁闷了，黑色打底衫浸了水，粘在自己身上，水滴不住地往下滴，整个狼狈模样不说，胸部在一片水迹中起起伏伏，比光裸更加的诱惑。怪不得那男人如此表情。姚蜜言没有回答，安静地步出河岸，拿出自己的风衣披上，心里盘算着怎么样处理接下来的问题。

"哇！是你喔！"鱼鱼的反应则慢半拍，等她醒悟过来，便一脸崇拜满眼星星地望着男人，"帅哥你好帅喔！你是作者吗？"

"不是。"男人摇头，眼睛却盯着姚蜜言。三度见面，他的目光总会被这冷清的女人所吸引，狼狈到这程度，仍然不减风采的女人，真是少见。

"那你就是编辑咯！好帅好帅，真没想到字丰公司还有这么帅的帅哥呢！"鱼鱼已经花痴泛滥到无可救药，"啊，编辑大大啊！你看我们家兮兮摔成这个样子了，你能不能想个办法……"还不待眼前的帅哥

编辑对她的称赞有所表示，鱼鱼立刻就姚蜜言的处境，很是殷勤地要把帅哥的地位上升到劳工。

"嗯，这样会感冒的。"男人嘴角忽然闪过一抹笑，"要不，我现在就送这位小姐下山？"

姚蜜言听到这话猛地抬头，不期然与男人的目光对上，马上又垂了下去。旁边的鱼鱼单纯，对撮合两人自然是乐见其成："那就谢谢编辑大大了哈！你赶紧送兮兮回去吧，你看她这样下去，会病倒的。"

姚蜜言正要开口反驳，一张嘴就打了个喷嚏。她反射性地捂住鼻子，便又看见男人略带侵略性的眼眸，心里忽然想起了什么。她来见面会的目的，不正是为了艳遇吗？或许，这个艳遇还不错。这样一想，于是她也就坦然。"那就麻烦这位先生了。"

"不麻烦。"男人走过来，弯腰替她拎起地上的包包，很自然地伸手将她揽在怀里。一股淡淡的香皂味带着身体的温暖扑来，姚蜜言忍不住往他身边挪了挪。男人注意到这样细微的动作，于是将她揽得更紧。

"那我们先下去了，美女你赶快归队去吧！千万不要也掉下水喔！"

"嗯嗯！"鱼鱼拼命点着脑袋，见这两个人很有发展前途，她乐得脸上都笑开了花，仿佛是自己跟帅哥有了肌肤之亲一样。站在原地看那个高大的身影将娇小的女子揽在怀中，一步一步地往山下行去，鱼鱼双手交握，陶醉地想，这真是她见过的最美的画面啊！

"冷吗？"卢雨寒看了看怀中的女人，原本就苍白的小脸此刻更加白皙，仿佛是透明的一样。那抹之前看起来坚毅的唇色这时也变得苍白，正轻微地颤抖。这样一看，他心底的怜惜便油然而生了。

他瞥了瞥她包里露出来的那截身份卡：狐兮兮。卢雨寒笑了笑，一双明亮的眸子变得幽深。

"还好。"清冷的语音倔强地不承认自己的怯弱。姚蜜言已经习惯了这样,不管是遇到什么情况,她总是能这样镇定,并且安静。

卢雨寒没有再说话,拥着她一步一步往下走。直到走到山下的停车场,开门上车,将空调温度上调,他脱了自己的外套盖在她裹着的风衣上,转头望望前方的路,嘴边漾起玩味的笑:"去宾馆吧!很近,公司安排……"

"好。"

还不待他说出更多让她信服的话,清冷的声音很快就截断了他的话。他有点猝不及防地回头看她,看到她微闭眸子的小脸,眼里的狼狈才慢慢卸去,还好,她没看见……

卢雨寒被她这一截,愣是在接下来的当口里找不到开口的借口。干脆也就闭了嘴,开了音乐,任凭那美妙的歌声流淌在两人身边。果然很近,只有几分钟便到了宾馆,不过姚蜜言正闭着眼假寐,便连那宾馆的名字都没有看到。

办了手续,姚蜜言安静地跟着他上了八楼。这家宾馆的房间风格比较清新,进门旁边是卫浴,通道对面是空闲的位置,有圆桌和藤椅,走过通道,便能看见两张床。

姚蜜言原本只想好好地坐一下,但考虑到自己身上还是湿答答的,于是默然地站在原地,考虑是先去洗澡,还是先把这个男人给推出去。

"去洗个澡吧!"卢雨寒不由分说地将她牵到浴室,指了指她身上的衣服,"脱下来,我帮你送去前台干洗,等两小时就可以穿了。"

他的安排没有不妥,姚蜜言也没有反驳。等卢雨寒拿着她换下来的衣服出去后,她这才反锁了浴室门,安心地冲热水澡。洗完,开门透气,她盯着镜子里的自己,被热水熏得脑子里有点迷糊,手机械地拿着吹风机吹头发。

男人走过来,看她心不在焉的样子,微微皱眉道:"我来帮你吹吧!"说完也不待她反应,一条干毛巾就搭在了她背上,把吹风机从她手里拿过,连同电源一起抽走。

等她反应过来打算说不用了的时候，手已经被干热的大手攥住，人也被带到浴室旁边挨着墙角的床上。安顿好，男人一边用手撩拨穿过她的长发，一边细心地吹起来。

姚蜜言心里嘀咕，这男人对每个陌生女人都这样吗？风流成性，扣十分。

不知道怎么的，两人越来越近。姚蜜言为了配合他的工作，只好半靠在他怀里，若一动弹，马上就会引起他的压制。于是，第二项，做事霸道不为他人着想，再扣十分。

脑子一胡想，思绪一混乱，再加上头皮和指尖的触感实在太好，姚蜜言的头一歪，直接睡着了。

卢雨寒吹完头发发现姚蜜言睡着的时候，狠狠地翻了个白眼。这女人还真是不把他当男人了，这么轻易就在陌生男人面前睡着。但看到她苍白的脸，没舍得将她叫醒，只好轻手轻脚地扶她躺好，再给她拉上被子，她的睡容安祥恬静，苍白的脸上细腻得可以看到毛茸茸的透明绒毛，完全不若醒时的冷淡。

姚蜜言正睡得迷糊，突然被人压住，略微皱了皱眉，轻哼一声，想转个身继续睡觉，脑子里突然一激灵。这是什么地方？这被子的味道，全然不是自己熟悉的香味……

大手轻轻地爬到放在心脏部位的左手上，轻轻握了握，然后将她的手指一根一根地把玩。力道不重，看样子是怕将她吵醒。一股奇异的感觉冲上脑子，姚蜜言突然很渴望这样的温暖，将她包围。她放慢呼吸，感受着来自陌生男人的轻抚。

大约是觉得把玩手指有些腻了，软软的物体触碰上她的手指，姚蜜言大脑突然当机——他在亲她的手！

"嗯……"她忍不住想要摆脱这么奇怪的氛围，一声低吟从她的口中溢出。但温热的唇突然印上来，狡猾的舌头趁她不注意便溜进她的口腔，与她一起共舞。

她突然冷静下来。乘人之危，扣十分。他将她的手拉进自己POLO

衫，放在背上，捧着她的脸，着迷地汲取她的香甜。第四，技巧熟练久经花丛，扣十分。

　　姚蜜言感受到他光滑的背上微微的汗珠，不知怎么的，突然就碰上一块粗糙的皮肤，似乎还有隆起的疙瘩——背后有粉刺，扣十分。

　　浑然没觉得自己的理由开始变得可笑，姚蜜言的脑子里抓住的也只有那一丝理智。她对他身上皮肤不满，对他的唇舌不满，对他的胡子不满……终于，男人粗嘎着声音说："帮我脱掉衣服……"

　　第十项罪名成立！俗！扣一百分！

　　姚蜜言爆发了，她静静地开口："你先去洗个澡。"

　　男人愣了下，笑了："那你先看电视。"说着，便一边脱掉上衣，露出结实的胸膛，一边松着皮带，进入了浴室。

　　卧室的温度终于冷却了一点，姚蜜言侧耳听到浴室里莲蓬喷水的声音，她朝天翻了个白眼，套上男人的POLO衫——还真是大，直接可以当裙子穿了，然后继续套上浴袍，外面很冷的嘛！做完这些，她悄悄地溜出了门。

　　直到卢雨寒光秃秃地走出浴室，匆匆回到床边一看，满腔的兴奋被瞬间扑灭——房间里哪还有那个女人的身影！自己的衣服也不见了！该死，居然被她放鸽子！

　　接下来的日子，女频编辑部的女人们惶惶不可终日。她们的顶头上司不知道是便秘还是更年期提前到来，整天寒着一张脸，冷言冷语，看谁都不爽，还没事就找人打听一个叫什么狐兮兮的作者。

　　直到他找到狐兮兮后，那脸就更加臭了，女频编辑们也更加倒霉，被挑刺、被大骂、被强制加班、被加大业务量……一时间，众人叫苦不迭，始作俑者却仍然很不爽。

　　那女人居然敢冒充作者参加见面会！卢雨寒咬牙切齿地把钢笔尖都划坏了好几个，可是却仍然没有办法。她不是女频作者，他不知道她是谁，S城这么大，他根本找不到她。想到这些，卢雨寒就恨不得把那

027

女人的屁股狠狠地抽打一顿。只是现在,他连这样的机会都没有了。

　　就在卢雨寒将女频搅得乌烟瘴气的时候,导火索姚蜜言小姐却缩在自己的床上瑟瑟发抖。没办法,都12月份了,还下水被淹了一趟,再加上那么长时间的湿身,想不感冒都很困难。那日她穿着浴袍跑到楼下,去前台拿了自己的衣服裤子,便急匆匆地回家了。只是之后一连三天,姚蜜言除了喝几口白开水,都是在床上裹着被子发高烧昏昏沉沉的,完全不知外面的世界发生了什么变化。也许,就连她死了也没人知道。终于,第四天,她奇迹般地恢复了神志。脑子里闯进的第一句话,竟是这样抑郁。

　　手轻轻扫过自己的唇,还有身上似乎残留着的温度,她有瞬间的失神。

　　一个陌生人而已,还是那样低劣的陌生男人,也就过去了罢!

　　当她端着姜糖水打开熟悉的游戏时,熟悉的ID留了句话。

　　【好友】毛驴倒着跑:怎么最近不见上游戏?

　　【好友】人生0322:病了。

　　几乎是在瞬间,对方灰着的头像立刻亮起。

　　【好友】毛驴倒着跑:现在好了吗?

　　【好友】人生0322:好了。

　　对方再也没有回应,姚蜜言却扯了个微笑。还好,至少还有一个人记得她。

　　接下来的日子如水一样的平淡无味。她每天码上几千字,存档,对着游戏发呆,看看别人在世界频道吵架、告白、交易,自己躲在角落挖草皮、挖矿石、挖药材,不小心便把生活技能练了个满级。她愉快地将采集出来的原料做成武器和装备,然后摆摊,渐渐的,刻有人生0322名字的高级物品开始在市面上流行,认识这个号的人也多了起来。但人生0322的沉默寡言和高级制作,让很多人以为这只是毛驴倒着跑大神的小号而已。毕竟,有大神为了摆脱纠缠,拿个小号跟大号结婚,是很正常的事情。姚蜜言也懒得反驳，任他们怎么问话也不作回答。

某天，姚蜜言刚码完字，切换回游戏不久，一个信息发来。

【好友】毛驴倒着跑：老婆，在吗？

姚蜜言蹙眉，她的这个"老公"跟她说话从来不叫名字，也不叫亲昵的字眼，这突然而来的陌生词语，引起了她的发怔。大概是察觉到她的沉默，对方又发来信息。

【好友】毛驴倒着跑：老婆，你在做什么呢？

手一抖，姚蜜言差点打翻手上的茶水。现在这个毛驴倒着跑的反常，莫非，就是传说中的盗号？

【好友】人生0322：在家里，什么事？

【好友】毛驴倒着跑：没事啊！我出差这么久，回来叫叫你也不行吗？

真正的毛驴倒着跑绝对不会用这么奇怪的语气说话。只是，他什么时候出差了？怪不得，趁他出差盗号，也是厉害……难道，是熟人？想着，她一边打字敷衍对方，一边打开游戏界面和官方网页。

【好友】人生0322：老公都不怎么理我，我还以为你忘了我呢！[大哭]

【好友】毛驴倒着跑：对不起，老公最近忙。对了，老婆你那里有没有钱？我看中一件装备，正好手头不够，等明天上号就转给你。

【好友】人生0322：嗯，有，最近卖装备卖了不少钱，有两亿了，你来9线仓库我拿给你。

对方立刻回复说好，很快，空荡荡的仓库前，跑来一个全身闪光的男性角色。

姚蜜言微微一笑，就在对方打出"我到了"的时候，同时登录账号并点击网页上的修改密码。

她和毛驴倒着跑都知道对方的账号密码，这是游戏里夫妻们表达亲密的一种方式。他们两个虽然不亲密，但在结婚那一天，毛驴倒着跑就把账号密码告诉了她，同样的，她也把自己的信息交了出去。只不过

这两人平常都各自忙各自的,谁也没有上过对方的账号。姚蜜言只能感叹,幸好当初有了这么一出,不然今天晚上,她就是知道这个账号被盗,也是无能为力。

现在的账号都有手机密码保护,所以盗号者盗号最大的利益就是将账号身上的钱财物盗光,然后利用账号取得其他人的财物。只可惜,现在无论是大神还是小喽啰们的保护意识都很强,游戏公司的保护意识也强,于是身上的装备是绑定的,钱庄的钱是需要鼠标输入密码的,仓库和大包裹里的东西也是一样……这样一来,大量的被欺骗信息也就冒了出来。

修改密码,就等于发出消息给毛驴倒着跑,同时登录账号就等于把对方挤下线让他无法再欺骗其他人。登录刚成功,姚蜜言马上又重回游戏登录界面,故意输错账号密码十次。终于,系统提示,本账号由于密码操作错误,冻结一小时。

姚蜜言这才稍微松了一口气。一小时够他赶回来查看账号了吧?如果到时他还不回来,她就只能继续用登错密码来锁定账号等他回来了。

一小时过去了,两小时过去了,三小时过去了……毛驴倒着跑的账号密码还没有被改掉,那么就意味着他还没有回家。姚蜜言有点郁闷,他到底是干吗去了呀!有手机信息还不关注一下?终于在第五个小时的时候,姚蜜言这才发现密码已经被改,于是长长地呼了一口气。

【好友】毛驴倒着跑:你在哪里?

【好友】人生0322:家里。

过了一会儿,他的信息又发了来。

【好友】毛驴倒着跑:出来。

她一直在家里的后花园采集物品。游戏设定自己的配偶是可以直接进入后花园找到她的,但是他现在叫她出去,难道是,他带了外人?联想到之前他的账号被人登录一事,姚蜜言心里一冷。莫非,毛驴倒着跑认为是她干的?她什么话也没说,确认了一下包裹里的东西,便踏出了门。

果然,一队五个人正在她家的大厅等待她的大驾光临。两女两男,两男都是穿着白色铠甲拿着大剑,同样的剑客几乎是一个模子刻出来的。女的,一个是红色铠甲,另一个是绿色布衣。

【附近】毛驴倒着跑:她出来了,你们问吧!

这是什么意思?姚蜜言脸色蓦地一白,心里有点犯冲。这男人,真是不识好歹!!

【附近】春色悠然:生活,之前你有上过驴哥的号没有?

【附近】人生0322:有。

【附近】晓晓晓晓:看吧?她都自己承认了!

【附近】春色悠然:那找我们拿装备和钱的是你?

【附近】人生0322:不是。

【附近】天堂小鱼:……

姚蜜言的回答让几人很无语。

毛驴倒着跑把队伍散了,角色一步一摇地走到她身边。

【附近】毛驴倒着跑:我就说吧!我在帮里说过我出差五天不会回来,但是我没有跟人生说过。你们还不明白?只有可能是月色!

现在是神马状况?姚蜜言微微缓了缓神,好像事情跟她想象得有一点出入。自己的夫君大人还是维护自己的?

【附近】天堂小鱼:月色不像是这样的人啊!

【附近】毛驴倒着跑:我的账号密码只有她和月色知道,我之前在外面的时候,突然收到短信说修改密码的验证消息,回来的时候,账号就被锁定了。

【附近】毛驴倒着跑:那么只有一个答案,那就是这两个人中间,一个是上了我的号骗人,一个是帮我发了消息还帮我锁定了账号。

【附近】毛驴倒着跑:小鱼小光,帮派里知道我手机号码的人不多,但月色恰好就是其中一个。你们应该知道吧?

一时间,附近频道上只有毛驴倒着跑的字。其他人全部静悄悄

的，不知道是在私聊还是在帮聊。姚蜜言嘴角慢慢地翘了起来，还好，这小子是个聪明人，不然她就被坑了。

【附近】晓晓晓晓：驴哥，你的意思是生活不知道你的手机号码？你跟她不是夫妻吗？

【附近】毛驴倒着跑：我们注重心灵的沟通。

噗！姚蜜言差点没把刚入口的一口茶给喷出来。

【附近】天堂小光：驴大，你这么说不公平。

【附近】毛驴倒着跑：不公平？就因为她是你老婆？就因为她是个美女？

【附近】天堂小光：你们也看过月色视频照，她那个样子像是个骗子吗？倒是这个人生0322，他是男是女你知道吗？驴大，你有把握？

【附近】毛驴倒着跑：她是我老婆，我相信她。

【附近】天堂小光：月色也是我老婆，我也相信她。

一时间，气氛陷入僵局。

【附近】春色悠然：月色要过来！

姚蜜言起身去倒了杯开水，等她回到电脑前，附近频道已经刷了整屏。

姚蜜言勾了勾嘴角，自从她买了房子，家里就没有这么热闹过。当然，这全区只有108栋的限量版豪华住宅，也是她那位"老公"的赠予。

这样一个已经是全区排名榜上的人物，为什么遇到一个新号，偏偏就毫无顾忌地娶了自己？她一直想不通，但也一直没有问。

这是她第一次玩游戏，玩的是以自己写的小说改编而成的游戏。她刚开始进游戏的时候，是很不满意游戏公司的敷衍的，至少，他们不该把一个玄幻故事改成Q版，这样的不伦不类，让她找不到自己喜欢的碎天星。但是就是那一场婚礼，把她留在了这个游戏十一个月，快一年了。

这一年中，他给她买装备，买任务材料，买装饰衣服……每一次的赠送自然得仿佛两个人已经相识了几年，甚至是好几十年乃至一辈子。

刚开始她试着拒绝，但他直接丢给她后，说了句："不要就扔了吧！"

好歹是钱，她没有扔。于是后来所接受的馈赠也越来越多，多到她的心里有点发虚，总觉得自己是欠了他的。她绝对不相信这个据说很拉风很厉害的男人是真的看上了自己，因为他大概也没有把握自己是不是女人。当然，她是不会主动告诉他的。

这一年的时间里，两个人交谈的内容也很简单，简单到可以归纳为一个系统流程，大概总结就是：

他问"你在哪里"，她答"家里"，他说"有事找你"，然后扔给她一些东西，就消失。

为什么大神没有找老婆？为什么大神天天形单影只？为什么大神神龙见尾不见首？仿佛都有了一个答案。那就是：他有一个他雪藏着的老婆。

姚蜜言一番感叹，再定睛朝屏幕看去。来的人仿佛又多了一些，一群人把这豪华大厅挤得没有一块空隙。大概最少也进来了二三十个人吧？这到底算什么事，明明不关她的事，都跑她这儿来干什么？

【附近】月色朦胧：驴哥，真的不是我做的，这些人都可以给我作证。

【附近】天堂小光：驴大，你也看见了，月色的同学朋友都来做证了，这些人也是我们平时认得的，难道他们全部都在说谎？

【附近】天堂小光：就算他们全部都在说谎，月色室友拍的视频也可以解释吧？月色根本没有时间上你的号，她都在跟她的同学们在外面聚会啊！

毛驴倒着跑一直不说话，其他人吵吵嚷嚷，自然都是维护那月色朦胧的。她有证人和证据，完全有不在案发现场的时间证明，确实是能洗脱嫌疑。反观自己，一没朋友二没证据，作案时间自己还上了他的

033

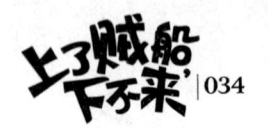

号，不是明摆着自己有问题吗？

【附近】晓晓晓晓：这个号不该是女的吧？一直到现在他都没有说过话，哪有这样的女孩子？

【附近】春色悠然：晓晓别乱说。

【附近】死神：心虚了吧？最近这人妖卖了很多高级装备呢！不会都是骗来的吧？

姚蜜言翻了个白眼，懒得跟他们说话，自己做的装备上刻有自己的名字，这人是脑残还是弱智？而毛驴倒着跑则沉默着，不知道在干吗。

姚蜜言打开自己的装备栏，和身上那些刚卖出的装备得到的钱，2.8亿，换成RMB也该有1400了。自己努力了好久呢！如果，他不相信她，那么她就离婚删号，她不需要为一个不信任她的人留在这里。

屏幕上，越来越多难听的话刷了起来。尤其是一个叫淡漠封心的，辱骂的言语不堪入目。

姚蜜言眯了眯眼，很好，淡漠封心，我记住你了。

【附近】毛驴倒着跑：淡漠封心，道歉。

【附近】淡漠封心：凭什么？我说错什么了？

【附近】天堂小光：驴大，封心是我顶头上司的弟弟，他也是好心，就算了吧！

【附近】毛驴倒着跑：OK，既然你这个帮主觉得这样处理可行，那么就这样吧！

【附近】天堂小光：谢谢驴大，你大人有大量。

【附近】晓晓晓晓：[惊恐]

【附近】天堂小鱼：……

【附近】月色朦胧：晕

【附近】天堂小光：驴大，你这是什么意思？为什么退帮？

一时间，附近频道被刷得不成样子。姚蜜言歪头看着游戏里那个金光闪闪双手拳套反射着暗金色光芒的小人儿，不知道这男人心里到底在想什么。

【附近】毛驴倒着跑：小光、悠然、晓晓，你们三个损失的财物报个数来，我现在还给你们。

【附近】天堂小鱼：驴哥，你跟我们在一起都半年多了，难道这半年的感情是假的吗？

【附近】春色悠然：驴哥，你不能离开天堂门啊！！

【附近】晓晓晓晓：人生0322，你个人妖！害我们成这样，你高兴了？

【附近】毛驴倒着跑：无关人等请出去，小光、悠然和晓晓三个留下。还完你们东西，从此我跟天堂门再没关系。

不知道是毛驴倒着跑的话有一些权威性还是他们觉得热闹也看够了，于是一个个出去了。只有那个叫淡漠封心的男道士还有最先进来的四人，加上一身翠绿长裙的月色朦胧还待在原地没有离开的意思。

【附近】毛驴倒着跑：一人1亿碎天币，够了吗？

【附近】春色悠然：驴哥，没那么多，不用的，我就被拿了两件五星装备，才2000万而已。

其他人沉默，姚蜜言看见毛驴倒着跑的头上和晓晓晓晓的头上出现了交易的标志，不一会儿，又轮到天堂小光。最后是春色悠然，但点了好几次都没有成功。

【附近】春色悠然：驴哥，真的没有那么多。

【附近】毛驴倒着跑：拿着，就当大哥我送你的结婚彩礼。

【附近】春色悠然：驴哥，你不要走好不好？

毛驴倒着跑没有再说话，两人迅速点了交易，春色悠然终于还是接受了那1亿碎天币。

这件事，到底跟她什么关系？姚蜜言一边无奈地吞着白开水，一边无辜地抓头。

【附近】毛驴倒着跑：从此以后我跟天堂门没有任何关系，请你们出去吧！

几人再挽留了几句，毛驴倒着跑竟然以断绝帮派关系来表明，他对这个才一转的106级小法师的维护，可谓到了他们无法理解的地步。

毛驴倒着跑的语气仍然不咸不淡，看得出来他们几人还是对他有一点敬畏，虽然不是很明显，但姚蜜言仍然感受到了。几人留了几句，大概觉得没意思，也慢慢退了，最后只剩下那个淡漠封心在原地站着。

【附近】毛驴倒着跑：淡漠封心，你最好道歉。

【附近】淡漠封心：你算个鸟，想让我听你的话，门儿都没有。

【附近】毛驴倒着跑：那好，请出去吧！不要打扰我们夫妻俩。

【附近】淡漠封心：等着吧，总有一天我会爬得比你高。不就钱嘛！你小爷我多得是。到时候你别哭着求我放过你。

姚蜜言扯了扯嘴角，这孩子，小说看多了。不待两人有反应，淡漠封心很潇洒地离去。想来，他留下就是为了放这两句豪言壮语。

【附近】人生0322：为什么这么相信我？

【附近】毛驴倒着跑：你在啊？我以为你有事去了。

【附近】人生0322：一直都在看戏。

【附近】毛驴倒着跑：一群小孩子，跟他们没什么共同语言。你要是想盗号早该盗了。

姚蜜言微微一愣，随即抿唇。这一年中，毛驴倒着跑身上的钱财在富豪榜一直是榜首，但是有一段时间，他为了凑装备，囤积了将近百亿的金币。那时候，各类密码保护措施都不是很齐全，而且金币与RMB的换算率则是100000：1。所以毛驴倒着跑这句话是很正确的，如果她想盗他的号，早在那个时候将那百亿的金币盗去，随随便便都能卖个几万块，何必等到今天才冒着这么大的风险去骗人？

【附近】毛驴倒着跑：今天谢谢你。

【附近】人生0322：谢我什么？

【附近】毛驴倒着跑：你知道的。

姚蜜言忽然觉得自己的心都要飞起来，这个男人果真不是个笨蛋。

【附近】毛驴倒着跑：明天圣诞节，有什么安排没有？

【附近】人生0322：没有。

【附近】毛驴倒着跑：那晚上8点等我，我们去做任务。

【附近】人生0322：好。

接下来，是一片长长的沉默。姚蜜言转着鼠标，始终没能将那小小的蓝头发人儿操作进后花园采集，只好无聊地去数世界上的喇叭。这不看不要紧，一看吓一跳。

她说毛驴倒着跑怎么沉默了，原来他正在发追杀令。世界上那些因为得知毛驴倒着跑退出帮派的其他帮派主要人物，都争先恐后地邀请他进帮派。

【世界】恋天星光：驴大雄起，赶快来恋天家族！

【世界】傲世狂爷：傲世帮派的大门永远为驴大打开。

【世界】小狂狂：人生0322是谁呀？出来吱个声。

【世界】毛驴倒着跑：凡是杀死淡漠封心此人的，可来我这领取5万辛苦费。报告给我此人坐标的，可领取1万金币。

【世界】白发魔使：小狂狂你傻了吧？驴大老婆从来不露面，她的好友都是拒绝添加的啊。

【世界】小狂狂：不会真是人妖吧？

【世界】小狂狂：强烈要求人生0322露面。

众人一顿狂顶，姚蜜言觉得很无奈，为啥这话题绕啊绕啊，又绕到她身上了？

【附近】毛驴倒着跑：你是男是女？

【附近】人生0322：女。

【附近】毛驴倒着跑：哦。

要说这两人，结婚一年了，男方才问女方到底是男是女，也算得游戏界一大奇闻了。但得知自己老婆确实是个女人后，那丫却安静地不说话了，就连世界频道上也不见了他的踪影。姚蜜言操控着鼠标在那金光闪闪的小人儿上打转，心里直犯嘀咕，莫非他其实希望自己是男的？

037

还是，这家伙有特殊癖好？

卢雨寒很郁闷，不是一般的郁闷。才刚得知自己的游戏老婆确实是女的，电脑就在这一刹那死屏了。他朝屏幕瞪了半晌，豪华住宅里的那一头蓝发与一身闪光的自己安静地站在那里，一动也不动。

全世界都不动了，那一秒……时间，仿佛就此停摆。

等他咬牙切齿地按下热启动后，发现自己的小本本居然在这关键时刻罢了工。于是这一晚上，他便只能无比郁闷地爬上床。好不容易知道自己游戏里的老婆是异性，怎么也该好好跟她沟通一下感情，可谁知，自己的电脑不争气。

只是，游戏里的爱情，值几块钱？他却是没有抱任何期望的。随便100块RMB甩出去，大把女人争先恐后地上前搭讪，要么语聊，要么视频，说不定还带一夜情的。比如那个月色朦胧，她千方百计地接近自己，用天堂小光的号来试探自己，想在游戏里跟自己"谈谈情、说说爱"，可她哪里知道，自己要是想，何必在游戏里找？于是一计不成，便生二计。她从天堂小光那里讨得自己的手机号后打来电话，想上他的号帮忙过任务。可是要不是她说就帮她这一次，以后她再也不纠缠他，他也不至于头脑发昏地答应了她。

告诉她账号密码绝对是他的失误，不改账号密码就更是他的致命失误，连带那群小子跟自己有了隔阂不说，还害得自己的游戏老婆背了一个黑锅。

好在，自己当初为了顾全结婚的面子，把账号密码告诉了自己的娘子，否则这次可真就栽了。也是，若不是他们互换了账号密码，他怎么会知道对方的生日呢？

卢雨寒就这样庆幸着，又使劲把自己加入了半年的帮派成员都狠狠地暗骂了一顿后，迷糊地进入了梦乡。临睡前，他还在提醒自己，明天一定要把自己的密码再次通知人生0322，明天一定要去修电脑，然后晚上回来跟她去做任务……

而另一边，我们的姚蜜言同学则对毛驴倒着跑连招呼都没打就直接下线的做法很无语。抓了抓头发后，姚蜜言将蓝发小人又操作回后院采集。折腾了一夜，她才心满意足地爬去床上睡觉。一觉睡醒，便到了下午6点，简单吃了点东西，她又上了游戏。

眼看快到8点了，姚蜜言停下采集，将身上的物品清理了一遍，骑上顶级白鹤，慢悠悠地朝圣诞节任务NPC飞去。由于这几天的变动，众人对人生0322这个名字也略有耳闻，一看见她出场，世界和附近都热闹了起来。她都一一瞟过，不言不语。

8点很快到了，毛驴倒着跑却仍然没有影子。姚蜜言安静地在NPC旁边蹲着，无聊地将NPC点了一遍又一遍。

8点半，毛驴倒着跑仍然没有上线。

9点，众人都已经做完任务了，回到NPC的时候，仍看到那个蓝色短发的小姑娘，安静地蹲在那里一动不动。于是，众人哗然。

9点半，还有半小时，任务时间就结束了。姚蜜言看那一群已经变身成圣诞老人的玩家们围成一圈圈，将她包围在里头，像在观赏珍稀动物一样地查看她的装备，试图与她搭话。

9点45分，屏幕上人生0322的身边，叫骂声、羡慕声一片一片，无数的对话框从那些玩家的头上冒起又消失……姚蜜言新鲜地看着这些人感叹，原来比她无聊的人还是很多的啊！

9点58分，毛驴倒着跑姗姗来迟。

【好友】毛驴倒着跑：抱歉，现在来不及做任务了。

【好友】人生0322：没关系。

【好友】毛驴倒着跑：下班被同事拖去吃了顿饭，回来去修电脑，然后又被老妈的电话一顿狂骂，一直到现在才回来。对不起，我不是故意食言的。

【好友】人生0322：没事。

毛驴倒着跑在得到她的原谅后，便再没有了声息。姚蜜言看了看

身旁仍然围着她的那些圣诞老人，终于点了一下鼠标，蓝发小人快速地站起。众人一阵慌乱。

【附近】名字只能取八个字：她动了她动了她动了！

【附近】恋天花花：生活你是不是在等驴大啊？他没来跟你做任务吗？

【附近】晓晓晓晓：肯定是被甩了呗，这还用说。

姚蜜言无视他们，唤出顶级白鹤，大摇大摆地从任务NPC往家园NPC走。路过那人声鼎沸的买卖市场时，毛驴倒着跑终于又发了一条信息过来。

【好友】毛驴倒着跑：做我女朋友吧！

那一秒，白鹤身后的繁华变成了无声的背景，慢慢地放大……直到蓝发小人站在了房屋管理员的身边，姚蜜言才摸了摸鼻子，发了个问号过去。

【好友】人生0322：？

【好友】毛驴倒着跑：拜托拜托。[对手指]

姚蜜言看到后面的图片，有想撞显示器的冲动。他居然用这种可怜兮兮的语气说话，让她实在不适应。但是，适应归不适应，事情还是要继续搞清楚的。

【好友】人生0322：理由。

对方沉默了。姚蜜言等了五分钟，见他没有继续发信息来，便将蓝发小人操作进家里，正要进后院去采集，他终于有了反应。

【好友】毛驴倒着跑：我妈说我要是元旦再不带女朋友回去，她就找人把我打包回家。

姚蜜言很无语。

【好友】毛驴倒着跑：就帮我一次吧。[撇嘴]

【好友】毛驴倒着跑：喂，给个话啊！

姚蜜言抽了抽嘴角，虽然帮个忙是无所谓，但是他莫名其妙找到自己，这实在是让人意外。

【好友】人生0322：你就没有其他朋友了吗？

【好友】毛驴倒着跑：想听真话还是假话。

【好友】人生0322：假话。

这回轮到毛驴倒着跑无语了，过了好一会儿，他才继续发来。

【好友】毛驴倒着跑：假话是我想见你。

【好友】人生0322：真话呢？

【好友】毛驴倒着跑：真话是我认识的那些女人很可怕。

这两人，仿佛说的都不是自己的事情一样。一个找人帮忙的没有求人的自觉，一个被求帮忙的没有丝毫扭捏。姚蜜言认真地想了想，才发了句话过去。

【好友】人生0322：我没有和长辈打交道的经验。

【好友】毛驴倒着跑：只要是女的就行。

姚蜜言张了张嘴，心里暗诽，那你干脆去街上拉一个得了。但最终，她还是没有将那句话打出来。

【好友】人生0322：答应你可以，但是有两个条件。

【好友】毛驴倒着跑：你说。

【好友】人生0322：第一，时间期限为一天，过后无论结果如何我们仍然跟以前一样，不准打扰对方。

【好友】毛驴倒着跑：这也是我希望的。

【好友】人生0322：第二，我性子冷，如果得罪你父母，不能怪我。

双方你情我愿，最终就假扮女友这个问题上达成了一致。临下线前，毛驴找她要了住址，姚蜜言想着，小区几十栋楼，估计他也不敢一栋一栋去敲，所以也就给了他。但是电话，她确实是没有的。

第三章　见父母啊

时间过得很快，一转眼便到了两人约定的时间。

卢雨寒看了看镜子里人模人样的自己，自恋地得意了一番，这才抬起手腕看了看表，7点半，离约定的时间还有半小时。

25分钟后，卢雨寒在姚蜜言所在小区门口前一棵树下停车。打开手提电脑，上线。

【好友】毛驴倒着跑：我在小区外面。

【好友】人生0322：好，马上下去。

【好友】毛驴倒着跑：最好打扮一下。

【好友】人生0322：嗯，我会的。

【好友】毛驴倒着跑：那你穿什么样的衣服，我好认你。

【好友】人生0322：黑色毛衣，米色裤子。

【好友】毛驴倒着跑：知道了，下来吧！

【系统】您的妻子人生0322下线。

卢雨寒笑了笑，这是他第一次看见她下线，在他的印象里，她几乎时时刻刻都待在游戏里，只是经常会反应迟钝而已。笑完，他便也下线关机，眼睛盯着小区大门口。

8点整,门口出来一个长发飘飘的女子。黑色半袖毛衣里面是白色衬衫,米色紧臀毛料长裤,一身打扮将女人娇好的身材曲线勾勒得淋漓尽致。

卢雨寒将手放在车门上正要下车,突然看见她瞥过来的脸,顿时呆在当场。

姚蜜言在小区门口等了几分钟,仍然没有看到传说中自己的老公大人"毛驴倒着跑"的身影。她疑惑地挠了挠脑袋,一头细密的长发懒散地顺着她的手揉成凌乱的一团,而后散开,在初阳的照射下,反射出丝丝亮丽的光彩。

"人生0322?"略低沉的男声在她后面响起。她心里一定,终于来了。

蓦地转过身去,待看清来人时,姚蜜言瞬间瞪圆了眼睛。怎么会是他?那个风流成性的负分男人?那个乘人之危强吻她的男人?他怎么会是自己的游戏老公?

在她的印象中,不,在乃至碎天星他们所在的全区人的印象中,毛驴倒着跑都应该是一个四大五粗的粗犷男子。谁也不会把这样有点粗俗的网名,跟面前这个看起来散发着一丝书卷气,表面笑如春风俊逸潇洒,但其实风流成性的家伙连在一起。

她瞪着他,他也瞪着她,两人的眉眼接触间,隐约有电光火花产生。

姚蜜言郁闷,怎么这世界无缘无故小了很多,上回出次门碰上他不说,这回自己还送上门来。

卢雨寒也郁闷,看她那躲躲闪闪的目光就像是想再逃跑的样子,自己可绝对不能再犯同样的错误了!

终于觉得这样站在公众场所不太好,姚蜜言首先回神,说:"是我。"定了定心神,她微微颔首,"走吧!"

卢雨寒磨了磨牙,没有出声,带她上了车。

"你为什么叫毛驴倒着跑?"忽然,姚蜜言睁开了双眸,突兀地

冒了一句话出来。

卢雨寒正专心开车,猛然被吓,方向盘都差点溜掉。

"大俗即大雅。"其实他想说的是,这名字比较能让某些花痴女人望而却步。

姚蜜言点点头表示明了,然后闭上眼去。

卢雨寒被她刚撩拨起谈话的欲望,她却又跟没事人一般休息去了,让他着实有些懊恼。于是几度揣度,才开口:"你上次为什么离开?"

"想听真话还是假话?"这句话有点耳熟。

卢雨寒愣了愣,这不是自己昨天戏耍她的那句话吗?现世报来得真快,这女人还真不是肯吃亏的主。"真话。"

"真话是……"姚蜜言顿了顿,蓦地张开眸子上上下下打量他一番后,清冷的眼眸里染上一丝奇怪的色彩,目光最终落在他的腰部以下:"你太小了。"

手下一个没打住,方向盘愣是被带转到另一个方向,差点就撞上旁边的公车。卢雨寒狠狠地瞥她一眼,不禁恼羞成怒:"我哪里小了?"

清冷的眸子再上上下下打量一番,微微点了几下头:"嗯,哪里都小。"

卢雨寒无语,如果不是在开车,他一定要把她吊起来狠狠抽打一番。咬牙切齿一番后,他作垂死挣扎状:"你又没摸过,怎么知道我小?"

"因为我没感觉到。"姚蜜言看了看他,估计觉得也调戏够了,于是再度闭上眼休息。

流淌着古曲的车内,只剩下某人咬牙切齿却又发作不得的铁青脸色:"你没感觉那是因为我没碰到你好不好?"

"喔,好。"淡淡的回应声仿佛在说:"我困了,不要打扰我休息",完全就是无视他的模样。

卢雨寒再度磨牙，说："假话呢？"我辛辛苦苦干活，你睡毛啊，就是不让你睡。

"假话？"姚蜜言掀了掀眸子，瞟了他一眼，"假话是我肚子疼。"姚蜜言皱着眉头，沉沉睡去。

直到卢雨寒将她叫醒，她才揉着眼睛，慵懒地张口："到了吗？"一出口，自己都吓了一跳，声音怎么变得这么沙哑了？肯定是通宵没睡，所以嗓子有点发炎。

卢雨寒瞥了瞥她，看她的身体状况确实不好，心里又气又怜，忍不住憋了一句他不想说的关怀的话出来："以后别通宵那么多。"

"喔。"姚蜜言停住揉眼的手，呆呆地看了他一会儿，半天才冒出一个音节。

卢雨寒微微一叹，知道她刚睡醒，脑子还有点不清醒，所以无奈地指了指车门，提醒她："该下去了。对了，你叫什么名字？"

"姚蜜言。"

姚蜜言吗？他又扯了个笑容，这名字一点也不像她，明明是这样小家碧玉的名，却配上了一副清冷无双的性子，倒是让人浮想联翩。

"卢雨寒，你记住了。"

"喔，记住了。"姚蜜言楞楞地点头，不明白他突然说这句话的意思。

男人大踏步过来，自然地握住她的手，将她往停车场外带去。还在迷糊状态的姚蜜言脑子有点当机：为什么他的动作那么自然？虽然心里冒着疑问，但是表面上姚蜜言很镇定。男女朋友嘛，牵个小手还是很正常的，不是吗？

"呀，小寒呐！你今天回来啦？"刚出停车场，一个半百老人就冲卢雨寒打招呼。

卢雨寒笑了笑，也回应道："区伯伯，我今天带我女朋友回家给我妈瞧瞧，您老最近身子还好吗？"

"好呢好呢！哟，真标致的小姑娘，就是瘦了点，小寒你可不能

虐待人家小姑娘啊！"区伯伯不停地点头，对卢雨寒的问好非常开心。

卢雨寒转头貌似"深情"地看她一眼，把她扯得离自己更近一点，便回头继续冲区伯伯笑着说："我哪儿敢呀！心疼还来不及，区伯伯，我就不同您聊啦，我妈还等着呢！"

"好，卢家媳妇真好命啊，生个这么乖的儿子，这儿媳妇也标致得很，以后可有福享咯！"区伯伯一边絮絮叨叨地赞叹，一边挥手离开。

卢雨寒这才收了热情爽朗的笑容，淡淡地带着她往一旁的超市走去。路上遇到很多人，都很热情地跟他打招呼，而他也一一回过去，热情又不失礼节。

姚蜜言看在眼里，对他的交际手腕感到由衷的佩服，若是她，大概在面对别人的时候，就只会冷着个脸点点头，哪里会像他一样，圆滑而又不失风度。

卢雨寒带着她买了一些老年人用的滋补药品，便急匆匆地往回赶。路过饮品店，他顿了脚，让她留在原地，自己进去捧了一杯热奶茶出来，递给她："喝了它。"大概是觉得自己语气太过僵硬，于是调整了神态，又补充一句，"暖胃。"

姚蜜言双手捧着热气腾腾的奶茶，全身都温暖起来，她望着那热气发呆，似乎从来没有人对她这么好过。这个男人心还真细啊！感叹完，又快步跟上他的脚步，两人很快进入了他熟悉的小区。

在自家门前，卢雨寒深深地吸了几口气，眼睛盯着大门，似乎特别别扭地突然叫了一声："喂。"

他突然出声，吓了她一跳，连刚刚还迷糊的脑子都清醒了许多："嗯？"

"拜托你了。"他脸上表情略微显得不自然。他也不知道为什么事情就发展成这个样子，但是他仍然希望姚蜜言能给父母一个好印象。直到姚蜜言点头，他才长舒了一口气，就像即将面临考官一样，按下门铃。

"回来了？"人未见，声先到，一个年轻的声音在门被打开的同时欣喜地叫道。但是一张五官娇柔的年轻脸蛋在看到二人后，瞬间，欣喜被愕然取代。

卢雨寒也愣住了，后退一步，朝周围看了看。是自己家门啊，可这个女人是从哪冒出来的？

就在三人大眼对小眼的时候，中气十足的中年女声从门内传来："小银，谁啊？"

女孩眨了几眼，忽然朝卢雨寒笑了，一口整齐洁白的牙齿闪闪发亮："我知道了，你是曲教授的儿子对不对？"还没等卢雨寒反应过来，女孩转过头去喊道，"教授，你儿子和女朋友回来啦！"

"啊？"卢妈妈惊叫一声，不知道是因为听到自己儿子回来惊讶，还是听到儿子女朋友一起回来感到惊讶。

姚蜜言歪了歪头，便看见一个打扮简洁但看起来却文雅至极的中年妇女围着围裙，手拿锅铲从厨房赶出来。

"哎呀，真的是小寒，你个死小子终于舍得回来了！"卢家妈妈看见自己儿子，挥着锅铲就是一通数落，数落完目光很自然地落到儿子旁边那个清冷的女子身上。嗯，眼光倒是提高了，只是这么冷淡的样子，好像跟儿子好像不太搭。卢妈妈暗自评价，脸上却笑开了花："儿子，这是？"

"妈，这是小蜜。"卢雨寒简单介绍了一下，转头冲她眨了一下眼，示意她赶紧打招呼。

姚蜜言会意，轻轻颔首："伯母好。"

声线冷清并且单薄，一看就是清心寡欲之人，自家儿子真的把握得住？卢妈妈不动声色地再次审视了一番。"好，好。来来，小蜜，进来坐。"

卢妈妈热情地招待众人坐定，又匆匆跑到厨房去捣鼓饭菜。叫小银的女孩并不认生，对卢家仿佛极熟悉，她起身拿来饮料和水果盘端给卢雨寒和姚蜜言道："你们好，我叫李银，是曲教授带的学生。今天放

047

假正好送篇论文过来让曲教授提点一下,刚刚还以为是卢伯伯回来了呢!"

"小寒啊,小银家离S城比较远,所以经常来我们家陪我和你爸谈心说话,挺好的一女孩子,你有空好好照顾照顾她。"卢妈妈的声音从厨房伴随着油烟机声响起。

卢雨寒眸子微微眯了眯,而后语气轻快地大声回道:"知道了,妈。"

回头,看姚蜜言一脸茫然的样子,伸过手去,在她手上捏了一把。姚蜜言这才微微回神,疑惑地望向他。

卢雨寒见她没有多想,这才收回目光。他当然知道自己的老妈在想什么,搞不好,她其实是打算今天让自己跟这女孩见面,然后顺道发展发展感情,只可惜,自己临时带了姚蜜言回来。

李银却像什么都不知道似的,削好苹果后,笑着递给了姚蜜言。后者眨巴了几下眼,接过手,轻轻道了声:"谢谢。"

李银爽朗地一笑,回个不客气,便又拿起一个苹果。见李银还要去削,卢雨寒赶忙制止她:"小银,不用麻烦你了,我不用的,谢谢。"

姚蜜言轻轻啃了一口,微微撇嘴。小银,叫得真亲热,他还真是典型的自来熟。

李银也不坚持,见这两人都不大爱说话,她又是个没出社会的学生,想搭腔也不好开口,便也沉默下来。

正在三人无所事事的时候,门铃响了,李银飞快地去开门,进来的正是卢雨寒的父亲。

卢爸爸和李银极为熟悉地打了声招呼,进门看见自己的儿子,笑眯了眼:"小寒,回来啦!"

"嗯,爸。"卢雨寒应道,自然也免不了再次给自己的爸爸介绍自己的"女朋友"。而姚蜜言也免不了再次点头微笑,好在卢爸爸也不是很在意。

待两人点过头后，卢妈妈在厨房里喊："准备吃饭了。"

李银赶忙道："教授，卢伯伯，你们一家人团圆，我就先走了哈！"二老忙挽留，但好在李银坚持，卢妈妈便只好随她去了。毕竟她说得没错，自己儿子带了女友回来，若是留这么个没有什么亲近关系的人吃饭，人家两个女孩子都会有想法的。

饭桌上，卢爸爸和卢雨寒有一搭没一搭地聊着，两个女人埋头吃饭。直到卢雨寒察觉到冷落了旁边的人，才赶忙夹了一筷子菜放到她碗里说："多吃点，看你瘦的。"

卢家二老相视，自家儿子还真的是有点收心的苗头，不错不错。

姚蜜言微微红了脸，这么亲密的举动对她来说太过意外了。在陌生人家里，陌生男人对自己说这样亲昵的话，心理落差实在大。于是，她反射性地回了句："谢谢。"

刚说完，卢雨寒便瞪她，姚蜜言自知失言，忙垂头不顾形象地一头乱扒。

卢家二老又相视，完了，这儿媳妇希望不大。哪有女朋友对自家男朋友说谢谢的？卢妈妈感叹，儿子，你前途堪忧啊！

见气氛有点沉闷，卢妈妈便装作不经意地问道："小蜜是哪里人啊？"

"呃……C城人。"姚蜜言老老实实地回答。

"C城？"卢妈妈瞪了瞪眼，好远，这么远还能跟自己儿子认识，那就是在这边工作了吧？

"在这边工作？"

姚蜜言偏头想了想，写文也算是工作吧？于是微微点头，回了一个"嗯"字算是回答。

如此简洁的答话，让卢妈妈再也没有问下去的欲望，双眼一翻，吃饭去也。

卢雨寒那个郁闷啊！早知姚蜜言是个冷人，可这冷得也有点太离谱了吧！不过就算是这样，他还是装作很热情地给姚蜜言夹菜盛饭，嘘

049

寒问暖，以打消自家二老的疑心。

一顿饭就在卢雨寒的尽力支撑下慢慢度过。

吃完，卢妈妈收拾桌子，卢爸爸拉了卢雨寒坐在椅子上，立刻就摆出一副象棋。卢雨寒欲哭无泪地看看自己身旁脸色平淡的"女朋友"，他很想抽空教导一下姚蜜言该如何度过这一天，不露出马脚，可偏偏没有机会。

两人一摆阵势，姚蜜言就知道这是属于两父子的天地。她这时候该做什么呢？呃，是不是该勤快点，去帮"男友"的妈妈干活？

姚蜜言虽然没经历过，但毕竟不是蠢人，两父子这时候杀得昏天暗地，自己也不好打扰，于是踌躇一阵，便静静地走到厨房门口。

卢妈妈正在收拾剩下的菜盘子，还有一堆散乱的菜叶堆在地上。刚吃完的饭碗堆在洗碗池里，凌乱不堪。姚蜜言给自己作好心理准备，便道："伯母，我来帮你吧！"

清冷的声音打断了卢妈妈正为儿子哀叹的思绪，抬头，看见这身子单薄的女孩略带着羞涩地看着自己，一双清亮的眸子里却充满着勇气。以她这么多年的看人经验，一眼便知这女孩的气韵和神智非一般人可比。可正是知道得这样清楚，所以她对自己那吊儿郎当的儿子就更没了信心。还不如让儿子随了自己的心愿，跟那个开朗又可爱的李银发展一下。

虽然是这么想，但并不代表她不喜欢姚蜜言。若是儿子能捕获她的心，卢妈妈自然是一百二十个愿意。这会儿，女孩儿自己过来讨好她这个长辈，也就说明她确实也有把儿子放在心上，这样一想，她心里也舒服许多，便微微侧移了身子。"那麻烦你了。"

"不麻烦。"姚蜜言微微点头，走到洗碗池旁边，卷起洁白的衬衫袖口，伸进手去，仔细地洗刷起碗来。她自己一个人在家是什么都不干，但家务事却也难不倒她。

卢妈妈看她刷得认真，自己却有一搭没一搭地拾掇着菜叶。过了一会儿，本来性子就外向的卢妈妈沉不住气，开口打探这女孩的状况：

"小蜜啊，今年多大啦？"

"24。"

"在哪里毕业的呀？"回答真简洁，再接再厉。

"S大。"

"S大是重本，小蜜看样子成绩不错啊！现在工作是做什么呢？"为了打破沉闷，继续努力。

"写作。"

"呀！小寒不正是编辑吗？难道你们是工作认识的？"

"嗯。"怕说两人是玩游戏认识的引起卢妈妈的血压上升，姚蜜言体贴地简化了两人的认识过程。

卢妈妈被这一声"嗯"弄得灰头土脸，她当个妈妈容易吗？居然搞不定自己儿子的女朋友？"那小蜜啊，你家里人也在这边工作吗？"

姚蜜言忽然停了手，脑海里只有这一句话在翻滚。直到卢妈妈觉得不太对劲正要抬头朝她望时，清冷的声线悠悠地飘来："我家里人都不在了……"

卢妈妈蓦地一震，她清冷的语气里，没有哀伤，没有悲怨，没有惆怅，没有凄凉。

卢妈妈不知道要怎么开口，因为感觉她仿佛并不需要自己的怜悯。盯了她几秒钟，卢妈妈才垂下眼睑去，最终还是忍不住道了声："对不起。"

"伯母，你说什么呢？"略带着笑意的语音传来，卢妈妈再抬头，看到那个女孩正偏着头看自己，一向淡淡的表情上终于有了一丝阳光，"我很好。"

卢妈妈扯了扯嘴角，叹一口气，整理好手上的残叶，在水龙头下冲了冲手，轻轻拍拍她的肩膀说："你觉得开心就好。"

在大厅内，一边频频张望厨房的卢雨寒和眉头紧锁的卢爸爸两人形成了鲜明的对比。

"将！"卢爸爸沉稳出声。

卢雨寒赶忙将视线拉回棋盘上，不由得苦了脸："爸，你今天的棋好诡异。"

"嘿嘿，你以为我只会用抽马打象重炮将？小子，重药下得好，那是一夫当关万夫莫开，但是有时候还是要看对象来的……"卢爸爸狡黠地一笑，话语里有着不同往日的奇怪指示。

卢雨寒低头抹了抹鼻子，老爸这是在暗示自己，对姚蜜言不能太过心急吗？可是，自己根本就没打算跟她怎么样。

"小寒啊，你爸现在早没有当初的那雄心了，你妈也看淡了很多，家里的事你不爱管，我这把老骨头也还能动，但是毕竟以后都还是要交给你，所以，早点……成家立业吧！"卢爸爸继续摆棋子，一边摆一边状似不经意地溜出来两句话。

卢雨寒一听，不禁又苦了脸。"爸，你说我现在做这个不是挺好的吗？"他确实很喜欢文学，否则也不会弃家里的产业不顾，而跑到别人的手下做个小小的编辑。只是父亲的年纪确实也大了，他的兴趣爱好也不知道能撑多久。或者，他真的该考虑结婚生子接担子？

卢爸爸也不再作声，下巴一抬，指示某人继续开始战斗。

厨房里，卢妈妈快速地将其他东西收拾完后，拉着姚蜜言回了屋。看见自家老头子和儿子还在激烈拼杀，不干了。

"小寒，人家小姑娘头次来我们家，你跟你爸掺和什么劲儿，快带你女朋友回房交流交流感情。"

姚蜜言微微一愣，脸色泛红，飞快地垂了头。就算交流感情，也不用回房吧。

卢雨寒一听，立刻撇了自家老爸，拉着姚蜜言的手就往自己房间走，全然不顾身后二老深幽的目光。

刚进房门，卢雨寒就赶紧放手，说："你吓死我了！还以为你跟我妈在厨房里穿帮了……"

姚蜜言微微颔首，不说话，卢妈妈性情开朗，又聪慧凌厉，是个好妈妈。

"坐吧！"她不说话，卢雨寒也不知道要说什么，看她仍然驻足在原地，眼睛却盯着自己的一架子书在看，便问道，"要看吗？"

姚蜜言迟疑一下，点头。

"自己去拿吧！我睡会儿。"自己在她面前没有一点儿吸引力，想着，卢雨寒就有些哀怨地将自己甩进大床。

姚蜜言翻个白眼，从书架上抽出一本看起来装订比较精美的历史小说，走到朝阳的窗前坐下，自顾自地看起来。

还真是冷淡得可以啊！卢雨寒躺在床上，双手交叠在脑后，半托着脑袋看姚蜜言，后者全无反应。淡淡的阳光从窗外被过滤进来，在她的黑丝上跳舞。卢雨寒看啊看啊，不知道怎么的，觉得那苍白的唇，还有那清淡的眸子，越来越好看。

不知不觉，卢雨寒沉沉睡去，直到似乎听见自家老妈高亢的嗓音喊着吃饭，他才蓦地睁开眸子，一眼便扫到了趴在十多厘米厚的小说上那张恬静的脸。夕阳的余晖泛着金色，一点一点地将一脸苍白镀上柔和的色彩，让他忍不住想去怜惜。

大约也是听见了门外的动静，姚蜜言微微动了动眼睑，然后轻轻地张开眼睛，正好与卢雨寒的目光相遇。看见他正盯着自己，她疑惑地低头，朝自己打量了一番，确定自己没有出糗后，才对上他的目光，轻轻勾了一下嘴角算是醒后的招呼。

卢雨寒心虚地撇开眸子，使劲把心里的怜惜撇开，清咳一声："那个，吃饭去吧。"

饭桌上，卢妈妈热心地给儿子儿媳妇夹菜，一个劲儿地叮嘱他们，要多吃啊，多吃啊！

卢雨寒疑惑地望着自己的老妈，她哪根筋不对了？突然变得这么热情？怕是又有什么鬼主意吧？果然，待几人吃饭吃到尾声时，卢妈妈果断地宣布："小寒，你爸今天拿到一份新图纸，有些地方不太懂，你去跟他研究研究。嗯，小蜜啊，吃完饭去跟我逛逛街吧？最近商场打

折,我一直都没时间去……"

卢妈妈的宣布一出口,余下的三人就愣了。卢爸爸反应最快,瞟了一眼卢雨寒后,马上低头吃饭。姚蜜言的反应就是没反应,眨巴了两下眼睛后,继续慢条斯理地处理卢妈妈热心过剩后的产物——满满的一桌饭菜。唯独只有卢雨寒,深深觉得不对劲。

卢雨寒问:"妈,你这是干吗?"

"怎么了,你有什么意见?"卢妈妈眉毛一挑,气势瞬间高昂,直压自己的宝贝儿子。

"可现在是傍晚了,我们该回了……"卢雨寒垂死挣扎,要是听了老妈的安排,那他跟她今天晚上就甭想回了。晚上……真是个令人浮想联翩的字眼。

"回什么回?你这不是刚回家吗?"卢妈妈板着脸一顿好训,然后快速地堆起笑脸朝大约明白了一点事情的姚蜜言道:"小蜜啊,今天晚上别走了,就在我们家过一晚吧……"

姚蜜言偏头朝卢雨寒看去,后者回给她一个哭笑不得的表情。

她微微皱眉,正要开口。一直观察着她的卢妈妈眼见大事不妙,便先下手为强,立刻截断她:"好,就这样了!小寒,现在跟你爸去。小蜜啊,我们先把这桌子收一下吧!"

姚蜜言再想张口,还没说话,强悍的卢妈妈又是一截:"对了!小寒,别研究得太晚,晚上早点休息啊!"

早点休息……在场所有人都知道她指的是什么,可没一个人再敢反驳,卢家父子早已习惯了卢妈妈的专制独裁统治。

姚蜜言微微垂下眼睑,卢妈妈刚刚几次打断她,表示今天是铁了心地要留她在卢家过夜。如果说自己硬是坚持要走,把气氛弄僵了,恐怕自己来这一趟也就算白来了。那就只好见招拆招,走一步看一步。

饭毕,卢家父子已经被关在了书房里,不得出门。

姚蜜言望着那紧闭的房门悄悄叹气,只得遂了卢妈妈的心愿跟她一起收拾,末了,两人便下楼去商场。为了不至于行程冷淡,卢妈妈少不得又得挖空心思开始搭腔。

"小蜜啊!你很少出门吧?"

"嗯。"

"那可不行喔!你看看你,脸色很不好啊!女孩子要好好保养自己,多出来走动走动。"

"嗯。"

"有空,就多来陪陪伯母,我空闲的时候多,小寒他爸又忙,一个人怪冷清的……"

"好。"

"真乖。小蜜你看这裤子怎么样,小寒他爸好久没买裤子了。"

"不错。"

卢妈妈愈挫愈勇,哪怕姚蜜言每次的回答都只有一个字或两个字,但是她仍然很努力地在找话题这个康庄大道上奋斗。直到给卢爸爸买了衣服裤子后,卢妈妈已经很成功地将姚蜜言的手拐到自己的臂弯里,笑得她眉眼都挤在了一起。清冷的姚蜜言安静地挽着卢妈妈的手臂,很认真地回答她的各种奇怪问题。

"小蜜啊!你会不会觉得我们这种人很俗啊?"出了店门,卢妈妈对自动接过她手上手提袋并半挽着自己的姚蜜言问道。其实也不怪她这么问,因为卢妈妈知道,这孩子并不如一开始看着那般冷淡,但她仍然有些不自在,也不想引得姚蜜言对她反感。

姚蜜言歪头,不解地问道:"怎么会?"

"你好像……不太喜欢话多的人?"卢妈妈又试探地多问了一句。

"不会。"姚蜜言很肯定地摇头。她最喜欢的就是这种人,开朗、温暖,会让她觉得不是孤单一个人。她顿了顿,怕卢妈妈不信,便又补充道:"话多的人很温暖。"

卢妈妈一滞,朝姚蜜言多看了几眼,微微一叹,她终于沉寂了片刻。

这个孩子，怕是孤独了太久，所以连想接近人都找不到方法。真难为她了，一个小姑娘要在这世上单独生存下去，想想都知道有多不容易。卢妈妈这样一想，看姚蜜言的目光也就愈发地温和。

等卢妈妈拖着姚蜜言逛了两个小时以后，姚蜜言早已经收回了自己的评论。就算是再温暖，也不能暖到她连站都站不起啊！就这一晚上，她算是把自己十多年的路一下子全走完了，她的腿……姚蜜言觉得自己的脸上满是宽面条泪。

终于，卢妈妈觉得也差不多了，才跟姚蜜言大包小包地打车回家。

第四章　怕冷的女人

两人到家，卢家父子也早就"研究"好了什么什么图，正在大厅里厮杀。看见卢妈妈与姚蜜言回来，一直心不在焉的卢雨寒忙推了棋盘上前去帮忙拎东西，冲姚蜜言道了句："回来了？"

后者微微点头，实在没力气说话，走到沙发上坐下。

卢妈妈指挥两父子把战利品放好，看见姚蜜言疲累的模样，赶紧催道："小蜜啊，逛得累了吧？快去洗澡睡觉吧！"

卢雨寒此刻对自家老娘的佩服已经达到五体投地的程度，她这先各个击破，而后顺水推舟的法子用得那叫一个纯熟。

看看姚蜜言脸色呈现运动过后的瑰丽色彩，眉头紧皱却仍然一声不吭，卢雨寒又气又怜地将她拉进房里。他接过卢妈妈递来的衣物，便关紧了房门，指着房间里的浴室道："去洗洗。"想想又觉得自己的语气太严肃，赶紧缓和一下语气，补充道，"洗完会舒服点。"

"喔。"姚蜜言老老实实地接过衣物。

接过衣物的那一刹那，两人不约而同地想起那一天在宾馆房间发生的事情。姚蜜言微微一颤，觉得他的手指滑过自己的手心所带起来的战栗几乎要将自己淹没，忙逃也似的抱着衣物往浴室跑去。

洗完，姚蜜言出门，看见卢雨寒正在书桌上手执钢笔写写画画。

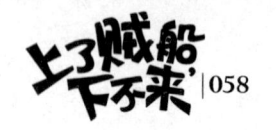

听见门响,他回头瞟了一眼她,见她脸色红润,便道:"洗完了?那早点睡吧!"

"我……"姚蜜言微微皱眉,踌躇着不想去睡。

卢雨寒以为她是害怕自己跟她同床,于是笑道:"我等下去隔壁客房睡,你好好休息。"

姚蜜言自然也是有这方面的顾虑的,所以听到他这么说,便立刻松了一口气,看他掀开被子,下巴朝自己扬,她也只有磨蹭地朝床边走去。

"可是……"她还是不想睡。

"怎么了?"卢雨寒疑惑地看着她。自己都表示不会动她了,她还想怎么样啊?

听到对方的语气似乎有些不耐烦了,姚蜜言像受惊的小兔,嗖地一下便钻进被子说:"没,没什么。"

没见过她动作这么迅速的,卢雨寒被她的过激反应弄得愣了半晌,才走上前给她掖好被子:"那我出去了。"

"喔!"她闷闷地出声。

卢雨寒却有些郁闷,她穿的是卢妈妈的睡衣,虽然卢妈妈不算胖,但穿在她的身上仍显得很大,领口一片风光外泄,好看的锁骨似乎长了翅膀似的跟卢雨寒招手。他使劲翻了个白眼,愣是转身离开,走到门口的时候,顺手关上灯。

咚的一声,灯关上的同时,姚蜜言突然出了声:"喂!"

"什么?"卢雨寒关门的手顿住,她又怎么了?好奇怪的样子。

"没,没什么……"可是姚蜜言仍然没说出个所以然来。

她这是怎么了?怎么老是欲言又止的模样?卢雨寒搞不懂,只当是她有些不适应在陌生人的家里睡觉,便安慰了句"早点睡吧"便走出房门。

慢慢地,天色晚了下来,卢妈妈恨铁不成钢地瞪了卢雨寒一晚上,然后絮絮叨叨地拉着卢爸爸回房休息,留下卢雨寒一个人在大厅发呆。换在平时，这个时段并不晚，但明明刚刚几个人的呼吸还在，这时却只剩了自己，卢雨寒独自呆着，便不禁胡思乱想起来。

她睡着了吗？她今天会不会很累？她是不是打算过了今天就真的跟自己没任何关系了？突然而来的认知让卢雨寒的心有点沉甸甸的，好像心里有团火焰，在跳动着找出口，却又始终找不到。

卢雨寒狠狠地咬了咬牙，蹭蹭地往自己房间走了几步，又停住。

进去，还是不进去？

卢雨寒纠结着，不进吧，自己这脑子乱得慌，老想着。进去吧，她肯定是不欢迎自己的。

深吸几口气，卢雨寒，你这是在干什么？里面那个女人，不过就是个普通的妞而已，你怕什么？想进就进，不想进就乖乖抱着枕头睡觉去！

卢雨寒想来想去，终于咬了一下牙，抵不过诱惑，推开了房门。他没发现，在另一个房间门半掩的背后，两双眼睛内闪过计谋得逞的亮光……

门内很静。卢雨寒的心情很复杂，有忐忑，有兴奋，有纠结，还有一点期待……坐在床沿边，他的手有点发抖地慢慢往中间摸索。真是搞笑，自己也算久经沙场，怎么就对这个女人没法静下心来？

啊，不对，人呢？

卢雨寒皱了皱眉，手伸了老长，都没触摸到人。莫非她知道自己进来，躲着自己？不对，被子呢？被子怎么也不见了？

卢雨寒这才觉得有点不对劲，伸手往床头的台灯一摸，昏暗的灯光下床上的情景让他瞬间呆滞，在自己那张两米宽的大床中间，被子被蜷在一起缩成一团，而且能看见某人极清晰的抖动。

卢雨寒忙扔掉鞋爬上去，拍拍被子："你怎么了？"

被子连人仍在抖动，卢雨寒只好扒拉开被子，想弄清楚到底是怎么一回事。但是被子一拉开，里面的人感受到凉风，抖动得更加厉害

了。他瞬间明白，敢情这女人是怕冷？

想也不想地，他将她连人带被一起抱住。似乎是感受到他的体温，被子里的人渐渐地平稳下来，慢慢地扒出一只手，而后探出一张苍白的小脸，可怜兮兮地瘪着嘴。

卢雨寒看得又好气又好笑，他从未见过她的这番模样："不至于冻成这样吧？这温度也不低。"

就是因为温度不低，所以房间里没有开空调，反而更加的冷清。"我天生体质阴寒。"她继续瘪着嘴，本来就苍白的脸上，嘴唇的颜色已经变为了淡紫色。

"所以才经常通宵，白天睡觉？"卢雨寒脑子一闪，得出这样一个结论。看到她很认真地想了想，然后迟疑地点头，卢雨寒真是恨不得把这女人的脑子剖开，好好瞧一瞧有没有搭错神经，"你天天通宵不睡体质会更差，抵御低温的能力也就更差，难道你不懂吗？"

某女瘪着嘴低声回道。"懂……"

"那你还天天通宵不睡？"卢雨寒咄咄逼人，她这是在拿自己的身体开玩笑啊！

"可是……很冷……"某女低垂着头，一脸"我错了"的模样，但是嘴巴却仍在给自己找借口。

她这可怜兮兮的模样，实在让人生不了气。卢雨寒瞪着眼睛，重话说不下去，只得继续抱着她。过了一会儿，才继续说道："你是不是，还有点怕黑？"

某女沉默半响，似乎是在考虑要不要告诉他，最后才下定决心承认："是……"

怪不得她之前老是欲言又止的模样，原来是想让自己别关灯，或者是留下。卢雨寒得意地笑了，说："算了，看在你帮我的份上，今天晚上我就陪你睡了。"

这个决定让怀里的某女猛然瞪大了眼睛，"不……"不用的用字还没出口，卢雨寒已经脱了外套将她的被子掀开，溜了进去。

"我不动你。你躺直,睡好。"霸道之情溢于言表。

"我……"姚蜜言张了张嘴,但卢雨寒的手臂已经环在了她的颈项之下,他身体上的热度隔着层层布料传递而来,她顿时感觉整个人都温和了很多。于是,某女自欺欺人地乖乖地躺直,虽然被单上凉薄的温度害得她恨不得整个人都贴在他身上,但她却一声不吭。

男人是冬季必备的取暖物品,这样的话是很有道理的。所以姚蜜言很宽心地安慰自己,就当他是个抱枕算了。可没想到,等姚蜜言的温度稍微热乎一点后,卢雨寒三下五除二便将自己扒得挺干净——身上只有了一条内裤。他在心里咧嘴,嘿嘿,谁让自己不怕冷啊不怕冷。伸手将台灯关掉,再回头紧紧抱住怀里的那个软绵绵的大冰块。

啧,还真是冷啊!一不小心碰上她的脚,卢雨寒差点没叫出声来,这跟冰箱里的冰块有什么区别?

姚蜜言本来正在为自己怎么碰都能碰上他的肌肤而烦恼,察觉到他在抽凉气,不好意思地缩了缩脚,说:"对不起,我的脚一直都这样。"

"一直都这样?"卢雨寒在黑暗里挑了挑眉。

"嗯,一年四季。冬天更凉。"姚蜜言老老实实地回答。

卢雨寒叹了一口气,原来她这副清冷的性子,是因为这身子而来的啊!脚探了探,将她的脚勾进自己的两腿间,冰凉的触感刚开始有点不适应,但是过了几秒后,也就麻木了。

"现在好点没?"

"嗯……"姚蜜言低低地应了一声,脑子却清醒得很。

脚上传来的热度是她这二十多年的冬天没有享受过的温度,从心里溢出的满足感充斥在她的胸膛。这男人并不是她想象的那样败絮其中嘛!虽然仍然还是有点色色的……

卢雨寒比往常要沉默,为啥?美人在怀,他脑子里尽是些绮丽的画面,却不得不压住这样的冲动,这得耗费他多大的精力啊!

姚蜜言以为他不想说话,自然就更不会开口说话。

两人一直沉默着，以为对方开始进入睡眠。而实际上，姚蜜言将脸埋在他的胸膛上瞪着眼睛，毫无睡意，而她头顶的卢雨寒则瞪着天花板上从窗帘缝隙里泄进来的一丝丝亮光发呆。

黑暗里，只有一男一女浅浅的呼吸声。

由于有了卢雨寒这个暖床的，姚蜜言的身体也被他抱出了温度，渐渐地两人终于没有之前那样的难受。姚蜜言觉得舒服多了，于是小小地一动，大腿滑过某个不该滑过的地方，"轰"地一下，她脑子片刻空白。

似乎，好像，没自己想象得那么小……姚蜜言回过神来，抽了抽嘴角。不过经此一事，她再也不敢随便乱动。只可惜，这样的随便一滑，已经引起某人的反应。那双原本就灼热的大手慢慢地不安分起来，在姚蜜言的腰际上徘徊。徘徊了一阵，又慢慢地摸进睡衣里头，享受那如脂的肌肤。

"你说不动我的！"姚蜜言被搔得有些痒，清冷出声。

某人手仍然没停，嘻嘻一笑道："我这是给你升温。"

姚蜜言翻了个白眼，手伸过去抓住他的爪子，"别动，睡觉。"

卢雨寒撇了撇嘴，不过，他的手被她主动抓着，某人像老鼠偷到油似的贼笑几分钟后，终于忍受不住周公的召唤，头一偏，睡觉去也。

一早醒来，卢雨寒怀里的人儿已经人去床空。他暗地敲了自己一记，多好的机会啊，自己怎么睡得跟猪似的。就算早点醒过来也好，可以欣赏一下她主动拥抱自己的睡姿啊！

啊啊啊啊，贪睡真不是好习惯。

洗漱完出了门，清冷的身影正陪在卢妈妈旁边拿衣架晾衣服。卢雨寒皱了皱鼻子，摸进厨房，随便弄了点饭菜端出厨房，正好碰上姚蜜言转身进来。两人视线一相对，卢雨寒忙吞下嘴里的饭菜，打个招呼："嗨，早上好。"

姚蜜言微微点头，算是回了礼，然后坐在沙发上看电视。

在阳台上收好东西的卢妈妈进得门来，看见自家儿子傻乎乎地站在那里盯着人家小姑娘看，劈头就是一顿好骂："你个死小子，睡得跟猪一样，还知道吃啊！"

卢雨寒尴尬地收回目光瞥了一眼老妈，赶紧再扒了一口饭，一边嚼一边喊："妈……"

卢妈妈瞪了他几眼，回到房间里去忙活别的了。

姚蜜言见到这样的场景，悄悄地笑了起来。

卢雨寒含着饭坐到她旁边，看到电视上劈啪一下体爆的鲜血淋漓场景，瞬间愣在那里，一口饭吞也不是，不吞也不是。自己怎么就摊上了个看恐怖片还能笑得出来的媳妇……好像不对，她还并不是自己媳妇。只不过，如果她真的是自己媳妇，感觉还不赖啊！

卢雨寒最终还是将那口饭咽了下去，但再也没敢看电视画面，只能盯着身旁那冷清的人一点一点地打量。

"好看吗？"清冷的语音带着一点浅笑。

"好看。"卢雨寒愣愣地点头，随即醒悟，被人发现了。还没等卢雨寒尴尬完，卢妈妈终于又出得门来，手上拎了一堆的东西要洗。卢雨寒赶紧假装问自己老妈，转移一下注意力。"妈，爸呢？"他从没觉得自己的老妈这么可爱过。

"去工厂了，等会儿就回来。"

"喔！"卢雨寒重重地应了一声，低头吃饭，不再敢看身旁的人影。

一天的时间流逝得飞快，傍晚时分，卢妈妈终于不能再挽留两个人过夜，很是留恋地送两人出了门，目送他们离去。

清冷的夜风在窗外呼呼地刮。姚蜜言看着窗外，平淡的面孔在车窗上投下说不出的雅致剪影。

卢雨寒踌躇一阵，终于还是搭了话："这两天，谢谢你了。"

"不客气。"仍旧是这么清冷的语调，仿佛两人之间根本没有任何关系。

"以后……"想起姚蜜言那天提的条件，卢雨寒胸口就很闷，早

063

知道不答应这女人就做一天女友,什么破条件啊!

"还是跟以前一样吧!"姚蜜言微微偏头,斜望半空的星星,虽然很贪恋他的温暖,但是这样的温暖始终不是自己的。

"喔。"卢雨寒闷闷地应声,车子开得跟牛车一样慢。回去的路要是再长些就好了……

"喂!"卢雨寒又忍不住了,再不说点什么,他会后悔的吧,会后悔的。

"嗯?"

"下去吹吹风吧!"

姚蜜言抽了抽眼角,没事跑桥上吹风,他抽风了吧?但她也不想反驳,也罢,两人就这一会儿相处了,不跟他顶嘴了吧!于是,她点了点头。

看卢雨寒雀跃地蹦了出去,她只好也打开车门。才刚出车门,一束急光从远处照过来,她反射性地用手臂去挡,紧接着听见一阵轰隆声疾驰而过,身体被一个温暖的怀抱带到一边压在车前。

姚蜜言眨了眨眼,望望逍遥而去的摩托车尾灯,拍了拍某人的手臂道:"你很重。"

"嗯……"卢雨寒龇牙咧嘴,后退两步,左手往右臂上一摸,湿湿濡濡的,拿到灯前一看,满手的鲜红。

"还能开车吗?"清冷的声音冷静而又镇定。

卢雨寒暗里翻了翻白眼,这女人就不能像普通女人尖叫两声,然后摇晃着他说"怎么办"吗?他稍微一动,嘶地一声倒抽了口凉气,摆了摆手说:"没事。"

姚蜜言掀了掀眉,看他嘴里说没事但表情很难受的样子,觉得自己应该说点什么,掂量了半天才道:"没事……那就早点回去休息吧!"

这女人!自己受了伤,不说安慰安慰,竟然想早点把他赶回去!卢雨寒暗里开始磨牙,想赶我走,没那么容易。想着,眸子眯了又眯,他才微微点头:"好。"

说罢,便往自己座位上去,走了两步,假装被扯痛地再抽了几口凉气。

她还是没过来扶一下自己!眼一瞟,某女早已经很迅速地钻进了车内,根本没有听到自己喊痛。卢雨寒心里那个恼啊!坐上车,他稍微动了动手:"我打不了火。"

"喔!"她应一声,随即问道,"那怎么办?"

卢雨寒又咬牙切齿了,你不在乎我不在乎我不在乎我……他也不想想,人家凭啥在乎他啊!

"手给我。"

纤细的素手伸来,光滑细腻的触感让他心里乐翻了天,"抓着我的手放上去,往右使劲。"

姚蜜言皱了皱眉,扭钥匙谁不会啊?干吗非得让自己抓着他的手?好吧,病人最大,她忍。按他的意思,小手包着大手,打火。

接下来,卢雨寒又道:"挂挡。"

姚蜜言一声不吭地按他的指示将剩下的事情做完,车子终于开始启动。平稳下来,她便又开始盯着外面的天空发呆,浑然没有发现某人的手臂已经灵活自如。

车子很快驶到她所住的小区门口。

"就这儿吧!"姚蜜言向某人道。已经到门口了,她可以自己走回去了。

可他仿佛没听见一样,拐进了门,"哪栋楼?"

姚蜜言再皱眉,正打算说真的不用了,他又开口:"送佛送到西嘛!你帮了我这么大的忙。"

虽然她有几百个不情愿,但车子已经驶进了小区,总不能让他像神经病一样在这小区转来转去。她指了指前面:"那栋。"

卢雨寒眼睛一亮,赶紧开过去,找车位停下。

"谢谢,你早点回去休息吧!"手放在门把上,她向他微微点头道别,下车关门的刹那,愕然发现某人也跟着下了车,"你……"

"哎哟，疼。"卢雨寒忙抱着手臂哀嚎，打断她的问话。嘿，想打发他，没那么容易。他低着头，眼睛不时地偷瞄那张苍白的脸。

"呃，"毕竟是因为她才受的伤，她也不好意思不说点什么。为了表达一下关心，她只得说，"那，去看医生？"

鬼才要去看医生，卢雨寒暗诽，继续抱着手臂叫道："好疼啊好疼啊！"

姚蜜言使劲抽嘴角，怎么看怎么觉得这人有点问题。

"我走不动了！车也开不了！"卢雨寒很严肃地声明，只差没举手发誓。

姚蜜言为难地抓抓头发，长长的发丝随着她的手在昏暗的灯光下飞扬，"我背你去看医生？"

卢雨寒都绝望了，瞧瞧这女人的逻辑思维！这样的提议自然也是不能通过的，所以他继续抱着手臂哀嚎："刚刚开车已经费了我很大的劲了，现在很疼，我要休息一会儿。"

休息什么啊，你早点回去不就能早点休息了？姚蜜言很是不了解某人的思维，她想来想去，只有再提建议："那……我陪你在这聊一会儿？"

卢雨寒算是明白了，他要是不直说出来，对方永远不会猜到自己的意图，所以他很理直气壮地要求道："我要去你家休息！"

"喔，"姚蜜言恍然大悟，但是，她不想让他上去，"可是，我家……"

"好疼啊好疼啊！"卢雨寒知道她不愿意，所以还不待她说出借口来，他就打断她继续哀嚎，"今天真倒霉，帮人挡了一灾，人家连口水都不请我喝……"

姚蜜言继续抓头，觉得他怎么突然变了一个人似的？他不是打算上自己家占自己便宜吧？不行，绝对不能让他上去。可是，他说得也没错，明明他是为了救自己才被刮伤的。

"我就上去喝口水，小小休息一会儿，能开车了马上就下来……"某人可怜兮兮地捧着手臂征求某人的同意。

沉默。

"我保证不干嘛,绝对不碰你,好不好?"某人再继续做保证,装可怜。

再沉默。

"呜……"嘴一撇,某人开始装哭,"我的手机呢!手机呢?我要给妈打电话……"

姚蜜言突然很无语,她只觉得自己的太阳穴疼得很厉害:"真的不干嘛?"

"我保证。"举左手保证。哎呀,右手臂还弯着,千万别给她看出破绽。某人忙将左手放下来托住右手。

姚蜜言还纠结在到底让不让他上楼的问题上,所以根本没注意他的小动作,"休息好了立刻就走?"

"嗯嗯。"头如捣蒜。

姚蜜言重重地呼了一口气:"那好吧!要我扶你吗?"

"要!"继续理直气壮。

事实证明,男人的话都是不可靠的!当某人跟进她的房门以后,便不顾主人杀人似的眼神四处溜达,溜达溜达便溜到了她的床上,然后,很安稳地靠在床头拿起一本小说认真地看起来。

姚蜜言继续忍,给他倒了茶,见他看得认真,便打开自己的电脑,上了游戏。

某人仍在很认真地"看书"。

姚蜜言上线检查了一下自己的包裹,清理好后,继续挂在后花园采集,再回头时,某人已经在她的床上歪头睡着了。

她很无奈地抹了一下脸,看了看钟,10点半,他也该走了吧!于是,她爬上床去,拍拍他的肩膀:"喂!"

"唔……"某人翻个身,不理她。

她紧紧咬牙,用力大一点,再拍,语气里也带了一丝火气:"起来。"

"不要吵。"某人睡意朦胧地挥开她的手——

咦？这右臂活动好自如啊！

姚蜜言右眼皮狠狠地跳了下，上了某人的当了！

"起来！"这回她再也忍不住了，一手打在他血液已干涸的手臂上，直把他惊得猛跳起来。

见她一脸冰霜地看着自己，卢雨寒莫名其妙地从上到下打量她一遍后，便又躺下，睡了。

姚蜜言瞬间失去语言功能，见过赖皮的，没见过这么赖皮的。她郁闷地瞪了瞪眼，继续锲而不舍地拍他的手臂，把声音放柔了些："你该回去了。"

大约是感觉到她的温柔，卢雨寒忍不住迷迷糊糊地回了一句："几点了？"

"11点。"

"早着呢！"

姚蜜言咬牙，11点还早？脑袋发昏了吧？她再也忍不住了，咆哮道："卢雨寒！你到底回不回？"

"不回。"卢雨寒很理直气壮地回答。

姚蜜言觉得自己头顶都是烟，长这么大没遇到过这么无耻的人。

"那你想怎样？"

"收留我一晚嘛！"卢雨寒继续卖萌。

"你……"算了，让他睡去，反正自己晚上不睡。

于是，姚蜜言宽心地回到电脑前，打开文档。

床上的家伙见她沉默投降，乐得逍遥，可是昨天晚上怀里的触感还没消散，他哪里睡得着啊！这女人，怎么还不睡觉？

对，她说她晚上都不睡的！卢雨寒突然想起这个重要的问题，于是眼珠子又开始转了起来。

"喂，女人。"

"嗯？"姚蜜言边修改之前写的新文开头，边无意识地回应道。

"你该睡了。"

"通宵。"

通宵通宵，再通宵你就变成千年寒冰了！卢雨寒瞪着她的背影，恨不得瞪出几个洞来。一个翻身爬起来，将她的鼠标一抢，看也不看地将文档保存关掉。

"你干吗？"姚蜜言一时没反应过来。

他继续将游戏也下掉，顺便关机。完了后，还一不做二不休地把插座也拔了，然后才拍拍手道："睡觉去。"

"不睡。"姚蜜言咬牙。

"再不睡你会更丑的。"

丑不丑关你什么事？身子被某人拽起来往床边挪动，她死命地拉住椅子，"都说不睡了！"

"你开着灯我睡不着，乖，我明天还要上班，睡觉。"瞧瞧，他的语气多自然，他的理由多充分。

那你就回去睡啊！姚蜜言连吐槽都没劲了，终究被拉到了床边。

反正目的已经达到一半了，于是某人又放柔了语气，以狼外婆勾引小红帽的语气说："只是睡觉，我保证不动你。"

你之前保证只休息一会儿就回家的！姚蜜言咬牙。

"如果我动你，你就打110，怎么样？"

警察管这事吗？姚蜜言很怀疑地看他。

后者忙点头保证："真的，我只要休息一晚。"以后嘛，嘿嘿……

最后，在姚蜜言的极度不爽和卢雨寒的极度嗨皮下，两人无比纯洁地度过了他们同床共枕的第二个晚上。早上姚蜜言睡得迷迷糊糊的时候，感觉被人推醒，有个极诱惑的嗓音问道："女人，钥匙放在哪里？"

"自己找……"好烦，大清早的要钥匙，翻了个身，继续睡去。

第五章 想赶我走？没门儿

"柳树，你找我什么事情？"卢雨寒早上接到柳树的电话，因为工作上的事情来到了他的办公室。去也不废话，名义上他的官比柳树可大多了，屈尊降贵来这里一趟已经是很给对方面子了。

"卢总编，你坐。"柳树连头都没抬，继续盯着电脑屏幕，"我找你来是有件事要通知你……密打算开女主文。"柳树——陈自咏头也不抬地扔下这个爆炸性的消息，然后继续在键盘上敲击。

卢雨寒呆愣了几秒，终于把这个消息消化清楚，然后蓦地从椅子上蹦起来。怎么可能？密开女主文？他好好的主站文不写，干吗跑去跟一群女人掺和？可是，密要是开女主文的话，女频的兴旺不是指日可待？

卢雨寒兴奋地期望着美好的未来，踱了两步，方才想起自己还在别人的办公室，便又停下，朝陈自咏问道："你说真的？"

陈自咏这回终于抬了头，推推鼻子上的镜架，语意里看不出什么波澜："这是她的决定。"说完，见卢雨寒还呆着，便道，"今天叫你来，是想让你好有个准备。密的编辑仍然是我，我会负责她的稿子和更新等一切问题，关于广告宣传和首页推荐等，就看你来安排了。"

"OK，我知道怎么做了。"卢雨寒心里略微激动，密居然要去女频写文了！怪不得柳树非得要自己过来一趟，原来是这么大的好消息。

"那好，我还在忙着密的这部小说收尾工作，接下来的日子，希望我们合作愉快。"陈自咏仍然很大牌地稳坐在电脑前盯着屏幕。

卢雨寒兴奋过后，很快就稳定了情绪，他微微点头："那好，我先回去了，具体事宜你可以打电话给我。"

"嗯，到时候我会内线通知你。我有预感，密的这本新书必定大火。"陈自咏自己也说不好，这个预感来得那么强烈，却又莫名其妙。

卢雨寒闪了闪眸子，便告辞离去。他回办公室的第一件事，便是召集手下人开会，将这个消息公布出来。一时间，会议室里的尖叫声不绝于耳。

卢雨寒要求众人暂时先保守秘密，便开始盼咐工作，撤去接下来的各种推荐，封推首推一律留给密。一群女人欣喜地点头离去，卢雨寒回到自己办公室，悄悄地笑得嘴都合不拢了。他现在是商场情场两得意啊，虽然那个情场暂时属于完全摸不着头脑的状态，但好在他的耐性很好，所以，某人啊，你就等着接招吧！

卢雨寒心心念念的某人，由于睡得极好，直到下午2点才悠悠醒来，还是饿醒的。

胡乱地泡了面吃后，姚蜜言便上线继续她的挖地事业，顺便开了个小号去市场转悠——她要找人。

姚蜜言转了一圈后，没见到自己想要找的人，便继续挂着，开了文档去敲字。等她回到游戏时，世界频道又炸了锅。这次，居然是跟月色朦胧有关系。

【世界】恋天小风：月色朦胧你这个盗号的贱人，死出来！

【世界】恋天花花：天堂帮的管理出来说句话，你们帮那个贱女人盗号，这事怎么说？

【世界】恋天雾羽：见过不要脸的，没见过这么不要脸的，死皮赖脸贴上来了，还盗号？

【世界】天堂凳子：恋天的你们别血口喷人，自己人不好好管教，倒怪起一个女孩子来。

【世界】天堂坏坏：恋天的垃圾，人家女孩子都说不关她的事了，你们在这里闹什么闹。

【世界】恋天花花：天堂帮的，你们看好了，你们帮主找的女人，暗地里勾搭我们帮主，勾搭不成就说看在她一片痴情的份儿上把账号借她玩玩。我们帮主耳根子软就答应了她，结果呢？她居然趁元旦我们帮主去旅游的时候，把他的号洗得一干二净！

啊哈？又是同样的状况？姚蜜言点了点头，看来，毛驴倒着跑不是唯一一个受害者啊！原来男人们都喜欢这个调调啊！这要是卢雨寒知道了，非得大声喊冤不可，他跟这月色朦胧绝对没有二两关系。

【世界】天堂凳子：你们脑子进水啊？他给了多少女人账号？你们知道？月色这两天一直在跟我们打BOSS，哪里有时间上你帮主的号去洗号？

【世界】恋天雾羽：不跟你们这群白痴说，天堂帮的，把月色朦胧那个女人交出来，不然大家都不好过！

【世界】天堂黑夜：哟，想帮战还是怎么样？

【世界】恋天小风：行啊！这是你们说的，帮战就帮战！千尘，出来，下战书！

【世界】恋天霸王：老大出来下战书！

事情的发展很奇特，从盗号人选的纷争转移到了帮派斗争上。姚蜜言眸子闪了几闪，有帮战？如果这两个帮打起来的话，那么自己不是正好可以浑水摸鱼？

【世界】小狂狂：恋天帮的你们悠着点啊，天堂帮昨天晚上刚刚升了6级帮派，打他们帮很难打的。

【世界】恋天小风：笑话，恋天帮是什么出身的？打不过他们？

【世界】恋天花花：恋天帮前身是B.W.战队，天堂帮的，你们大话可吹满了。

【世界】焚乡：晕死，你一技术战队冠军队跑这休闲游戏来干吗？

【世界】恋天小风：要不是千尘迷上《碎天星》这本书，我们才懒得来这破游戏呢！一点技术性都没有。

看到这一句，姚蜜言微微愣了一下，自己居然才是那罪魁祸首。

【世界】春色悠然：大家都少说两句吧！月色现在不在，她跟我们一起通宵冲级感冒了，所以去医院了，你们再怎么骂也没用啊！

大家闹了半天，当事人居然不在。不过，这月色朦胧居然又有不在作案现场的证明，难道真是又被冤枉了不成？这小姑娘就这么背？姚蜜言摸着下巴想，这事还真是扑朔迷离了。

【世界】天堂小光：那就下战书吧。

【世界】白发魔女：哇哇，老公你来看，有帮主出来了！

【世界】白发魔使：老婆，那个空架子帮主不用理啦！没了驴大在，天堂帮不够看。

【世界】百发魔女：难说喔！这游戏又不是靠技术的，再说恋天帮不是一直也不出彩吗？

【系统】恋天帮申请攻打天堂帮。

【系统】天堂帮同意恋天帮的攻打申请，两帮帮派战于次日19∶00正式开始。帮战入场时间为：18∶30-18∶59，请各帮帮派成员做好准备。

还真下了战书，这没露面的恋天帮主还真是胆子不小。姚蜜言眯了眯眼子，这区的人被闲慌了，非得弄点事出来不可。不过，她也是喜欢看热闹的……

【世界】傲世狂爷：傲世帮的申请观看。

【世界】中啊：噗，乃这不是找抽吗？小心闹成3P。

【世界】3P很销魂：叫我干吗？

【世界】中啊：……

帮战事件刺激得世界上一下子乱了起来，姚蜜言觉得自己眼睛有点不够看，便低头揉揉眼睛，再朝屏幕去看时，却听到外面有门响动的声音。

姚蜜言眨了眨眼，转了一下头，太冷了，懒得动，于是便放弃起身，继续看热闹——谁知，防盗门被一脚踢开了。

"女人，过来关门。"浑厚的嗓音穿透墙壁，飘到姚蜜言的耳里时，她几乎要以为自己是幻听。

他怎么又来了？他是怎么进来的？

姚蜜言脑子里一塌糊涂，直到某人拎了大包小包的一堆东西出现在卧室门口，她才确定，真的是他。

他真的又跑来了！问题是，他怎么会有自家的钥匙？

卢雨寒拎着抱着背着大堆东西，到了卧室门口，却看见她盘着腿抱着手臂对自己发呆，皱了皱眉："发什么呆呢？"

"没。"姚蜜言反射性地回了一句，随即觉得不妥，他凭什么这么气定神闲啊？他是不是该跟自己解释一下这到底是什么状况吧？于是姚蜜言也皱眉，质问道："你怎么在这儿？"

"我怎么不能在这儿？"某人直接从她面前走过，将大包小包放在床上，便又出了门去。床上那手提袋似乎感应到震动一样，歪歪地倒下来，露出一打衬衫外加一堆五颜六色的男性内裤。

姚蜜言顿时烧红了脸，他把内裤都打包来了！难道，难道……他要在这里长住？！

卢雨寒很是自然地回到卧室，浑然没有感受到她的震惊，电脑扔床头，衣服裤子卷一卷扔衣柜，牙刷剃胡刀等先放一边。他好忙，没有看到某女凌迟的目光。

姚蜜言以目光杀死对方的效果实在收效甚微，她张了张嘴，却憋不出一个完整的音节来，直到她做了很久的心理建设后，才咬牙问道："你，要做什么？这些……"

"这些？我的啊！"某人继续无辜。

靠！姚蜜言终于有点缓神，噌地踏上地板准备跟他对峙，却在脚接触地板时突然又蹦回皮椅上，脸皱成一团，她忘了穿鞋，好冷……

卢雨寒见她可怜兮兮的样子，又好气又好笑地放下手中的东西，走到她面前蹲下，伸手抓住她的光脚。脚丫子瑟缩了一下，却被大手固定住。

他用手在她的脚丫子上搓揉了一会儿，这才笑道："看你冷的，怕冷就别乱动。"

她好不容易盘腿才收集的一点热度，刚刚一下地全蹦了个精光。还不是你害的啊！姚蜜言腹诽。不过现在不是在意自己冷不冷的问题，而是……

"你把这些东西拿来干吗？"

"来陪老婆啊！"某人说得很理所当然。

呸呸，不要脸。姚蜜言狠狠咬了几口牙："谁是你老婆？"

"喏，这上面写的。"卢雨寒一手抱着她的双脚，一手回指在屏幕上那蓝发小人的头顶。那上面大刺刺顶着的，可不是"毛驴倒着跑的娘子"？

姚蜜言不由得狠狠地诅咒开发团队，他们就不能设置夫妻称号隐藏吗？

"那只是游戏。"

"嗯。"卢雨寒明了地点头，并不做过多反驳，"但是，游戏也是现实啊！"

姚蜜言拒绝思考什么现实游戏之类的话题，她只知道，这个男人现在的行为已经严重影响了自己的生活。"我不想跟你有关系，请你马上出去，否则我将以私闯民宅的罪名起诉……"

还没说完，某人转过来身子，朝她眨巴眨巴了几下眼，撇着嘴道："老婆你不要我了……"

他又开始卖萌撒娇耍赖皮了，姚蜜言想起昨天晚上这男人的无赖

之举，额头上的青筋跳了跳，"我没有跟你开玩笑。"

"我也没有跟你开玩笑啊！"某人继续撇着嘴。

"那你回去吧！"跑她这小窝来凑什么热闹？两个人不嫌挤吗？

某人把头摇得像拨浪鼓，"不回。"

姚蜜言气得作势就要起身，"那我报警了。"

见装可怜没效果，某人白眼一翻，颇有一番死猪不怕开水烫的架势，耸肩道："报吧！你看他们会管小两口的私事不？再说了，我这么玉树临风，哪里像私闯民宅的坏蛋。反正我还有你的钥匙，不怕。倒是，报警把我老妈惊动了……"

姚蜜言这回连牙都磨不动了，这丫真狠，脸皮不是一般的厚。更况且，他还有他老妈撑腰，偏偏自己十多年才遇到一个对她好得不行的妈妈级长辈，实在忍不下心让老人家难过。可是，就放任这家伙在自己地盘上晃来晃去？肯定不行！

"你什么时候拿了我的钥匙？"想了想，姚蜜言决定先收回钥匙再说。

"早上咯！"见她脸色不好，某人赶紧补充一句，"呐，是你自己让我找的，不关我事啊！"嘿嘿，谁让她睡觉之后那么迷糊呢？若不是那天回家她在车上睡了一觉之后迷迷糊糊的反应，他还不知道呢。

姚蜜言眼一瞪，想起早上被人推醒然后迷糊地听到的那句问话，顿时头顶生烟，素手一伸："拿来。"

"喔！"卢雨寒忙掏出钥匙放在她手心，"还你了，嘿嘿……"

见他还得这么利索，姚蜜言愣了下，随即就明白了："你居然配了我家钥匙？"

"嗯呐！不然以后老拿你的钥匙多不好。"某人很理所当然地点头，顺便将瓶瓶罐罐的抱去洗手间。一阵叮叮当当响后，他才挽着单薄的衬衫袖子转进门来。

姚蜜言愤恨地瞪着他光秃秃的手臂，为什么他居然感觉不到冷？不对，现在不是感慨这个的时候。她甩甩头，把莫名其妙的愤恨甩开，继续纠结之前的问题:"把配的钥匙给我。"

"啊?"某人挺惊讶地看看她,她这是要赶尽杀绝啊?见她挺坚持地伸着手,他只好嘟囔地摸出一把钥匙,"还好我多配了几把。"

人怎么可以无赖到这种程度?姚蜜言已经对他佩服得五体投地了。

当另一把钥匙交到她手上的时候,某人歪头看她,眨巴眨巴眼睛:"还要吗?"

还要?姚蜜言将手里的两把钥匙往他身上丢去,然后也不知道哪里来的力气,一下跳下椅子,直直地把他推出卧室门,然后"砰"一声关上门。

怕他连卧室钥匙也配了,她赶紧将门反锁,这才背对着门缓缓滑下。等屁股刚落在地,她被那冰冷的触感吓得又蹦起来,快速地蹦上椅子拉过厚毛衣盖住脚。

等做完这些,姚蜜言疑惑地朝门口望了望。那人居然没有反应?这真不像他的风格。

好吧,某人现在正在阳台上看风景。位置不错,离自己上班的地方近了好多,以后可以睡多一会儿;方位不错,正好能看见S城最繁华的广场和高楼,自己出去买东西也方便;风水不错……

卢雨寒不停地点头,对自己的新居异常满意。欣赏了一阵,终于觉得有点饿了,于是钻进厨房。打开冰箱,立刻抽搐着嘴角。有没搞错?满满一冰箱全是泡面?他想抽死这女人,怪不得这么瘦。

"女人!"某人本来是想说她几句的,但想想自己现在是寄人篱下,于是话到嘴边,硬是转了个口,"晚上想吃什么?"

之前还没觉得饿的姚蜜言,一听他问自己想吃什么,肚子立刻咕咕叫起来。皱皱鼻子揉着肚子,又不想出门看见那家伙,她拿起杯子就要灌水喝,见鬼,连开水都正好被自己喝完了。

"我现在去买菜,你要不要一起去?"

他的声音突然在门口出现,姚蜜言吓得手一抖,赶紧把杯子放好,反射性地回了俩字:"不去。"

对方沉默一会儿,便想引诱她:"不去没得吃喔!"

"我吃泡面。"哼,不吃就不吃,难不倒我。

"已经全扔了。"某人轻描淡写地接口道。

姚蜜言顿时愣住,愤恨地瞪着卧室门,恨不得把门瞪出两个洞然后用目光把他戳死:"你凭什么动我的泡面?"

"吃了会致癌的,你这么年轻,死那么早干吗?"

"……"姚蜜言被气得不想说话。

"好了,乖,不要闹脾气了,我们去买菜。我给你做你爱吃的,怎么样?"门外低沉的嗓音在极力诱惑某女。

姚蜜言死鸭子嘴硬地粗着脖子回道:"不要。"

"那我就自己去咯!不带你的份喔?"

姚蜜言想了想,无奈道:"外面很冷。"

"你穿多点嘛!你不出门又不运动,光待着肯定会冷啊!"卢雨寒再接再厉,不曾被她这座冰山吓倒。

"出来吧,你想吃什么?我做给你吃。"

无论他怎么诱惑,对方却像忽然消了音一样,一片沉默。

卢雨寒郁闷地对着卧室门发呆,这女人怎么油盐不进啊,好歹也给个话嘛!让他晾在这里多不好,天气冷,心更冷……

正郁闷着,卧室门轻轻一响,可怜兮兮的一张小脸露了出来,吸了吸鼻子:"我可以要糖醋排骨不?"

卢雨寒那个乐啊,鱼儿终于上钩了。"当然可以,那还要什么?"

"还要?"姚蜜言歪头想了想,"我还要,酸辣土豆丝……"

卢雨寒看她一副"你到底会不会做"的模样,心里乐翻了天。这女人太可爱了!不嘴硬的时候真是可爱得让他想扑倒。想归想,表面上,他仍然很一本正经地点头:"好,那你去多穿点衣服,我们出发?"

姚蜜言鳖着嘴,思维已经混乱到完全不管什么鸠占鹊巢的事,只想着有好吃的:"能不能快点,我好饿。"

"那你还不去穿衣服!"卢雨寒低吼。这女人怎么这么不知道爱惜自己？

似乎是被他的低吼吓到，姚蜜言缩了缩脖子，"那么大声干吗？"

卢雨寒无语地再翻白眼，大手一伸，把门推开，顺手把她扶到床上坐好，再进去找到袜子，把她按在床上，什么也不说地抓住她的脚踝就要把袜子往上套。

"疼死了。"姚蜜言脸有点烧，哪有人给自己穿袜子的。就算是再亲密的人，也不会这样做啊，更何况，他俩还没什么关系。姚蜜言赶紧甩开他的手，抢了他手上的袜子，一边嘟囔一边自己套。

卢雨寒也不勉强，检查了一遍自己的东西，然后拿了必要的物品，再从她简单的衣柜里拖出毛衣和外套扔给她，看她穿得差不多后，才拽着她的手往外走。姚蜜言被扯得嘴角抽搐，在看看那弯弯绕绕跟黑洞似的楼梯，她直接想晕掉："喂，干吗不坐电梯。"

"你看你那样，再不运动就完了。"他才懒得理她，不顾她意愿就往下拖。

姚蜜言苦着脸跟他往下爬，十一层楼差点没要了她的小命。呼吸急促地走到他车边，她整个人已经毫无形象地一手撑腰一手撑车门，大喘特喘。

一路上两人相安无事，好不容易在超市买完做菜所需的材料。回到家，她赶紧把自己关回房间，避免跟这人过多接触。可等卢某人做完后喊她出来吃饭，一闻到菜香味，她又变成了哈喇子直流的馋猫。

卢雨寒的手艺不差，至少比她强。姚蜜言暗里评价，吃完后，又想起到某人鸠占鹊巢的行为，扔了碗筷就回房把门反锁了。

卢雨寒无奈地翻白眼，洗完碗筷，百无聊赖地坐在大厅沙发上。连台电视机都没有的大厅，冷冷清清的，让他很想某个冰凉的怀抱。唉，今天晚上还是别想了，自己把东西打包来她家，已经吓坏她了，现在没把他赶出家门去还是托了之前那顿饭的福。只是自己在这里无聊，她却在卧室里自由自在，实在是很不爽。于是他又扯开嗓子大吼："女

人!把我电脑拿出来给我。"

电脑?姚蜜言转了转头,终于看见躺在她床头的黑色电脑包。看在他给她做了一顿好吃的饭菜的份儿上,给他就给他呗!于是,姚蜜言把门小小地开了一条缝,将电脑递给他,待他接过,又飞快地关门,反锁。

门外的人憋着笑,差点内伤。他怎么就没发现,她这小老鼠一般的行为,实在是可爱得不行了呢?

回到电脑前,姚蜜言捧着之前出去吃饭接的开水杯子,对着世界频道发呆。

世界频道热闹了一下午,自然晚上还是在热闹。

除了那月色朦胧一事,还突然有消息说碎天星要开通全区赛。于是,重头戏便落在了自家那个据说实力等级都在小区排行榜首的"老公"身上,也就是门外那个无赖身上。

【世界】傲世狂雄:恋天和天堂的,你们好歹都是天字辈的,怎么就吵吵嚷嚷个没完呢?

【世界】天堂小鱼:恋天帮的垃圾,看明天你们怎么输。

【世界】恋天星光:垃圾天堂帮,口气还很大。

【世界】恋天霸王:收15级药,有卖的MMM。

【世界】恋天花花:收15级药,有卖的M霸王。

【世界】恋天沛沛:收15级药,有卖的M霸王。

世界上,恋天帮派收药的刷了一长溜,众人恍然大悟,原来,恋天帮是要用药堆?

果然不愧是好方法,但是15级药是顶级药,红、蓝、毒等几种药不论是配方,还是耗材都是很难找到的。但这不包括一直埋头制作却有个大手大脚老公的人生0322。

【帮派】恋天霸王:老大老大,呼叫老大!

【帮派】恋天唯栀:?

【帮派】恋天霸王:有个小号要跟你谈。

【帮派】恋天唯栀:跟我谈?

【帮派】恋天霸王：他说他可以提供我们所有类型的15级药，而且保证明天的帮战我们一定赢，但他要亲自和你谈条件。

【帮派】恋天花花：我靠，不是吧？这么牛？

【帮派】恋天星光：这么大语气，叫什么，我也要去跟他谈。

【帮派】恋天霸王：放药的小号。

【帮派】恋天星光：你都说是小号了，我当然知道是小号，我是说，他名字叫什么？

【帮派】恋天霸王：就叫，放药的小号。

【帮派】恋天沛沛：[流汗]

【帮派】恋天唯栀：知道了。

很快恋天帮的帮主恋天唯栀便私聊到这个放药的小号。

【私聊】恋天唯栀：你好，我是恋天帮主，是你要找我吗？

【私聊】放药的小号：[九转回魂丹][千酿][千年人参]

【私聊】恋天唯栀：是你做的？为什么没有名字？

【私聊】放药的小号：这你不用管，在你提供成本资金的情况下，我可以保证有足够的药做出来。另外，我还有办法教你打赢这场帮战，但是，我要你答应我一个条件。

【私聊】恋天唯栀：什么条件？

大厅的卢雨寒上线，就被一群冲级疯子组队叫着去练级。游戏里的毛驴倒着跑沉默寡言，但不失是个练级打架的效率打手，所以即使跟组队的人不熟，能叫到他到场，队伍里的人都卯足了劲地打怪。

毛驴倒着跑这晚上有点心不在焉，打怪也有点懒惰，好在其他人根本看不出来。他也乐得偷懒，看了一会儿世界上骂来骂去的口水战，大概又明白了情况，扯了个冷笑。这月色朦胧还真是不安分的主，到哪里都能蹦跶，反观自己老婆，多安静。

越比越满意，某人半靠在沙发上嘴都合不拢了。只是，自己"老婆"现在根本不鸟自己。

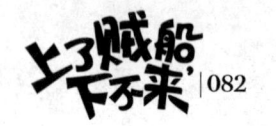

于是很快，世界上刷出了一个差点让全区人民摔倒的信息。

　　【世界】毛驴倒着跑：老婆开门，大厅好冷。[撇嘴]

　　一瞬间，世界频道上有半分钟的断层。直到都反应过来，大伙才跟发了疯一样刷屏。

　　【世界】名字只能取八个字：啊啊啊啊，大神跟大神老婆同居了？

　　【世界】白发魔女：驴大你做什么坏事了？被罚了吧？

　　【世界】情人会所碰碰碰：驴大，踹门进去，搞定她！

　　【世界】妖女乔：男人要温柔，驴大别听情人的。

　　世界倒是热闹了，但人生0322始终没露面。众人猜测满天飞，莫非驴大说的不是人生0322？那人生0322怎么看也不像是女人名字啊，是不是大伙弄错了？

　　队伍里的人看见毛驴倒着跑这一吼，本来挺安静的，顿时炸开了锅。

　　【队伍】今夜不想睡：驴大不会真的跟那个人生0322在一起了吧？

　　【队伍】七月十四：人生0322怎么了？小心驴大发飙，上次那淡漠封心被虐得可够惨的。

　　【队伍】今夜不想睡：没有啦！只是觉得她的名字有点太不像女人了。

　　【队伍】七月十四：为什么不像，我的也不像吗？

　　【队伍】今夜不想睡：你看你看，又没说你。

　　队伍里几人的聊天丝毫没有影响到驴大，因为他的老婆大人仍然没有理他。这不是好现象，他得再努力才行。

　　【世界】毛驴倒着跑：老婆开门，好歹给我床被子啊！

　　【世界】白发魔使：好惨的驴大……

　　一时间，众人对驴大的悲惨遭遇抱以十二万分的同情。而卢雨寒终于心满意足了，因为他的娘子开始搭理他了。

　　【私聊】人生0322：你在世界乱喊什么？

　　【私聊】毛驴倒着跑：很冷啊……

　　【私聊】人生0322：那你就回家。

【私聊】毛驴倒着跑：不要，好晚了，出去更冷。

【私聊】人生0322：那我不管你了。

【私聊】毛驴倒着跑：不要嘛！陪我聊聊天。

没反应。

【私聊】毛驴倒着跑：我快冻死了……

还没反应。

【私聊】毛驴倒着跑：你要不要吃夜宵？

继续没反应。

某人转了转眼珠子，还真退了组队，然后去到人生0322的后院，她果然在挖材料。卢雨寒跑去厨房捣鼓一阵，再回到电脑面前，奸笑一阵。

【私聊】毛驴倒着跑：做好了喔！香喷喷的米粉，你真的不要吃？

还是不理我？某人皱了皱鼻子。

【私聊】毛驴倒着跑：真的不要吃？我做了好久的，手指都切到了，好痛。

大概是装可怜又奏效了，对方终于发来条信息。

【私聊】人生0322：去看医生。

【私聊】毛驴倒着跑：不要，你吃了我就去，再不吃的话都要凉了。

【私聊】人生0322：我不饿。

【私聊】毛驴倒着跑：浪费粮食是可耻的行为。

【私聊】人生0322：是你做的。

【私聊】毛驴倒着跑：是给你做的。

对方沉默。

某人嘿嘿一笑，感动了吧感动了吧，他都这样牺牲了，也该感动了吧？

【私聊】毛驴倒着跑：我给你端到门口，好不好？等你喔！

对方继续沉默，他晃了晃脑袋，真的一边抱着电脑，一边端着米粉就靠在卧室门口。

等啊等啊，正在他要放下手中的东西打字时，门内突然传来轻轻的摩擦声，紧接着门被开了一条缝。苍白的小脸警戒地探出来，眼睛转了转，看到他手上的大碗，眸子陡然一亮。

卢某人克制好久才没把自己兴奋的神态表露出来，他微微一笑说："吃吧！"笑容里却带着扭曲，一副很痛苦的样子。

当然痛苦了，一手端碗一手藏电脑，不痛苦才怪。

"很疼吗？"姚蜜言当然不知道他在想什么，只当他是手指痛，赶紧拉开门，就要出来查看他的伤势。

谁知，某人一个箭步便跨进了门去，然后很自然地将电脑往床上一扔，双手捧着碗端到她的键盘旁边。

姚蜜言瞪着他在几秒钟内做出以上数种动作，脑子有点打结："你不是被切到手指了？"

"啊，刚刚又好了！"某人很得意地将手掌放在自己面前翻了翻，"看到你就好啦！"

你当你是超人呢？姚蜜言正要再把他推出去，某人却在她走到自己面前之前，衣服裤子一脱，直接赖进被窝里，将被子拉得盖住自己的脸，闷闷的声音从被子里传出来："啊！那个我做宵夜做累了，就先睡了啊！你吃完了记得洗碗。"

谁来杀了他！他是属兔子的是吧，蹦得这么快？还有他那衣服裤子，跟抹布一样就从他身上掉下来了，他真有好好穿上？

想想那精壮的身体，姚蜜言不由自主地红了脸，恨恨地回到电脑前，一边瞪着那偷偷探出脑袋来看她的脸，一边狠命将宵夜倒进自己肚子里。

吃完后，姚蜜言叹着气，认命地爬出去洗碗。再一回房，电脑关了，插座拔了，某人笑吟吟地半撑着脑袋露出一半的胸膛望向她说："睡吧睡吧！我已经帮你暖好被窝了喔！"

第六章　和谐的同居生活

　　姚蜜言是真的要爆发了，自己长这么大，哪有见过这等蹬鼻子上脸的人物？
　　但同样的，正由于她没有遇到过这种状况，所以爆发方式自然与众不同。她脸色一沉，转身朝外走去。她惹不起，躲总行了吧！可还没跨出几步，某人可怜兮兮的声音从后面弱弱地传来："你就这么讨厌我吗？"
　　她顿了顿，没答话，伸手拿起桌子上的杯子目不斜视地继续往外走。
　　示弱政策不成功，某人又来一计，"你是害怕？"
　　还是不理他。
　　"你怕爱上我？"某人诱惑的低沉嗓音盘旋在小小的卧室内。
　　爱？姚蜜言捧着杯子的手不禁颤抖了一下，脚步也停下来。
　　"是吗？"身后的人不依不饶。
　　姚蜜言握着杯子的手紧紧地掐进手背，仍然一言不发。
　　身后的男人终于不再打扰她，但却仿佛又在执著着地等着她的回答。
　　直到秒针滴滴跑了好几圈后，冰凉的腿开始慢慢打颤，清冷的嗓

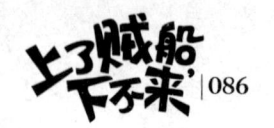

音才随着颤抖声响起:"我为什么要怕?"

"那你为什么不敢看我?"

沉默。

"你这样,会吓跑很多男人的……"卢雨寒轻轻一叹,语气里含着宠溺,大手拿过她手上的杯子,将还在发呆的姚蜜言拽到床边按着坐下。

姚蜜言这才微微回神,看见他赤条条的上身,顿时脸上一红,眼光撇开。但想起开朗的卢妈妈,她又不得不多说了一句:"小心感冒。"

嘿,这时候还能关心自己,有门儿啊。卢雨寒奸笑着,伸手就要拉她的外套拉链,"那就快睡吧!"

姚蜜言忙护住拉链,眼一瞥,又看见他手臂上已经冒起了鸡皮疙瘩。她知道,自己不睡的话,他肯定也是不肯睡的,一心只想着息事宁人的她,终于投降,无奈地道:"我自己来,你感冒了,伯母会担心……"

"不准逃跑。"眸子紧盯着她,希望她做出承诺。

他的目光盯得她脑子有点空白。

他,不是那个人。他太赖皮,太难缠,太嬉皮笑脸……没有那个人的半分稳重,没有那个人的半分温柔,没有那个人的半分骄傲……可是,指尖的温度却让她不由自主地想靠近这个温热的身体。

抿唇点点头,她才不好意思地脱了外套和牛仔裤。一脱完,她还没反应过来,就已经落入了温热的怀抱。姚蜜言被温热的体温暖得忍不住蹭了蹭,小小的骚动被他大手按住,她便只好将脸埋在他胸膛上。

他将灯关上,气氛总算变得不那么尴尬。良久,两人无言,却都有些小小的遗憾。前两日,为什么没有这么难熬?

姚蜜言瞪着眼睛毫无睡意,思考了很久,才想到之前自己一直黑白颠倒睡眠不足,一遇到热度就舒服得直想睡觉,但她从昨天晚上到今天,已经睡了超过18个小时,这会儿是无论如何都睡不着了。

"睡不着吧？我们聊聊。"原来，他也睡不着。

"嗯？"

"以前被男人伤过？"

姚蜜言一滞，他还真不懂得掩饰。"没有。"

"那是什么原因？"他们男未婚女未嫁，在一起相处平淡又自然，这是几辈子修来的福气，她却巴巴地要把自己往外推，为什么？

"单纯地觉得你这个人不可靠。"说完，姚蜜言有点想咬自己舌头的冲动，为什么在这黑夜里，她这么容易就将真话说了出来？

他绝对不承认，自己被这个答案打击到了，沉默一会儿，继续问道："就因为我要住进你家？"

"不是。"原因多了，一条一条哪数得过来？但是她肯定不会告诉他的。

卢雨寒又沉默了，一会儿又道："女人，什么我爱你之类的，我说不出来。反正就是这几天，觉得跟你在一起过日子挺舒服的，所以我今天搬进来就没打算走。你对我印象好也罢不好也罢，没达到目的我不会轻易放弃，你就别再想着赶我出去了，知道吗？"

姚蜜言无语。你说你霸道强势无赖加神经也就算了，你还破罐子破摔算什么事儿啊！

"我向你保证，在没有得到你同意的前提下，绝对不做犯法的事儿。虽然我不是什么好人，但自认疼女人这事自己还是很在行的，你……缺的就是这些，你说呢？"

她就知道，这是一颗花心大萝卜，但是，他说的最后一句话，为什么好像已经将自己看透了一样？他不是在游戏里扮演沉默寡言的大神，在现实中是个纨绔子弟吗？为什么，现在他说的话让自己又有了一些摸不透他的想法？姚蜜言咬着唇苦苦思索，不明白究竟是哪里出现了问题。

"你再想想，每天有人给你做饭，每晚有人给你暖床，无聊了可以陪你游戏，累了可以陪你聊天，不高兴了可以任你出气，这样的好

事,错过了这村可就没这店了……"正经话说完了,某人继续发起诱惑攻势。

姚蜜言听到这里,哑然失笑,之前的凝重气氛早已消失殆尽。她不由得轻轻捶了一下他的胸膛,"你就脸皮厚。"

"脸皮厚才能抱得美人归,我是适应潮流。"他嬉笑地将大手伸来,包裹住她的手,待见到她的脸色变得好多了,才加把劲地让她给他一份答复,"考虑清楚没有?"

姚蜜言略一沉吟,反正赶也赶不走,他要是真留在这儿,像他说的,吃饭有人做了送到嘴边,有人陪着一起吃,无聊的时候有人一起游戏一起聊天,睡觉的时候有人暖床有人拥抱……他的用处好像还真是挺大的。

留下他吧,留下他吧。姚蜜言的脑子里忽然发出这样的指令,她当然不会承认,自己是因为一个人孤独太久,所以想要找个人来陪。她只是觉得,进展到现在,这一切都是他的赖皮造成的。

"你不是说了,我赶你也不会走吗?"

大手稍微使了一分力气,抓得她的手有一点疼。很显然,他在紧张,生怕她仍然坚持让他离开。若真是那样,他的脸皮再厚,也是没办法留下来的了。

"你留下来可以。"

听到这句话,某人顿时呼了一口气。虽然她的口气是百般不情愿,但总是给了他一个机会,"有条件?"

他倒是聪明。姚蜜言轻笑一下,瞟一眼他又略带上紧张神色的眼,不动声色地开口:"不准动我的私人物品,不准干涉我的生活规律,不准强迫我做我不愿意做的事情……"他手上的温度烧得她有点不能思考,于是抽出手,扒开脸上的碎发,想了想,又补充一句,"我不喜欢被人打扰。"虽然已经被他打扰了,但把打扰度降低到最低程度也好吧?

他还以为是什么条件呢?原来只是这些。他几乎想都不用想,便给了回答:"可以。"

"还有你说的,以后做饭你包了,衣服我可以洗,游戏……不准在里面乱嚷嚷。"姚蜜言越说越小声,男做饭女洗衣的分工……为什么她感觉自己这是在跟自己真的老公在说话?

"可以。"某人自然乐意之至,反正能赖在这里就行。

"还有,如果你有了女朋友,就马上搬出去。"姚蜜言看他的赖皮脸色,马上梗着脸再补充一句。她绝对承认,自己在说这句话的时候,心里有一点堵。

"可以。"那是自然,若是喜欢上别人,还赖着她,不是脚踏两只船吗?他就是再下作,也不会做这等道德低下的事。

见他又兴高采烈地答应了,姚蜜言总觉得有点吃亏,于是,又出一句:"还有,要是我们发生了关系,你也必须搬出去。"

这回,他的神情顿时一僵,就连放在她后颈下的手臂也僵硬起来。他接近她,自然是想着能够跟她肌肤相亲的,若是加了这一条,那他以后的日子岂不是很难过?

"为什么?"

"你不是知道我想要什么吗?"她不答反问。

男人沉默,手伸过来握住她的手,大拇指在她的手背上轻轻摩挲。姚蜜言也不反抗,任他轻抚。

也罢也罢,至少能先抱着她的人对吧?只要有一天,把她的心俘虏了,那么两人自然会有水到渠成的一天。

"如果是你勾引我,这个条件就作废,怎么样?"

姚蜜言一瞪,正要说不行,但随即想到,以自己这么理智的自我控制力,怎么可能去勾引他?除非……"那就加上不得强迫我喝酒吃催情药物。"

他也想了想,自己肯定不会做这种事情,于是立刻拍板道:"可以。还有没有?"她这条件倒是越说越多了。

似乎一时半会儿还真是想不起来了,姚蜜言摇摇头:"以后想到

再补充。"

"还有待定事项啊?"事情终于有了一个定案,她也没有提什么过分的要求。他自然是松了一口气,语气也变得轻松起来。

"你有什么意见?"清冷的声音打断他的调笑。

"没,没有。"笑话,他哪里敢。

"没有就好。"既然推不掉,那就放在身边吧!反正他的确是很好用的,特别是这晚上的温度。

卢雨寒跟她又是讨好又是谈心又是谈条件地折腾了一晚上,终于把提了一天的心放回了肚子,此刻轻松无比,怀里抱着她,竟然也不会想起那些绮丽的场面,只觉得两个人这样的相拥实在太过美好。

"你干吗都不升级?"某人没话找话,属于兴奋得睡不着的后遗症。

"麻烦。"

"那你干吗还一直在玩?"

姚蜜言瞪了瞪眼,总不能说"因为你一直在"吧?他是她在这个游戏里认识的第一个人,也是她唯一认识的人。"我高兴。"

"是不是对游戏里的我动心了,所以舍不得离开?"某人蠢蠢欲动,她这么清冷的性子,又认识那么少的人,自己偏偏是她最亲近的,会不会是因为自己一直在,所以她才没走呢?当然,这个时候的卢雨寒自然是不知道他的猜测对了至少九成。

他的话虽然让她一惊,但听他的语气,知道他只是玩笑,便也顺势调笑了过去:"要动心也是对你的钱动心。"

她才不是这样的女人呢!卢雨寒撇着嘴,"切,不信。"

"爱信不信。"她看他态度好,难得有心情跟他顶了几句。

沉默一时在黑暗中蔓延,卢雨寒不知道为什么,突然想起一句话:"曾经沧海难为水,除却巫山不是云。"

喂喂,你要不要从赖皮猴转变成文艺青年啊!姚蜜言翻白眼,懒得搭腔。

"喂,我要真爱上你了怎么办?"

卢雨寒越说越带劲,老是想着从她的口中挖出来几句跟他有关系的话,可惜对方总是不太领情。

"女人,我们结婚多久了?"

"不知道。"11个月19天,知道也不告诉你。

"不都说女人对这些日期很敏感的吗?你怎么不记得?"

姚蜜言狠狠地翻个白眼,还好没说。不过被他说得仍是有些恼羞成怒:"你管我?"

卢雨寒不知道对方所想,只以为她在开玩笑,便也开玩笑地回道:"哪敢,我是说,好歹我们也要记住去找点纪念之类的嘛!唉,对了,你当初怎么就进了这游戏呢?"

"广告。"当初啊……姚蜜言想了一会儿,终于想起来。那时候正好是她走向宅女之路一年的时间,《碎天星》这个文当时火到不能再火。所以柳树找过来跟她说,有人要买她的版权改编成游戏。她当时是不同意的,但是那个人出面了,他淡淡地跟她说,她只需要签名就行了,不需要做决定,所以她就签了。后来,她上后台存稿的时候,正好看到网页上的游戏广告,便顺着点了过来。然后就遇到了毛驴倒着跑……

某人恍然大悟地点头,当时这游戏广告打得很大,几乎占了主频首页的一半以上,更不用说其他一些游戏网站上的专业介绍。"这样啊!我还以为你也喜欢《碎天星》的作者呢!"

"也?"她敏感地抓住他语意里的重要词语。

"嗯,我挺喜欢他的小说,所以就进这游戏了,你找个时间也去看看吧,很多人都喜欢他的小说。"

呃,很好,抓住一个自己的粉丝。姚蜜言默默地想。

卢雨寒郁闷,两人不是聊得挺好的吗,她怎么又突然不出声了?

"喂,女人,听见我说话没有?"

这人怎么越来越啰唆了?不理他。

"女人,你不会就睡了吧?才10点唉,真是个猪……"

天天睡得死沉的貌似是他这只猪。

"真睡了?真睡了?"某人把脸凑到她的面前,令她连呼吸都放慢了许多。他探究了一会儿,见她真没反应,还是有些不相信,"真睡了?真睡了我就占便宜了哈?"

姚蜜言眼皮一跳,忍住没动。

他张牙舞爪地在她头发上摩挲,等了一会儿,却见对方仍是没有反应,只得郁闷地叹气,"看来真睡了,唉……"好不容易抓住个套话的好时机,她居然睡着了。

算了算了,自己也睡吧。

等姚蜜言再醒来的时候,又不小心到了中午,钻进厨房,居然饭菜都已经放在电饭煲里热着。捧着冒着热气的饭菜,姚蜜言心里暖暖的,他终究是关心她的,不管是现实还是虚拟,有这样一个人陪伴,总比自己要寂寞的好。

上线,挂机。

开文档,修完新文开头。

想起昨天晚上某人说崇拜密大的话,她嘴角勾了勾,心情很好地上了QQ。

一上Q,无数信息扑面而来。陈自咏和鱼鱼问她怎么没去见面会的,请求进群的,一堆一堆。好不容易关完了所有消息,她才发个信息给陈自咏。

人生0322 14:23:45

新的文开始写了,稿子我丢上去,你看着发。

刚发出去信息,柳树的头像便亮了起来。

柳树 14:23:58

哈哈!小蜜我又抓到你啦。收到收到!我已经跟女频打过招呼了。你都不知道,那总编听说你要写女主文,都跳起来了,哈哈!

人生0322 14:24:23

好。

柳树 14:24:55

现在这个文还有半个多月就能发完了,你不用着急,慢慢码字。啊,对了,小蜜你不要着急下线,我还有件事跟你说。

人生0322 14:25:34

什么事?

柳树 14:26:03

是这样的,宇丰网络和现在一个很出名的女性文学网站叫沧海的合作举办写作大赛。我想问问你,你要不要参加?

人生0322 14:27:12

不要。

免得他再啰唆地说服自己去参加这什么什么比赛,姚蜜言没等他回话便下了线。

码了一段时间文再回到游戏时,世界上已经闹腾开了,不外乎支持恋天的,或者支持天堂的。

说起来,虽然天堂帮这次确实是有龌龊在先,但因为恋天帮一向孤傲,对帮内人维护至极,因此这个区里支持恋天帮的人也并不多。再加上天堂帮已经升为了这游戏最高等级的超级帮派,而且是这小区内唯一的超级帮派,看好恋天帮的人也就更少了。但这些都不重要。让人感到疑惑的是,恋天帮的人似乎在一夜之间消失匿迹,根本在世界频道上看不到他们的身影。反而,天堂帮的人组织了专门的拉拉队在世界吼得不亦乐乎。

姚蜜言看热闹看得很嗨,不知不觉便到了下午5点多。

某人下班归来,进卧室看见她盯屏幕盯得认真,便俯下身子双手放在她椅子的扶手上,将她整个包在怀里,下巴顶在她的头上问:"在

看什么?"

他倒是不认生。男人的热度袭来,姚蜜言不动声色地往前探了探身子,试图脱离他的怀抱,但头顶上的重量一直存在,并因此随着她往前倾,反而将两人的距离拉得更贴近了些。她暗里咬牙,语气不爽地道:"自己不会看啊?"

"嘿,"他嗤笑一声,撤了手臂,宠溺似的伸手在她头上抹了抹,"不就是天堂帮跟恋天帮帮战那档子事嘛!看你笑得跟小老鼠一样。"

姚蜜言被他的行为弄了个大红脸,又被他的话气得狠狠翻了一个白眼,继续看热闹。

某人回身不知捣鼓了一阵什么,便出门了,不多久就听他喊:"女人,饿不饿?是等帮战完了再吃饭,还是现在就做?"

"晚点吧!"

"那我先洗个澡,几天没洗了。"说着,某人又从外面进来,脱去了外套,只剩里面的灰色羊毛衫和天蓝色POLO衫。

姚蜜言撇了撇嘴,他倒真不怕冷,自己穿了保暖内衣加上毛衣和羽绒服才勉强暖和一点,"我以为你不用洗的。"

卢雨寒掀了掀剑眉:"还不是你这几天闹腾的,你说你早点就范,我不就能正常作息了?"

又关自己什么事了?姚蜜言觉得自己很无辜,便也不再搭腔。

等他洗完出来,一身睡衣懒散地挂在身上,再加上那一头滴着水的短发,挺有点居家的味道。

"小心感冒。"姚蜜言忍不住提醒了一句,他衣服领子敞那么开,就不怕灌风进去吗?顿了顿,又道:"头发弄干净再进来,到处都是水。"

"遵命!"卢雨寒嘻嘻一笑,显然是在为她的关心而高兴。

直到擦得差不多了,他才进门,一边打开电脑一边问:"开打了没有?"

"早着呢，还有半小时，估计在入场。"姚蜜言无聊地打个哈欠。

"要进去参观不？"卢雨寒窝进被窝，没有发现她的异样。

"不去。"

某人不干了，难得有热闹她居然不去看？"也没几次帮战，去看看嘛！"才刚上线，他的注意力就被转移了，就看见有人发信息给自己问天堂帮跟恋天帮的事情。

"没兴趣。"

卢雨寒切了一声，便也不再骚扰她。因为，天堂帮的帮主找上门来了。

【私聊】天堂小光：驴大，今天帮战，你要来吗？

【私聊】毛驴倒着跑：不了。

【私聊】天堂小光：反正也不会输的，驴大就过来撑个场面也好。

【私聊】毛驴倒着跑：我会去观看的。

【私聊】天堂小光：那好吧！对了，驴大，月色真的是无辜的，请你一定要相信我。

【私聊】毛驴倒着跑：我知道了。

天堂小光还要啰唆几句，都被他不咸不淡地打发了．

眼看6点55分了，他骑了坐骑前去相关的NPC申请参观。

本来碎天星游戏刚推出那会儿，确实是很火热的一个游戏。可惜玄幻原作被扭曲成Q版不说，PK、帮派等各种系统作得都不是十分完善，让玩家们人为心寒。因此这游戏里，大多数人都其实很平和，老人自是不必说，新人也不敢冒什么头，大家相安无事。如果不是月色朦胧正好惹到一向嚣张跋扈的恋天帮，这场帮战是怎么都打不起来的。

恋天帮人数不多，仅仅才二十来个人而已，帮派级别才不过三级。但成员各个都在四转100级以上，而且从未吸收过新的血液。他们一直是这个区内独来独往的一小撮人，但也是这游戏自开区来一直坚持没有少过任何人的小团体。

毛驴倒着跑虽然半年前加入天堂帮，但实际上跟恋天帮一向井水不犯河水，甚至偶尔遇到恋天唯柩还能发个图片打个招呼，所以他这次退出了帮派，就自然不愿意再趟这趟浑水。

帮战很简单，就是双方成员各自进入本帮的帮派地图集合，然后由攻方攻打对方的帮派山寨，每毁一个帮派建筑，该帮派的资金便会流失。在两小时内，被攻方资金流失达本帮资金的80%，系统自动判定为该帮派输，反之，则攻打方输。

六级帮派的建筑、防御、人员等等，远远超过三级帮派几个级，所以天堂帮首先就占了天时、地利两项，而人和——如果人数多寡也算人和的话，那么，恋天帮必输无疑。

就在他思索的这一会儿，已经有很多人跟他一起进入了观战模式。观战模式，就是指观战人员以外人的身份进入双方帮派集合地，然后以白名的方式自主选择跟随或者自己乱跑达到观战的目的，帮战期间不能PK也不会被PK，同时也不能向外界传递信息以防作弊。

7点整，系统提示，双方开战。

毛驴倒着跑好歹也跟天堂帮有过一段关系，再加上天堂帮是守方，也就不需要挪窝，他自然是乐得蹲点看热闹，所以便作为天堂帮的观战人员进入。而让他郁闷的是，系统一提示开战，天堂帮的人居然顶着明晃晃的红色名字便杀出帮派去了……

好好的守方不当，偏偏要跑出去堵别人的门，天堂帮这次的战事指挥脑子里进水了吧？毛驴倒着跑一顿好跑，终于跟着一众观战人员屁颠屁颠地跑到了战事主要地点——恋天帮的帮派门口。毛驴倒着跑冷笑一声，这天堂帮的战事指挥简直就是贪心不足蛇吞象，生怕这次帮战体现不出他们身为六级帮的优越感，竟然将人员分散。恋天帮敢打这场仗，就必然有所倚仗。这下，肯定比他预想得要好玩得多。

果不其然，天堂帮这次的战斗指挥确实是打着想把恋天帮堵在帮派里头的算盘，估摸着，他确实也做了两手准备。第一，自己人比恋天帮多，多出来的兵力在家里蹲着，长时间会引起兄弟们的热情消退，如此还不如主动攻击；第二，指挥也不是傻子，自然是一方面进攻的同时，一方面又在自己的帮派布置好了防御力，保证帮派资金的万无一失。

如果前方战线冲刺得当，那么这场帮战将会以恋天帮被堵在自己帮派的憋屈结果告终，天堂帮也就赢了一次漂亮无比的仗；但考虑到天堂帮20个人各个骁勇善战，虽然这游戏PK方面，宝宝、装备、药水三方面是起决定性作用，但不得不考虑他们的脑子灵活程度，所以万一前方的人员有漏网之鱼，后方的战线也可以生效。

事实上，当天堂帮的前期主力跟恋天帮成员纠缠的时候，众人很快发现了一个重要的问题。恋天帮的人呢？为什么一直只有一队人跟这差不多100多人在纠缠？

【附近】我是来看热闹的：真他妈神了，5人打100多人，居然还没死？

【附近】白发魔女：这简直不可能，比驴大还神。

毛驴倒着跑静静地待在一群白名中间，看他们对这5人与100多人对仗的惊讶。

这5个人，他都有见过。

恋天星光、恋天花花、恋天霸王、恋天小风、恋天沛沛，这5个人也是恋天帮里在世界上经常出没的人物，要不是他们，这场帮战也打不起来。但是，以他们5个人的实力，按照以往的情况，是绝对不可能在100多人的攻击下还能如此完好无损的，即使这100多人的大部分人攻击落空或者攻击不够。

为什么会有这样的状况？

【附近】白发魔使：我知道了，他们用了辅助药物。

【附近】醉猫：对，15级的各种抗性药，可以减少攻击80%。

【附近】青苹果：怪不得恋天的要收15级药，原来抗性药这么牛。

【附近】醉猫：这区能做15级药的不多，数的出来的也就四五个

人而已，其中有两个也不玩了，没想到恋天居然真的找到了药。

【附近】醉猫：但是抗性药的时间只有10秒，到现在，已经超过5分钟了，他们要吃物理抗性、法术抗性、毒攻抗性、异常状态抗性这些药各150个，如果他们坚持上半小时，这些药得要上千。这药随便一个都得卖上5万，真牛，这简直就是在撒钱。

【附近】8—8：这还不算，他们还吃了有益状态的药。

这么多药，他们是怎么弄来的？毛驴倒着跑一直在原地打着转，他突然有种预感，这回天堂帮会输。

就这么僵着的时候，观战观得目瞪口呆的众人被一道信息狠狠地震撼了一把。

【系统】天堂帮库房被毁，资金减少8564452。

世界上一下子闹腾开了，观战的成员上不了世界，只能在附近聊天，所以也很郁闷。他们这一路跟来，完全没有看见过恋天帮有谁经过他们旁边，或者是恋天帮有人从帮派里出去过，怎么突然天堂帮的库房就被毁了？

天堂帮的成员也郁闷，自己明明一直堵在恋天帮的门口，怎么库房就被毁了？真是邪门！

【附近】白发魔女：啊，我老公说，恋天帮的人已经到天堂帮里面去打建筑了。

【附近】上天入地：见了个鬼，我们都没看到恋天的人。

【附近】矮子上树看公主：这恋天的不是一直在这里吗？怎么突然冒出去了？

【附近】醉猫：难道他们用了传说中的隐形药？

【附近】四月十七：隐形药的取材十分苛刻，再加上隐身时间只有3秒钟。就算他们有隐形药，也绝不可能让恋天帮的人安全到达天堂帮。

【附近】醉猫：可是，只要他们每3秒就喝一次隐形药，为什么不能过去？

【附近】我是来看热闹的：太疯狂了。

的确是太疯狂了，隐形药的材料他看过，除了1到15级的30种药材外，还需要特殊原材料15种，还需要纤维、矿石等其他原材料。用隐形药来堆帮战，这恋天帮是怎么做到的？毛驴倒着跑看了一会儿对峙的恋天五人组与天堂小光一行人，猛地扭头，朝天堂帮跑，他倒要看看，恋天唯栀到底在打什么主意。

由于毛驴倒着跑的离去，众人也跟着他往天堂帮跑，大家都对这次的帮战实在是太期待了。

明明势力一边倒的情景，为什么偏偏就产生了不同的结局？

到达天堂帮，一伙天堂帮的成员在自己的帮派里成群结队地像无头苍蝇一样乱晃，看见一伙白名，扭头就跑，结果跑了几步，才又回头发现不是恋天帮的成员。

战斗中的成员与战斗外的人员无法沟通，因此大家也不知道他们说了些什么。只见那伙天堂帮的人成群结队地往外走，可突然之间，一个人影出现在他们面前，紧接着，一个被围在人群中的不幸分子立刻化为白光消失在人群中。那人一击得逞，却仗着超高的敏捷，顿时消失在众人的视野中。

【附近】碎了心：NND，加敏捷了

众人恍然，真高，真牛。恋天帮这次的帮战，打绝了，完全就是靠药在撑，连宝宝都不带放的。

毛驴倒着跑悄悄地脱离群众，溜向其他帮派建筑。

【系统】天堂帮研究院被毁，减少资金9543871。

正巧，在他面前的就是倒塌的研究院，几个身影瞬间出现在他的面前，为首的可不是那一身黑装的恋天唯栀吗？他们一行5人，迅速撤离了现场。

紧接着，天堂帮的人赶到，前后差距才不过1分钟。没有看到恋天帮的人，天堂帮只好悻悻离去。

【系统】天堂帮资料库被毁，减少资金3487665。

【系统】天堂帮金库被毁，减少资金15664255。

很好，四个建筑被毁，已经减少了3700万的资金，以六级帮最低6000万的资金来看，恋天帮至少成功了一半以上。卢雨寒想着。

画面上的人物已经到达了聚义堂前的空地处，大片大片的天堂帮成员正在空地上守候。《碎天星》的帮派建筑以聚义堂为主，其他建筑为辅。如果保住聚义堂，这场帮战或许也不会输。

卢雨寒轻轻叹气，这天堂帮的战事指挥，你说你早点调集人员守住各个建筑门口，怎么也不会这么快失守啊！就算失守，你拖个俩小时，也就赢了。偏偏纠结大部分人力跑去恋天帮的帮派门口堵人，不是自找死路吗？

死过三次的帮派成员便会被送入牢房，无法参加战斗。这样一来，在恋天帮堵人的那一群人，早已经失去了一次的资格。

天堂帮纠结的人员挺多，早已没有之前去恋天帮时候的锐气。正在他们热闹着在聚义堂门口哄叫时，几个黑色影子悄悄地扑向他们。恋天星光一伙已经赶到了天堂帮！

一时间，白光闪烁，恋天五将遇神杀神，遇佛杀佛。

【系统】天堂帮材料库被毁，减少资金8992464。

又减少900万。世界上已经疯了，众人喊着是不是系统抽风了，怎么可能在短短的一个小时内，恋天帮就被打下了4600万资金？如果天堂帮的帮派资金只有六级帮最低限额资金的话，还有200万，天堂帮就输了……

聚义堂前，热闹非凡。天堂帮的成员前仆后继地往聚义堂前凑，去的人多，回来的人少。

其他建筑已经被打掉了，最后，也只剩下这一个聚义堂可打。所以，天堂帮必须守住这聚义堂。

而很快，恋天帮的成员也赶到了，20个恋天开头的成员，一个不落，全部在线。身上的装备都是经过临时加工的，大家还能看到上面临时刻制的印记。没有让观众失望的是，恋天帮其他成员也跟喝了壮阳药一样，勇猛无比，打得那叫一个畅快淋漓。

天堂帮这会儿已经没有能撑大局的，虽然天堂小光、天堂小鸟一群人装备等级都不低，平常PK打架也很猛，可哪里比得上这恋天帮的一顿狂轰滥炸和投毒。

看见熟悉的青绿色毒药出现在天堂帮成员的身上冒出紫色的烟雾，卢雨寒眯了眯眼。

很快，恋天帮20人齐齐压进聚义堂。这场本区的著名帮战就在进行了一个小时二十三分的时候，以天堂帮流失资金达7600万而告终。

【系统】此次帮战恋天帮略胜一筹，天堂帮降为五级帮派。

观战成员被传送出战场，顿时，世界疯狂。

【世界】天堂小鸟：恋天的你们搞什么鬼

【世界】晓晓晓晓：恋天的作弊！我们不服！

【世界】淡漠封心：娘的，恋天的老子跟你们有仇是不是？干吗缠着我打，老子装备都被打爆了！

【世界】恋天唯栀：你跟我们没仇，但跟其他人有仇。今天的帮战到此为止，请天堂帮帮主约束你的成员不要再挑起事端，否则，我不介意再来一次。

【世界】白发魔女：哇哇，恋天帮主好帅，跟驴大有得一拼。

【世界】梦梦：恋天帮主有老婆吗？偶18岁，可以视频，把乃的QQ号告诉偶吧！

【世界】天堂小光：虽然本次帮战我们帮不服，但兄弟们不要气馁，他们赢得并不光彩，大家洗洗睡吧！

虽然天堂小光的语气不好，但恋天唯栀居然也没有追究，世界上恋天和天堂的人都沉了下去。反而是其他帮派的人都浮上来对此次帮战大谈看法，有说恋天花钱如流水的；有说天堂输得真冤的；有说恋天以少胜多特别牛叉的；也有说天堂自作孽不可活的。反正一时间你说你的我说我的，世界乱成了一锅粥。

第七章 没有我你该怎么办

卢雨寒将电脑拿到一边放下,抬头朝某女的方向看去。她的脸藏在屏幕后方,根本看不清表情。但是他仍然能想象得出她一脸无所谓,甚至是清冷的淡然。想着,卢雨寒悄悄地叹口气,他好像摊上了个很记仇的女人。

"喂,女人。"

"嗯?"姚蜜言正看世界掐架掐得很爽,身后传来某人的叫魂声,她反射性地应了一声。

"过来。"

"干吗?"她歪着脑袋看了一下躺在床上皱眉盯着她的家伙,无奈地翻个白眼,认命地踢踏起拖鞋过到床边。

卢雨寒长臂一捞,挂在女人的腰上。床边的女人把持不住,一下子压在他身上,正慌忙地要爬起身来,被他狠狠箍住。

"别告诉我,这次的帮战你没掺和一脚。"因为身上有了她的重量,所以他说话的时候显得特别深沉。

姚蜜言当然是掺和了的,但是跟他有什么关系啊!她心虚地撇了撇嘴,眼睛四处乱瞟,"我又没干吗。"

某人一个翻身,将她压在下面,"真不说?"

洗澡后的男性气息带着沐浴露的香甜味道飘来，姚蜜言顿时有些手足无措，她慌乱中用双手撑住他的胸膛："你干吗啦？下去说，压得我难受。"

"不要，就这样说。"娇柔的身躯引起他极大的反应，脑子里尽是一些绮丽的念头。为了保证自己不会爆血而亡，他决定先就这样压着她再说。

感觉到他的身体起了变化，姚蜜言苍白的脸顿时浮现出红晕："那个，你不准乱动……"

"知道了，那你快说，今天的帮战到底怎么回事？"某人继续拷问。

"我没做什么啊！"她再睁眼说瞎话，看到某人眼睛一瞪，只好撇撇嘴，"我只是提供了恋天帮帮战所需要的药而已。"

"然后呢？"他才不信，她会这么好心。

"没然后啊！"继续睁眼说瞎话。

"你不说，我吻你喔！"

姚蜜言一滞，脸色更红，"你……无赖！"

对于某人来说，什么招有用，那自然是用什么招了。"那你快说。"

"我只是让他们帮战的时候专门用毒盯住一个人……"姚蜜言当然不想跟他来更亲密的接触，所以只得无奈地把自己的目的说了出来。她为恋天帮制药、定战术，唯一的要求，就是让对方在碰到淡漠封心的时候，用毒盯他。

卢雨寒突然感觉后脑勺一阵一阵的凉，呆呆地看了她淡然的面孔很久，才有些不是滋味地说："女人，你真记仇。"

毒药是这个游戏很特殊的东西，所以是很难弄到的。盯人是指无限制地在一定时间段重复投毒10次以上，消耗巨大。这样的方法不会将人杀死，但是却会持续下降对方的属性和装备属性。自身属性倒还好说，下线再上就OK了，但装备属性就难办了，被毒后的装备属性若要

103

恢复，必须经过很特别的加工才能完成。

在这个区内，能完成这项任务的人，只能是她。因为唯一一个得到那项绝品毒药解毒配方的某人，便是他亲爱的娘子。而很巧，曾经将无数个绝品配方扔给自己娘子的某人，便是自己。

卢雨寒从来没想过有一天，自己会看到因为自己的大手笔，而看到一场更大手笔的帮战，幕后策划人，竟然是一直躲在后院挖地皮的她。当然，若不是那项绝品的毒——红颜，他是怎么也不会想到她的。也当然，若不是曾经他一时好奇用她制作出来的毒在自己身上实验了一下，他也不会这么刻骨铭心地记得那毒的特性：毒发时会带有紫色烟雾。

想了想，卢雨寒决定还是打击一下她："淡漠封心那套装备才几千RMB，再弄一套出来很容易。"

"我知道啊。"某女无辜地点头，但卢雨寒明明看见她眼里一闪而过的算计光芒。

"帮恋天就为了逼淡漠封心？"

"他不是说以后会超过你吗？"某女继续无辜。

卢雨寒很想抚额叹气，自己身下这女人的头脑构造真是太奇特了，居然为了压制住这个一时狂妄说大话的人，而提前开始行动。但是他很好奇，她接下来会做一些什么事，"你打算怎样阻止他变强？"

"我没打算阻止，我还要帮他。"姚蜜言笑得很开心，眯着的眸子里透出一股奇异的色彩，逼得卢雨寒不能直视。

姚蜜言说得确实没错，她确实要帮淡漠封心。

这不，她上了小号，在市场转了一圈后，看到某个装备属性已经被降成一坨垃圾的剑客像无头苍蝇一样乱晃，便不慌不忙地在醒目的位置，开了一个店，出售15级成品矿。

15级矿不是人人都能挖，15级成品矿自然也不是人人都能做，而15级的成品矿要求的便首先是装备制作技能到达15级。但是，病急乱投医的人，自然有了一丝曙光都会抓住不放的。

【私聊】淡漠封心：你的制作技能哪项到了15级？

【私聊】摆摊的小号：摆摊小号，不闲聊。

【私聊】淡漠封心：我不是跟你闲聊，我是有事找你，你会15级衣服制作吗？

【私聊】摆摊的小号：会。

【私聊】淡漠封心：我的装备被上了毒，因为是15级毒，所以必须要15级制作才能恢复原来的属性，你能做吗？价钱不是问题。

很好，鱼儿上钩了。姚蜜言勾了勾嘴角。

【私聊】摆摊的小号：月亮石50颗、仙素布100匹，外加15级原材料各种。

【私聊】淡漠封心：这些是需要用的东西吗？

【私聊】摆摊的小号：对。

【私聊】淡漠封心：那好，我去找。

找吧找吧。姚蜜言心情很好地去倒了杯开水，大厅的门被打开了。

卢雨寒进门看见她，边脱鞋便松领口，顺便向她打了个招呼："嗨！"

姚蜜言微微点了点头算是回应，回到房间。

这几天，卢雨寒都很乖，每天早晚两顿饭都给她做了，晚上早早地爬去床上暖床，还没有占她便宜。两个人就像在游戏中一样，过着似乎有关系但又没联系的生活。他朝九晚五地上班，而她却整天整天地待在家里，起床时，他已经去上班；他下班后，两人也就吃饭时点下头，并不怎么说话；然后两人游戏，他要升级，她要采矿；至于晚上……大概是因为最近很忙，卢雨寒根本没那精力去调戏她。

卢雨寒做了饭，两人默默地吃完，姚蜜言去洗碗，他则去洗澡。

等姚蜜言也洗完澡出来，钻进被窝的某人突然开口叫她："女人！"

"嗯?"

"我明天要去出差,大概半个月后才回来。"

"喔。"

卢雨寒郁闷地瞪了瞪她的后背,好歹自己在公司忙了一天,回来她连个笑脸都不给,而且自己要出去半个月,她连个反应都没有。

"女人!"

"嗯。"

"过来。"

姚蜜言转过身,看他又不知道哪根筋搭错似的黑着脸,只好磨蹭着走上前去:"干吗?"

"给我按摩,累死了。"呜呜,有半个月不能抱着老婆睡觉了,他好心痛。

姚蜜言翻了个白眼,正要甩手离开,手腕却被某人一把抓住,瘪着嘴:"来嘛……"

得,销魂的颤抖音又出来了。姚蜜言狠狠打了个寒战,只好坐下来,推了推他的肩膀说:"趴着。"

"好啊!嘿嘿。"某人很愉快地照做。纤长的手指爬上他的背,轻轻地在他肩膀上揉捏揉捏,引得他的背一阵酥麻。"女人!"

"又怎么了?"

"加重点力,你好像在给我挠痒痒。"卢某人扭着屁股道。

加重力是吧?姚蜜言狠命地将手指掐进某人的肩部骨头内,使劲地蹂躏。

卢雨寒疼得龇牙咧嘴,突然一个翻身,将她的双臂一拉,再长臂一伸,把她捞在了怀里,低头在她的耳边吹了一口气。看她苍白的脸慢慢变红的模样,他笑道:"哪有你这么坏的?"

姚蜜言挣扎着要站起来,却被他压制得动弹不得,狠狠地咬他一口,才闷闷道:"是你自己说我力气小。"

卢雨寒磨了磨牙,突然双手钻进她的毛衣下面,直接接触到滑腻的肌肤，奸笑道："嘿嘿，看你使坏。"他大手在她痒痒肉上来回搓动。

姚蜜言苦着脸，身体不停地扭动想要躲避他的攻击，"好了，我还是给你按摩吧，这回轻点。"

"不行。"卢雨寒正玩得高兴呢，才不理她，不过他突然想起来一个办法，又贼笑："叫声老公我就放过你，怎么样？"

"你怎么不去睡觉？"姚蜜言狠狠瞪他一眼。

"天都还没黑呢，睡什么……"卢雨寒突然噤声。好家伙，居然敢说他白日做梦。于是他手下的力道越发大了起来，"哈哈，叫不叫，叫不叫？"

姚蜜言实在被挠得没办法，只得紧紧贴在他的身上，以免他的魔爪移动范围更大，殊不知，两人的暧昧距离却也更近了。实在忍不住了，她决定还是投降，"劳工！我叫了，放开我。"

"切，"卢雨寒皱了皱鼻子，指责她，"你耍赖。"

"……"姚蜜言很无语，拜托，你才是耍赖的鼻祖。

见她不说话，卢雨寒也沉默下来，一只手环着她的腰，一只手停留在她的衣服里头，慢慢地摩挲，手上软滑的触感让他不肯离去。

姚蜜言被轻柔的抚摸弄得全身软绵绵的，使不起半分力气，看他没有别的心思，便也没有阻止他，趴在他身上一动不动。

"喂，女人！"半晌，粗嘎着的男声响起。

"嗯？"

"半个月，你会不会想我？"这没心没肺的女人，她要是敢说个不字，自己立刻办了她！

姚蜜言偏头想了想，回答："大概会吧！"

"真的？"突然听到自己意外的答案，冲击得他小心肝一跳一跳的。若不是身上还有重量，某人差点就觉得自己快要忘了怎么心跳。

"半个月没人做饭，我会很饿的……"姚蜜言老实道。

"……"卢雨寒手臂僵了僵，差点将这女人掐死，"就没有其他

理由了?"

"还有……"姚蜜言肯定地点头,某人喜出望外,异常期待地看着她,"没人暖被窝,我又只能通宵了……"

某人再度抽搐,脸黑成了锅底,敢情他就只是个厨子和暖床的工具啊。"你个死女人!"他咆哮地将她翻身压在身下,狠狠地照着她的半边屁股抽了一掌。

姚蜜言不由得捂着屁股,小脸皱成一团,"你有病啊?"

"除了这些,你就没有一丁点喜欢我?"卢雨寒压在她身上,不甘心地问道。

"我干吗要喜欢你?"花心大萝卜,还敢打我,喜欢你才有鬼。

卢雨寒彻底无语了,自己这是有多凄凉啊!这么多天的相处,她竟然半点感觉都没有,他太失败了。

"你该多做点猪脑吃。"姚蜜言同情地拍拍他的肩膀。

某人怒极而笑:"我看你是安逸惯了,忘记我是个男人了?"

姚蜜言立即乖乖闭嘴,这男人真是,说不过自己就要动手动脚还动嘴,动不动就以吻她为威胁。

"这才乖嘛!女人就该乖乖地才招人疼。"大手调戏似的在她脸颊滑过,某女狠狠瞪了瞪眼,但没顶嘴。卢雨寒心里乐得不行,继续摸,"喂,你没人要了,干脆就我要了算了吧?"

继续闭嘴,懒得理他。

"女人,考虑考虑嘛!反正我现在没女朋友,你也没男朋友,你看咱俩都同居了,连个名分都没有,多不好啊……"某人卯足了劲地引诱。

姚蜜言干脆闭眼,装睡。

"别装睡嘛!你不能吃完了不负责啊!"某人死皮赖脸凑到她面前。

黑影压在眼前,逼得她睁开眼,一下子望进那双带着欲望的眼睛。"又在说不靠谱的话了,快睡吧!你明天还要出差。"

"那好吧……"某人一计不成,败下阵来,眼睛一转,再来一计,"我明天都要出差了,你就不给我留点什么纪念?"

"出差又不是出葬。"

某人黑着脸,赶紧在心里呸呸几下,把晦气去掉,然后才又嬉皮笑脸地凑上来:"不要嘛!你看咱俩好歹也算滚过床单了,你就留个纪念让我路上不那么孤单嘛!"

姚蜜言又忍不住翻白眼,还孤单?就他那自来熟的性子,不在路上勾搭几个美女就不错了!

"你不说话我算你答应了喔!"某人见她没有反应,贼兮兮地笑。

姚蜜言正要开口说不,却被突然压过来的面孔吓得失了反应。

滑腻的舌,很是轻巧地钻入她的口腔,牙齿慢慢地摩擦着她的唇瓣,传来一丝丝无法挥去的酥麻……他的舌在她的舌根处轻舔,一点点地将她的舌头都带动起来。

不得不承认,这男人的接吻技巧很好,好到让她忍不住开始沉沦。不知不觉,姚蜜言已经闭上了眼,双手也爬上他的背。仿佛一瞬间,她找不到了自己,只能任他带着,攀登情欲的高峰。

"唔……"终于,姚蜜言觉得自己的空气快不够用了,捶打他的背让他停下。

男人明白,却不肯离开,用舌尖再次在她的唇上描画几次,慢慢地往下滑,她的颈项也是如此甜美。

"你该睡了。"清冷的声音完全没有之前的热情。

这清冷,也泼醒了某个脑子乱糟糟的家伙,动作终于停下,脸埋进她的颈项道:"我想吃了你。"

姚蜜言双眼一瞪:"吃人肉犯法。"

"呵。"卢雨寒嘶哑着声音笑起来,"好了,不逗你了,我们早点睡吧。"

"我都要睡成猪了……"姚蜜言软软地抗议,但考虑到某人每次

不达目的不罢休的势头,只好推了推他,"让开。"

卢雨寒听话地滚到一边,半撑着脑袋看她爬起床走出卧室,不禁长叹,这大冰块占据自己心里的位置越来越有力了,他完全没办法把她赶出去。而且,他一点也不想赶啊!他好想沉沦,好想迷醉……

姚蜜言开始还悠闲自在了两天,两天之后,苦了脸。

没有他的饭菜,自己都吃不了东西了,好饿好饿……

没有他暖床,自己也睡不着了,通宵之后都只能对着天花板发呆,好困好困……

姚蜜言很纠结,但她除了纠结这个之外,其他的生活仍然很美好。偶尔码码新文的稿子,再安静地等待鱼儿的上钩,日子倒也过得自在。

【私聊】淡漠封心:东西找齐了。你大号叫什么,我加你。

【私聊】摆摊的小号:不用,你把材料和装备扔这个号上就可以了。

对方沉默了很久,才发来信息。

【私聊】淡漠封心:哦。

姚蜜言勾了勾嘴角,纤长的手指在键盘上一顿敲击。

【私聊】摆摊的小号:如果怕我吞了的话就算了。

对方一直沉默,肯定是去四处打听这个小号的大号是谁,确定人才敢给装备。

姚蜜言摸了摸鼻子,上天见证,她真的是要帮他的……咳,好吧,她承认这句话有点假。只是,她确实没打算吞他的装备啊!上帝。

【私聊】淡漠封心:你到底是谁?

【私聊】摆摊的小号:我没时间跟你磨叽,你想做就做,不想做我要下了。

对方继续沉默。

【私聊】淡漠封心:能不能等等?几分钟。

【私聊】摆摊的小号：好。

过了一会儿，他人还没到，信息却到了。

【私聊】淡漠封心：你怎么知道我的装备是中了什么毒？

果然是去找别人鉴定过了，只可惜，这款名叫红颜的毒，正因为是绝品，受毒的装备必须要有相应的装备制作等级和药物制作等级，还要有相关的解毒配方解开两种毒，才可以恢复装备原来的属性。

【私聊】摆摊的小号：生活制作的人一看就知道。

这倒不是假话，每个人的装备可以选择被人看见也可以选择隐藏。淡漠封心一向嚣张跋扈，任何人一看他的装备就知道怎么回事。于是对方又沉默了，姚蜜言耐心地等着。

终于，他发来信息。

【私聊】淡漠封心：反正找了这么久的材料，装备再不恢复也差不多可以扔了，你要真是想贪我也没办法。算了，给你就给你吧！

【私聊】摆摊的小号：老地方等。

【私聊】淡漠封心：好，谢谢了先。

哼，现在不敢骂人了？姚蜜言撇了撇嘴，他还真的是在乎他这套装备啊！

【私聊】摆摊的小号：三天后这里来拿。

于是，三天后。

【私聊】淡漠封心：天啊！！你好厉害！

【私聊】摆摊的小号：？

【私聊】淡漠封心：装备所有属性上升了原来的10%！我以后都找你作装备好不好？

【私聊】摆摊的小号：好。

【系统】淡漠封心加你为好友。

姚蜜言勾着诡异的笑容回加了他，然后下线。

小子，你就等着哭吧。清冷的眸子里闪过一丝亮光，看外面的天晚了下来，便收拾收拾东西，爬去洗澡。

111

好不容易，半个月过去了，卢雨寒兴冲冲地哼着曲跳出电梯，再冲到那扇藏着他心里人儿的门前，一边开门一边高声叫道："我回来啦！！"

咦？没反应。听见他回来竟然不出来迎接？看他怎么收拾她……某人一边念叨着一边闯进卧室，瞬间慌了手脚："女人，你怎么了？"

入目一片狼藉。

地上，某女经常捧在手心的陶瓷杯子已经碎成了好几片，碎片不远处，是散乱的书籍，还有她那被掀翻在地的羽绒服。

床上的人裹着被子缩成一团，长长的黑发纠结在被子外，一片凌乱。她的脸朝里，似乎是睡着了。听见他的声音，某女哼了哼，表示听到了。

卢雨寒赶紧爬到床上，将她身子翻转过来，看她无力的样子配上灰白的唇，几乎只有了一口气还在。他伸手探了探她的额头，好烫。

"你怎么搞的！"卢雨寒咬牙切齿，恨不得打她一顿，怎么他出去个几天，她就能把自己弄成一副人不人鬼不鬼的样子。

"唔……"女人嘤咛一声，感受到温暖，直往他的怀里钻。

"该死！"卢雨寒紧紧抱住她，脑子里乱成一团，赶紧将她抱下床，"走，去看医生！"

某女迷糊地摆了摆头，嘴巴艰难地吐出一个字："不……"

卢雨寒正要动的手呆住了，"为什么不去？"

"休息……"她哼哼唧唧地再吐出俩字，把小手钻进他的外套里面，汲取温暖。

"不看医生怎么会好？"某人纳闷道。她这样子，能活过明天吗？

某女耍赖地扭动身体，光扭动扭动已经用尽了她的力气，连话都说不出来。

卢雨寒见她这样撒娇，又好气又好笑。

这女人莫非是对医院有忌讳？明知道她以前有故事，但是她又不说，自己只好顺着她的性子尽量不去惹她。可是她这生病了也坚持不去看医生，到底该怎么办才好？

"我去给你买药，你先睡。"脑子乱了一会儿后，卢雨寒才这样说道。可怀里的人早没了反应，他只得摇摇头将她放下，一接触到发凉的被单，小脸上的眉头蹙了蹙，但仍睡得很沉。

卢雨寒急匆匆地去买了药回来，看她还在睡，于是将她弄醒吃药。某女一直处在迷糊状态，乖乖地吃了药后，抱着卢雨寒的腰身不撒手。

他狠狠翻了好几个白眼，不过她药也吃了，应该没什么大事了吧？不知道要不要把大伯叫来给她看下……某人在胡思乱想中，带着满身风尘，歪在床头睡着了。

不知道过了多久，姚蜜言觉得自己在火海里走了一遭后，终于回到了真实的世界。睁开眼睛，眼神涣散了好一会儿才集中，看见面前的俊颜，她眨了眨眼。当感觉到自己的手正紧紧抱着别人的时候，姚蜜言原本就高烧的脸烧得更加厉害了。

"醒了？"卢雨寒这时也突然惊醒过来，看到那双清亮的眸子在朝自己看，蹙着眉头问道，"现在感觉怎么样？"

姚蜜言摇头，想要开口，却发现自己差点说不出话来，清了清喉咙才勉强发出声音，却仍很沙哑："好多了。"

"头疼吗？"

姚蜜言老实地点头，头又重又疼。

他搭在她肩膀上的手移上她的太阳穴，力道不轻不重地揉起来。她舒服地闭上眼，感觉脑子清醒了很多。

"饿不饿？我去给你做点吃的，看你好像很久没吃东西了。"低沉的嗓音有点哑，不知道是急火攻心还是自己也染上了风寒。

她闭着的眼睛突然张开，眼眸里滑过一丝亮光，小脸上满是期待。卢雨寒哑然失笑，轻轻拍她的肩膀，将她的头放在枕头上，轻柔地

给她披上被子:"你先睡一会儿,好了我叫你。"

姚蜜言眨眨眼表示明白,看他走出去,才放心地闭上眼。失去知觉不久,她被他摇醒,紧接着一股香味钻进她的鼻腔,肚子顿时咕噜了一下,嘴里唾液分泌加快。

卢雨寒小心翼翼地半抱着她,一调羹一调羹地给她喂粥,不时地将粥吹得凉一些,不时地问她烫不烫,并拍拍她的背给她顺气,一小碗粥吃了大半个小时。

等他出去,她又昏沉地睡着了。再醒来,某人正拥着她睡得香甜。好看的眉眼像个孩子似的平和,有时还抖动一下,睡得不是很安稳。手臂上的力道倒是没有减少,她试着动了一下,他便马上收紧怀抱。

终于,在自己最需要人的时候,有一个人出现在自己面前了呢!

姚蜜言低低地笑,笑里含着酸涩。她听到他焦急的呼叫;她听到他去买药时的急促脚步;她听到他叫她吃药温柔的声音;她听到他轻柔地问她粥烫不烫⋯⋯来到这世界二十多年,从未遇到这样的关心,温暖的感觉一直徘徊在她的心口,久久不下。

苍白的手爬上他的睡颜,这样优秀的男人,怪不得有那样的自信和张扬,喜欢他的女孩子大概能排很长很长的队伍了吧。

他的眉尖抖动一下,深邃的眸子一下张开。姚蜜言没想到他那么快醒来,抽了抽嘴角,垂下手,眼皮也垂下来。

"现在怎么样?头还疼吗?还在发烧吗?"说着,手已经到了她的额头,某人根本没在意她的鸵鸟问题。温度已经降了很多,虽然比她原本的冰冷要稍微高上一些,但好歹不那么吓人了。

她摇摇头,心里终究是温暖的,却不知道怎么回答。

"好像好多了。"卢雨寒自言自语,随即无奈道,"怎么我出去几天,你就感冒成这样子了?"

"我⋯⋯"她张了张口,怯怯地说,"我⋯⋯洗澡的时候忘了开煤气⋯⋯"

"……"卢某人双眼一瞪。

"湿透了才感觉不对劲……"某女声音越说越低。天知道,她那是因为阴谋得逞,兴奋得忘了要查看水的事情。

卢雨寒磨牙,但看她一副"我错了"的样子,又忍不下心拍她,只得将手臂拢了拢,紧紧箍住她说:"你啊,以后不准这么大意……"

"嗯……"某女乖乖应声。

半晌,两人相拥无语,双双睡去。

第八章　为什么你是密

直到卢雨寒回来的第四天，姚蜜言才恢复了正常。

生病期间，她倒是很乖的，不顶嘴，不上网，天天偎在被子里，等着饭来张口衣来伸手，过得那叫一个舒服自在。

这天，她正裹着大衣在厨房看某人做饭，小心地伸手去偷夹锅的小蘑菇，被某人轻轻地拍了拍手背狠瞪，只得撇嘴出了厨房。突然，门铃响了。

"你好，请问是小蜜小姐吗？"门口一个穿着工作制服的年轻男人和门卫大爷站在一起。

姚蜜言皱了皱眉，她几乎和外界没有联系，突然有人找上人，实在让人惊讶。

"有什么事情？"

"我是Y通快递的，有你的快件。"工作人员微笑着回答，并递过手上的快递。

姚蜜言接过，上面赫然写着，寄件人：字丰网络公司。

"是我的，谢谢。"

"不客气，烦劳您签下名，谢谢。"

手拿快递回到沙发上，翻转看了几遍，不知道里面是什么东西，心里有点疑惑。照说，他不会发给她快递啊！如果不是他……莫非，是陈自咏？对，只有陈自咏才知道自己叫小蜜而并不知晓自己全名。

姚蜜言踌躇一阵，还是撕开了快递，拿起一看，是一份空白合同。上面是说允许自己的作品参加"似水流年"这个文学作品大赛，甚至连笔名都给她打印好了，只等她签个字就OK。

上面那些奖励倒挺诱人的……只可惜，她毫无兴趣。

姚蜜言歪头想了想，陈自咏是有说过这个事，可自己当时不是推掉了吗，他怎么还把快递给寄来了？还有，他怎么知道自己的住址？真是奇怪……

姚蜜言将快递扔到一旁，继续去厨房门口看某人的饭到底做好没有，她都快饿成仙了。好在卢雨寒的菜也终于炒完了，两人端了饭菜出来开始吃饭。

卢雨寒瞟了一眼沙发上的快递，随口道："有人寄给你的？"

"嗯。"

"你还认识其他人？"卢雨寒的语气有点怪。两人在一起同居这么久，她几乎都是一个人过日子，哪里会有什么朋友之类的。

姚蜜言好笑地用筷子打掉他伸在自己面前菜盘子里的筷子，"不认识其他人，我怎么过日子？"

"你还用过日子？"卢雨寒恍然大悟地再夹起小蘑菇，"看你这日子过的，又不会做饭，又不会照顾自己，整天只知道上网玩游戏，真不知道你之前是怎么活下来了……"

姚蜜言对他的吐槽恍若未闻，安静地吃她的饭，吃完便一头钻进卧室里不知道干啥去了。

接下来，洗碗的洗碗，洗澡的洗澡，等卢雨寒擦干头发，回到大厅，某女已经在浴室了。瞟了一眼沙发上被随手搁置的快递，他无奈地叹气。这女人，快递也乱丢。咦，这地址怎么这么眼熟……

将里面的空白合同拉出来一翻，卢雨寒脑子里一片空白。这份合约是他亲自打出来的，上面每一个字每一句话，他都熟悉得很。柳树当

117

时说,密肯定不会答应的。但是他将情况说了一遍后,柳树没立刻作回复,只是说试一下看看,然后便把这份合约留下了……

可谁知,自己竟然在这里见到这份合约?

卢雨寒的脑子空白了几秒,立刻高速转起来。

第一次见到她,是在作者见面会上,虽然她拿的是狐兮兮的号码牌,但后来经过自己确认,她并不是狐兮兮。如此一来,柳树当时信誓旦旦地说,密一定会去作者见面会,确实是真的?

只是因为,密是个女人,所以……所有人都忽略了她?难道这个叫姚蜜言的女人就是密?

卢雨寒拿合约的手有点发抖,脑子里一直翻滚着:她竟然是密,她竟然是密,她竟然是密……

不,那个天天在电脑前面玩游戏不务正业的女人,怎么会是密?连做饭都不会,生病都没人管的女人,怎么会是密?怎么可能,怎么可能?

难怪她一直对自己冷淡如斯,难怪她一直清高如此,她……是当今写作界无人能攀的一座大山。自己这个所谓的女频总编见了她都得弯腰屈膝,赔尽笑脸,这样突然而来的事实冲击得他有些反应不过来。

她是密啊!拥有着上百个超级群员粉丝的密,自己这个只能在网游里挥洒着钱财被人胡乱叫大神的败家子,怎么能跟她比?突然之间,某人的自尊心被强烈地打击了。

良久,他镇定地放下合约,再镇定地回到卧室,钻进被子,眼直勾勾地看着天花板。

姚蜜言洗完澡回到卧室,某人像木乃伊一样一动不动。他今天怎么不上游戏升级了?不过,好奇归好奇,但她仍然没说什么,爬回自己的电脑前。世界上,有某个她等了很多天的大鱼,在疯狂地呼叫摆摊的小号。

"女人。"某人出声。

"嗯?"她边上小号边回应。

"过来。"

"干吗？"姚蜜言看看他，觉得他今天的神色很不对劲。她瞟了一眼自己还在登录密码的界面，认命地爬到床边："什么事？"

卢雨寒闻声，紧紧地盯住她，终于在盯得她有点发毛的时候，长手一伸，将某人抓进怀里，一个翻身，便将她压在了身下，一边狂暴吻她的同时，一边双手疯狂地去扯开她身上的睡衣……

姚蜜言这下有点急了，平常也没见他这样，今天到底是怎么了？一股强烈的刺激由胸前传入脑部神经，姚蜜言慌乱地想抽走他的手，却徒劳无功，想说话，嘴却一直被他堵着。

大手在身上游走了一会儿，已经由开始的狂乱，慢慢地变得轻柔，就连他的吻也开始柔和起来。

"嗯……"情不自禁地轻哼出声，姚蜜言被自己满足的声音吓了一跳，理智突然被拉回来。当清楚自己现在的处境时，她皱眉，"你怎么了？"清冷的声音含着只有她自己清楚的颤抖，但外人听来，仍是这样冷静、镇定和毫不在乎。

毫不在乎——卢雨寒突然被这个词打击得心脏一阵一阵地紧缩。

"我以为你记得我们的约定。"清冷的声音再度响起。

心脏仍在跳动，可是他已经不能在思考。身下柔软的身躯仍有着致命的诱惑，却像罂粟一般，美丽却含着剧毒。他想臣服，可她却不给他臣服的机会。

"好了，看你今天心情不好，早点睡吧！"

他的作用便只有这些？除了做饭做保姆，便是暖床。他只是她的一个工具，而偏偏，还是他自己送上门来的。卢雨寒越想越觉得自己很悲哀，于是脑子一热，离开了身下的女人，自顾自地套了衣服裤子，拿着钥匙出门去也。

"哐"一声，大门被狠狠一摔。

姚蜜言无语地瞪着天花板，他今天是吃错药了？直到胸前有阵阵的凉意，她才拉上睡衣。脑子被这男人一搅和，全成了糨糊。于是她裹着被子，竟然沉沉睡去。

119

在她沉睡的同时,某人刚摔上门就后悔死了,好歹他也要吼上几句"你是不是密,你是不是看不上我,你是不是觉得我很讨厌"之类的,得到结果再摔门啊!

但他又不甘心就这么回屋,于是在门外来回走了好久,居然都没有看到那女人出来追自己,脑子再一热,便匆匆地下楼。下楼后,被凉风一吹,他等了一个多小时,仍然不见那女人的踪影……

卢雨寒那个咬牙切齿啊!你他妈的就这么不在乎我?你她妈就觉得我走了你很爽?那好,我还不来了呢!于是,某人脑子持续发热地,驾车回自己的老窝去了。

不得不说,我们的姚蜜言小姐前世一定跟唐僧的二徒弟有某种不可告人的关系,头天晚上六七点睡的,硬是到第二天中午时分才悠悠醒来。

梳洗完后,习惯性地爬进厨房,看见干净的电饭煲,她这才突然想起,某人昨天晚上离家出走后就一直没回来。她无奈地叹口气,只好将放在冰箱里没有吃完的饭菜端出来对付了一顿,这才爬回电脑前。

附近频道上,刷了好几条信息。

【附近】毛驴倒着跑:在不在?

【附近】毛驴倒着跑:说话。

【附近】毛驴倒着跑:不理我?

【附近】毛驴倒着跑:真的不理我?

【附近】毛驴倒着跑:好,很好。

【附近】毛驴倒着跑:姚蜜言,你狠!

然后,系统提示醒目地挂在那里.

【系统】由于你的夫君毛驴倒着跑与你缘分已尽,现申请强制离婚,你获得888银。

姚蜜言哭笑不得,这男人到底发哪门子神经了?自己不过是睡了一觉起来,他就跟自己分道扬镳?

无语地翻了个白眼,想起这段时间的鱼儿,她便立刻撇开这档子事去上了小号。

【好友】淡漠封心：你在没在？

【好友】淡漠封心：我装备上的属性怎么又下降了？

【好友】淡漠封心：快上线帮我恢复装备属性啊！

【好友】摆摊的小号：来了。

【好友】淡漠封心：终于来了，这到底怎么回事啊？我的装备属性又降没了！

【好友】摆摊的小号：不清楚。

【好友】淡漠封心：那怎么办啊？

【好友】摆摊的小号：要不，我再帮你恢复一次吧，这次不要钱。

【好友】淡漠封心：谢谢啊，你真是好人。我现在去找材料，还是那些东西吗？

【好友】摆摊的小号：对。

【好友】淡漠封心：真是奇怪啊，没听说装备属性长了还能再降的。

【好友】摆摊的小号：呵呵。

【好友】淡漠封心：那你能不能再给我加10%的属性，真的很好用！

【好友】摆摊的小号：恢复技能自带的，不用特别加。

【好友】淡漠封心：这样啊！

姚蜜言勾了勾嘴角，没再理他，等了没多久，他便说材料找齐了。大概是这段时间她没上，他就早开始准备了。可惜，他怎么知道这回恢复了就不会再降？她要降到他哭。

姚蜜言拿了东西，飞到别的城，却在回城的瞬间，看到一串私聊信息。

【私聊】恋天唯栀：你好。

【私聊】人生0322：？

121

【私聊】恋天唯栀：给我们帮提供药物的是你吧？

姚蜜言皱了皱眉，回想了一下，没想出自己哪个方面露了马脚。

【私聊】恋天唯栀：我跟踪淡漠封心很久了，最近他跟摆摊的小号经常在一起聊天，所以我就跟来了。

似乎是知道她在疑惑，这人又发了个信息。姚蜜言也懒得隐瞒，就算他知道又怎样？

【私聊】人生0322：恋天帮主如果没事的话，我还有事要忙。

【私聊】恋天唯栀：有事。

【私聊】人生0322：？

【私聊】恋天唯栀：我想邀请你入帮。

【私聊】人生0322：？

【私聊】恋天唯栀：你跟驴大离婚了吧！

这游戏，连人家分手都会通报，所以，现在全世界都知道她被甩了？还真是悲剧。

【私聊】人生0322：那又如何？

【私聊】恋天唯栀：我们结婚吧！

噗！姚蜜言差点把自己呛到。

【私聊】人生0322：理由。

【私聊】恋天唯栀：天堂帮的人现在四处追杀你，你帮过我。

【私聊】人生0322：谢谢，但是不需要。

【私聊】恋天唯栀：有备无患，只是游戏而已。

【私聊】人生0322：还是谢谢，我不想结婚。

【私聊】恋天唯栀：那就进帮。

姚蜜言正要拒绝，却又见他发来邀请入帮的信息。

【私聊】恋天唯栀：我保证，进帮不会打扰到你现在的生活。

还真是锲而不舍啊！姚蜜言最怕难缠的人，而且他也说了不会对她的生活造成影响，便发了个好字过去。于是，在玩碎天星一年以后，人生0322加入了她生平第一个帮派。

【帮派】恋天星光：哇，美女！我要美女

【帮派】恋天花花：踹星光，驴大老婆你也敢调戏。

【帮派】恋天霸王：千尘，你怎么把驴大老婆也勾搭进来了？

【帮派】恋天星光：切，骑驴的不是跟美女离婚了吗？老大干吗不能勾搭？你说是吧老大。

【帮派】恋天唯栀：别乱说话，美女有刺。

可不是，淡漠封心不就得罪了她？她趁两帮交战之际在中间大搅浑水，指名道姓要盯他一人，而让人好奇的是这家伙居然主动找她帮忙弄装备。弄完装备，淡漠封心的装备属性无端端地上升了一个档次，害得他嚣张地见人就干，结果每打每输，输完了，装备的属性又降低了，就这一阵子，这娃不知道被人踩躏死多少次。这还不算完的，他居然又回头找到她。

恋天唯栀在心里感叹，这女人不好惹啊！

就在恋天帮派里热闹翻天的时候，人生0322的角色早已经挂在家里后园挖地皮去了。对于他们的谈话，她根本一个字都没有看见，也就更不用说为自己澄清。不过，就算她看见了，也就未必会跳出去澄清。

打开文档，对着WORD发了一会儿呆，她竟然有点心绪不宁。

某人自昨日离家出走到现在未回不说，还干脆一鼓作气上游戏跟她离了婚，这代表什么？代表他已经玩腻了，不想跟她这样再缠下去了吗？

回头瞥了一眼床头的电脑，还有衣柜里露出的一角睡衣，她抿抿唇，继续码字。

那一坨揉成团的男性睡衣的主人，此刻正陪着他可爱的总裁大人笑脸盈盈谈天说地。

总裁毕宗漠仍旧不动声色地扫着某人乱哄哄的办公室，微微皱了皱眉，微笑道："卢总编最近跟沧海那个大赛展，举办得很不错啊！"

"没有没有，还在筹办中。"卢雨寒郁闷地答话，这趟大展如果没有密的加入，两方势必又有一番口角啊！自己现在是进也进不得，退

123

也退不得，整个人都快发癫了。

"怎么，有什么问题吗？"毕宗漠是什么人，自然看出卢总编的心不在焉。

"就是，她们要求密必须参加……"一说到这儿，卢雨寒就又不爽了。

那该死的女人，到现在也不给自己打个电话，好吧，他是没看她用过手机，但是他也很大度地上线去找她了啊！可结果呢？她居然只顾着挖材料不理他。

"这样啊，恐怕难办呢！"

你也知道难办呢？卢雨寒不满地瞟了一眼自己的总裁大人，却突然发现他的眉目纠结，似乎在忧愁什么事情。

"密的话……她应该是不会参加这比赛的，没有其他办法吗？"毕宗漠沉吟了一会儿，问道。

卢雨寒脑子轰地一声，炸了。

毕宗漠认识姚蜜言？

莫非，姚蜜言一直不愿意接受别人的亲近，是因为他？

卢雨寒上上下下地打量了一遍自己亲爱的总裁大人，纯白色的一套西装，衬出他并不算硬朗但绝对温柔似水的五官。如果说他的五官算是让人如沐春风，那么他眉间的清朗却又让人觉得高不可攀。

字丰网络的发起人，是面前这个男人的父亲，虽然是接手上一辈的事业，但他做得有声有色，并且在文学上有很深的造诣，曾经以一段文字震惊了无数网络狂人。

如果，自己和他比，有多大胜算？卢雨寒瞪着眼睛想。大概，胜算只有30%不到。

"卢总编？"毕宗漠微皱着眉头，叫醒面前魂不守舍的某人。

卢雨寒慌忙回神："总裁，什么事？"

"我是说……"毕宗漠刚想再谈谈密的事情，突然转了口，"算了，看你今天精神不好，若有什么事，就早点休息吧！别工作得太晚，身体要紧。"

"啊,知道了,谢谢总裁关心。"

"那今天就这样了。顺便跟你说一声,上次让你帮忙找我女朋友ID的那事,你不用管她了。"毕宗漠微赧地住了口,很是有点恼火。

卢雨寒点头表示了解,便将总裁大人送出了门。

灵魂漂浮地回到电脑前,又发了会儿呆,再回神去看屏幕,顿时傻了。那该死的系统频道上,大剌剌地挂着两行字。

【系统】由于你申请强制离婚,扣除888银作为玩家人生0322的精神损失费。

【系统】你减少了888银。

该死的强制离婚,该死的888银,他什么时候申请强制离婚了?他哪个时候申请强制离婚了?

卢雨寒怒火中烧,差点儿一拳砸在电脑上,心里一阵阵揪得疼。他不过就是气不过那女人不理他,所以气冲冲地跑来在月老面前晃了一圈,才刚跟月老对话就关了,不对,那时候不正是总裁敲门吗?他难道没有关,他难道前去开门的时候正好不小心按到了确认键?

该死的!卢雨寒将牙都快咬碎了,满心慌乱地不知道怎么办才好。她是不是以为他要跟她断绝关系,所以再也不理他了?她是不是觉得自己不理她了,所以连句问话都没有?

卢雨寒失魂落魄地纠结着,回自己的老窝后在床上翻来覆去好久,就是不敢去她家找她,就是不敢再去游戏骚扰她。他怕看到她一脸的绝情,怕看到她干脆连自己的东西都扔了,他怕她根本无视自己……

纠结着,入夜沉沉睡去。

第二天醒来,已经10点半,反正迟到了,干脆旷工再睡,睡到晚上睡不着了,才爬去厨房。一进厨房,卢雨寒的脑子轰地一下空白了。她会不会还没吃饭?她会不会现在很饿?她会不会又忘了时间?

好不容易吃完饭,才发现电脑也没带回来。只好再爬上床,翻来翻去。她会不会很冷?她会不会又睡不着?她会不会又通宵,不注意身

体……

正想着,手机响了。卢雨寒欣喜地抓起一看,是自己亲爱的堂哥卢展天。欣喜立刻被失望替代,他有气无力地按下接听键:"什么事?"

"小寒,晚上去玩怎么样,我正在你住的地方不远,听说这边夜总会的妞很正点喔!"

"没兴趣。"挂线。

卢堂哥也是个没脸没皮的,瞬间又再打来。

某人气呼呼地接听:"干吗?都说不去了!"

"怎么了你?被人甩啦?"

轰!脑子又是一片空白。一秒后,某人回神,咬牙切齿:"对,老子就是被人甩了,你高兴了吧?"

"啊喔!"对方怪叫一声,"哪家的姑娘能把你给甩了?我要去围观。"

"滚!"挂断,关机睡觉。

浑浑噩噩的某人,就这样如同行尸走肉地过了三天,脑子里无时无刻不在想着,到底该怎么办?

要去找她吗?不要去找她吗?她会不会还在生气?她会不会以后再也不理自己了?可是他真的不是要去离婚的啊!真的不是啊!

就在某人纠结的同时,姚蜜言也很纠结。

为什么少了一个人就没有那么多热闹了?为什么少了一个拥抱就没有那么安心了?为什么少了一个嬉皮赖脸的家伙,自己的心反而没有以前那么沉静了?

姚蜜言纠结了几天,估摸着自己大概是太久没有出去吸人气了,所以导致精神紧张,情绪不稳,于是她很快决定,出去逛街。

下线关机,刚要准备出门,眼睛一瞟,她便看见了大厅沙发上刺眼的快递和那透出一角的空白合同。姚蜜言叹了口气,反正也要出门,就顺便……去一趟吧!

半个小时后,姚蜜言捏了捏手上装着合同的袋子,嘴唇抿了又抿,一向淡漠的脸上泄出一点忧伤。前面就是宇丰公司了,长长地吐了一口气后,她还是在门卫狐疑的眼光中踏进了大门。

轻车熟路地找到八楼,躲过前台的追问,直接往陈自咏的办公室奔去。刚到柳树所管辖的编辑部门口,眼尖的陈自咏就看到了她,瞬间错愕以后,走路都带风地上前迎接道:"小蜜,你怎么亲自来了?"

姚蜜言微微一笑,苍白的脸上有淡淡的激动,距离他们上次见面已经有两年零十天了。

陈自咏忙接过她手中的袋子,殷勤地领着她往自己的办公室而去。

身后,无数双眼睛脱窗地看着他们离去的身影。柳树大编辑会主动替人拿东西?柳树大编辑会笑得如此和蔼可亲?柳树大编辑会……

于是,经过目睹人的这么一渲染,这一幕慢慢地演变成——名叫小蜜的女孩子因为被大编辑柳树抛弃,不惜形象前来公司堵人……

"这个,还给你。"姚蜜言下巴点了点陈自咏手上的袋子。

后者掂了掂,马上明白了她的意思,但仍不死心地再问一遍:"真的不要参加?"

姚蜜言轻轻点头,不想在这个问题上纠缠,便岔开话题:"你……怎么知道我的地址?"

"公司有备案,但……总裁不让泄漏。"

"嗯,我知道了。"姚蜜言再点头。尽管毕宗漠存心抹去她在宇丰的印记,但他们这些手下人为了达到目的,也还是会不顾上头的交代。还好,人家只是泄漏了地址,并没有泄漏她的姓名。

姚蜜言的目光在他办公室内环视一周,落在办公桌角上一个物体上。

陈自咏正在为往事感叹,随着她的目光看去。那不是她遗留下来的陶瓷杯吗?

"我一直等你回来取。"他起身,捧起杯子面向她。

不知道当初公司上头为什么会有这样的决定,将明明做编辑做得好好的她,突然撤职扫地出门。但或许这对她未尝不是件好事,她的文字

天赋足以震惊世人，若只是屈才做一个小小的编辑，他会为她遗憾的。

陈自咏走过来，将杯子放在她面前。她动了动嘴唇，终于还是伸出手去，将杯子抓在手上把玩。

这边两人气氛沉默，但字丰公司上上下下都爆发了。

密大的专署编辑，竟然与一介小女生有染。这还了得，这条信息一下子打破了女频那些女人对"到底密大是攻还是柳树是攻"之类问题的幻想。众女人在生气之余，不由得狠狠诅咒那个小女生，竟然敢抢密大的人。

"你说那个女人叫小蜜？"卢雨寒刚刚休整好心态来上班，可刚进编辑部就听到这样的消息。很好，你个死女人，居然趁老子不在勾引其他男人。

卢雨寒一边火冒三丈地往八楼冲，一边将脑子里能想到的惩罚方法全部过滤了个遍。急冲冲地撞进陈自咏所在组，不顾被他撞得已经贴墙的倒茶小妹，看见办公室里头，那个朝思暮想的女人将陈自咏最宝贝的杯子捧在手心，一脸痴迷的模样，眼冒青光。

"姚蜜言！"

姚蜜言正沉浸在往事的回忆中不可自拔，忽然听见一声炸雷。她错愕地转过头去："怎么是你？"

"怎么不能是我？"卢雨寒眯着眸子紧盯着她，贪婪地将她的面容一点点地描画。才几天不见，她怎么又瘦了许多，是不是没有好好吃饭，是不是熬夜熬得太晚，是不是……也会想他想得睡不着……

陈自咏愕然地看着卢雨寒，他们俩认识？

正在陈自咏发愣的时候，姚蜜言已经站起身，将杯子放在桌上："就这样吧！这个，还是你保存好了……"微微叹了一口气后，她又笑了笑说，"我该走了。"

"好，我送你。"

卢雨寒差点气疯了，这两人根本是无视他。他觉得自己现在头顶都是烟，一把拽过姚蜜言，粗鲁地将她往外扯。

"你干什么？"姚蜜言被扯得跟跄，忍不住皱眉。

"我干什么？"卢雨寒拔尖了声调，一张俊脸扭曲得完全失去了往日的风采，"你怎么不问问你干什么？"

她无语地翻个白眼，手腕被扯得生疼，可她也懒得跟这头被激怒的怪兽讲道理。但就是这样的毫不在乎，卢雨寒觉得自己又一次被深深地无视了，受刺激的心一下子被扎成了马蜂窝，也不管这大厅里有多少人在等着看好戏，直接将她丢在墙上，用身体压住她。

"你不要以为你是密大就可以跟柳树眉来眼去了，你他妈是我女人！"

占有性的怒吼伴随着滚滚的热气扑向姚蜜言，她瞪大了双眼，看他深深的黑眼圈及半青的胡茬，还有眉间隆起的沟壑。如此狼狈的他，让她一时间有些怔忪。而这样一句话，让编辑部的人疯狂了。

密大是女的？密大是看起来才二十出头的女孩？密大跟女频总编有染……

所有人都觉得这个世界不真实。

"好了，我们回家说。"越过他被气得赤红的耳朵，瞟了一眼身后已经呆滞的一干编辑，姚蜜言清了清喉咙，再回手拍拍他的腰背，"你把我压痛了。"

清凉的声调带着点点诱惑，这时候卢雨寒的理智突然从天外魂游归来，人忙离开她，顺势抓住她的手。她刚刚说什么，我们回家？我们回家。

嘴角不自觉地勾起，四天的郁闷之气就因为这一句话烟消云散。几乎是飘回姚蜜言家的楼下，她被他半拉半扯半抱地拥上楼。刚一进房，她整个人还来不及惊呼，就被他一把紧紧抱住。她的手开始在他背上搥了几下，挣扎不开，慢慢地，环上他的腰……

她不记得，有多久没有这样的温暖。

"我想你。"他狠狠地喘了几口粗气，粗哑的声音陈述自己的思念。

姚蜜言微喘，他的热情足足融化她冰封十多年的心。轻拍他的背，却并未接口，因为她不知道自己要说什么，该怎么去表达。

129

"我错了……"喉咙如被铅块堵住,他恨自己的无助,"我不该无缘无故发脾气……"

还没说完,他被嘴边突然而来的冰凉触感惊得忘记了反应——她,主动亲了他?!

低头看她微带调皮神色的清冷眸子,他才好笑地狠狠压住她的嘴唇,攻城掠地一番。直到她再次被他搅得两眼发晕,喘气如牛的时候,他才克制住自己,将脸埋在她颈项。

"女人,以后不准不理我;我生气你要迁就我;我不在的时候不准找其他男人;只准在乎我一个人。"

他唠叨完后,还在使劲想自己有没有要补充的,耳里突然撞进一个轻不可闻的回答:"好。"

双臂一抖,加大力度将她禁锢进怀里。良久,他才粗嘎着声音道:"你知道你在说什么吗?"

"知道。"姚蜜言揪住他身后的衣服,两个人相拥的温度,让她贪恋着不想离开。

"你……"卢雨寒小心翼翼地推开她,盯着她的眸子,"你答应了,以后不能反悔的……"

她抬头静静地望着他,清冷的眸子仍然看起来冰凉如斯,但是她的嘴边,却带着淡淡的羞赧:"嗯。"

这样肯定的回应倒让他有些不知所措。之前突然而来的怒气和冲动,在得到她的回应时,反而有些害怕。如果一直得不到,或许他可以努力让她感动。但是如果只是一场梦,他宁愿自己一直不要开始。

"你……愿意做我女朋友吗?"

眸子微微眯了一下,她迟疑着,不说话。

卢雨寒放在她肩膀上的手臂僵直开来,一股冷意从脚底上升。

"我……不会。"良久,她才轻轻开口。

"你的意思是……你没有做过别人的女朋友,所以不会?"卢雨寒半期待地看着她。

后者垂下眸子，点了点头。

"所以，你怕我会因为你不知道怎样做好一个女朋友离开你？"

姚蜜言的脸僵了僵，他还真是自恋到底。但是，他偏偏说的是实话，自己不正是因为怕做不了身为女朋友该做的事情，所以一直不敢谈恋爱吗？

见她又僵着脖子点头，卢雨寒心情好得快要飞起来。这是不是意味着，她是喜欢自己的？"女人，你告诉我，有没有一点喜欢我？"

姚蜜言再度僵直，这家伙真是直白得可以。说有，但是，他不是自己喜欢的类型；说没有，但为什么他不在的时间自己却很不适应？

"我不知道。"

"那……你愿不愿意让我喜欢你……"一向脸皮厚的卢雨寒这回也低了声音下去。该死的，以前对那群女人说"我爱你"说得那么顺溜，也没这一句"我喜欢你"来得难。

他喜欢自己吗？姚蜜言瞪大眼睛朝他望去。

某人被她瞪得心虚，头撇到一边，慌乱地再道："算了算了，不愿意就算了……我们就跟以前一样，可以吧？"卢雨寒！你怎么就变成了这么一个胆小鬼呢！这根本不像你自己了啊！某人在心里使劲地数落自己。

姚蜜言平淡地垂下眸子，他说要她做他女朋友，她还以为是真的呢！他刚刚说喜欢她，她也以为是真的呢！可是，居然……某女绝对不承认，自己是因为他这回少了不达目的不罢休的赖皮行径而微微失落，但她现在隐隐地有点恼火却是真的。

"喔。"

清冷的回应让他轻轻地吐了口气，还好，自己没有冲动，看她的样子，还没有准备好接受自己呢！

于是，两人一个东想、一个西想，某人对某女的第一次"告白"便无疾而终。

131

第九章　我是你的唯一

经过卢雨寒这一闹,两人恢复了之前的相处模式。一个继续没日没夜的宅,一个继续没日没夜的工作。

"喂,女人!"某人吃完饭躺在床上喊魂。

"嗯?"

"你真的是密?"卢雨寒还是有点不相信。

"嗯。"

"那……我能不能问个问题?"别扭至极的语气。

"嗯?"姚蜜言终于转过脸,居然还有他不好意思的问题要问?这日头从西边出来了。

"你,月薪多少?"卢雨寒鼓起勇气问道。现在大神级别的写手,每个月稿费都有上万了,而这女人是密,每个月的薪水不知道要高到哪里去。卢雨寒在心里打鼓,看样子自己这行做不太久了,想要养得起她,恐怕真要回去接老爸那烂摊子才行。

"2000。"姚蜜言闪了闪眸子,还以为是什么事,原来是这个。

卢雨寒蓦地从床上跳起来:"怎么可能?"

"嗯?"姚蜜言歪头看他,不知道他激动什么。

"怎么可能只有2000?"就算比她低上N级的写手,每个月都有

2000了！但看她的样子居然是很认真的在回答这个问题。

"喔。"某女看他太激动，懒得理他，继续回头看自己的屏幕。

游戏画面上，她仍然在跟那个淡漠封心交流。她已经将这家伙的装备加工得乱七八糟了，那人居然还没发现，还一个劲地夸她人好，每次一上线就跟她聊天。但通常都是哭诉，为什么今天又被杀了啊，为什么比自己低的都能杀自己啊之类的。姚蜜言开始还安慰几次，到后来，便干脆装不在。

这不，估摸着再加工他的装备，就要暴露她做手脚的事，于是她打算建议他重新再弄一套装备。哼，他不是有钱吗？那她就"劝"他多扔点。

"喂，女人，你又不理我。"身后的某人百折不挠。

"我跟字丰公司签的合同就是这样。"姚蜜言一边打字，一边抽空回答了他的问题。

"没理由啊，就光你那碎天星的版权，都有上百万了……"

"你这么清楚？"姚蜜言微微一愣，随即想起那天，他是在字丰找到自己的。他的工作是编辑？姚蜜言这才后知后觉地想起卢某人的工作问题。

"废话，我是女频总编我能不知道这些？"卢雨寒恼怒地低吼，她竟然敢怀疑他的工作职责。

"喔。"姚蜜言恍然大悟，但下一秒，她就想到一个奇怪的问题，"你一个大男人，怎么跑去女频了？"

卢雨寒哑口，他不过是被之前的那个女频总编给骗到女频罢了，不过这种事，没什么好说的，丢人啊。

良久听不到他的回答，姚蜜言耸肩，回到大号的游戏界面，发现有人发信息过来正要去看。却突然被某人抢了鼠标，炽热的气息弄得她苍白的脸略微红润。

"你又不理我！"某人很严厉地指责，顺便替她打开信息，不看不要紧，一看，毛了。

【私聊】恋天唯栀：过两天跨服战要开始了，夫妻参加的话有神兽拿，你考虑考虑我上次的提议。

正在某人气急败坏要冲某女大吼这是什么状况的时候，清凉的小手从他手中拿过鼠标点了光标，噼里啪啦地打出几个字来。

【私聊】人生0322：抱歉，还是不需要，谢谢。

简单的几个字，瞬间让某人的心从谷底又飘荡起来，咧开嘴嘿嘿一笑："我们去复婚吧！"

清冷的目光瞥了他一眼："你自己去。"说罢，直接扒拉开椅子去衣柜拿了睡衣爬去洗澡。

某人恨恨地瞪着她的背影，恨不得将她焚成灰才好。

再回到游戏画面。

【私聊】恋天唯栀：那团体战呢？帮派成员也可以一起参战。

好啊你个恋天唯栀，挖人墙脚也不带这么挖的！卢雨寒磨了磨牙，一屁股坐下。

【私聊】人生0322：抱歉，我老婆要跟我一起去跨服比赛，不能加入团体战。

对方沉默一会儿，才飘来一句。

【私聊】恋天唯栀：你是？

【私聊】人生0322：本人老公。

终于，恋天唯栀这才断了消息。

卢雨寒皱了皱鼻子，得意扬扬地打开人生0322的各项栏目查看，装备都是自己送的，没有其他人的影子，很好很好；包里全是装备和材料，没有升级和勾搭别人的必需品，很好很好；好友名单只有自己一个，没有其他男人，很好很好……什么！

卢雨寒蓦地呆了。她的好友名单里，就只有一个人：毛驴倒着跑。

这女人，玩游戏玩了一年多，竟然只有自己一个游戏好友。她可真会玩啊！如果自己不是个护短的主，怕自己身边的人受欺负才死缠着给她弄装备,他实在很怀疑,某女玩了一年多,还会是一身新手装。

他是她唯一的好友。他是她这一年在碎天星唯一接触的人。

唯一……

卢雨寒已经找不出一个词能形容自己现在的心情,只觉得灵魂都要漂浮起来。好不容易镇定下来,某人眼珠一转,之前她不是说让自己去结婚的吗?难道是在暗示他,让自己双开去?

于是,某人火速登入自己的账号,操纵着两个号,组队去月老接任务。

不一会儿,姚蜜言苍白的脸被热水熏出了一点红晕,一边擦着脸上的水珠,一边步入卧室,看见他一脸贼笑地在自己电脑上不知道做什么,歪了歪头问:"做什么呢?"

"结婚啊!"某人回答得理所当然。

"喔。"姚蜜言点了点头,再用毛巾擦了擦脸,忽然顿住。结婚,跟谁结?她心里突然翻上一股奇怪的情绪,难道自己没答应他去复婚,他这么快就去祸害别的小姑娘了?

不爽归不爽,姚蜜言仍然很淡然地擦干了脸,再擦干了头发,这才慢慢移动到他身后。看见他那个全身闪光的角色身后跟着自己蓝色短发的小人,心里奇怪的情绪才突然间褪去。

这家伙,早知道他就是这种不达目的不罢休的人了。不过,既然结婚对象是自己,也就算了吧!姚蜜言不动声色地从他身旁拿过自己的杯子,突然听他说了一句:"女人,你好友里就我一个喔!"语气里,满是自得。

"有你一个就够麻烦的了。"姚蜜言眼皮都没眨一下,出门倒开水去了。

卢雨寒瞪了瞪她的背影,咬牙。这女人,舌头怎么变得这么毒?

"喂,要选什么样的婚礼?"

"不用了。"外面传来她清冷的声音。

"不行,上次结婚就没举行婚礼,这次一定要。"某人很坚持。

135

姚蜜言无奈地进屋，冲他翻了个白眼道："随便你，你赶紧闹完了我好去挖材料。"

"挖挖挖，你就知道挖，不行，你要跟我去参加跨服赛，从今天开始不准挖材料了，跟我升级去。"某人终于打完结婚任务的怪物，然后屁颠屁颠地跑回月老。

【系统】恭喜毛驴倒着跑与人生0322情投意合，现结为夫妻，祝福他们百年好合，早生贵子。

【世界】我是来看热闹的：哇哇，驴大又结婚了！

【世界】白发魔女：哎呀呀，驴大前两天不是跟老婆离婚了吗？怎么今天又结啦？

【世界】名字只能取八个字：恭喜驴大。

世界上的争论卢雨寒没时间去看，因为，他突然发现有人M自家娘子私聊。

【私聊】月色朦胧：美女你好。

【私聊】人生0322：？

【私聊】月色朦胧：美女，其实我有件事想跟你说，但又不知道该不该说。

卢雨寒奇怪了，这女人啥时候跟月色朦胧搅一起了？

"女人，快过来。"

"什么？"姚蜜言将床上的被单拉了拉，才信步走来。

"你跟她认识？"卢雨寒指着屏幕上的对话道。

姚蜜言摇头，她跟这月色朦胧哪里有过交际？除了在一旁看过她的八卦外，她可没跟这女人说过半句话。她眼里满是疑惑地问："她要跟我说什么？"

"我还想知道呢。"卢雨寒嘀咕一句，马上打字。

【私聊】人生0322：说吧。

【私聊】月色朦胧：其实前几天，你跟骑驴的离婚时我还替你高兴来着。真的，我不是故意要抹黑他，只是有些事情我不说不痛快。

姚蜜言幸灾乐祸地瞥了一眼脸涨得通红的卢雨寒。后者磨了磨牙，这月色朦胧，也太能搅和了吧？自己离婚结婚也关她毛事？不行，他非得弄清楚她打算说点什么不可。

【私聊】人生0322：什么事？

【私聊】月色朦胧：这样吧，说了你也不信，过来我给你看样东西，你就知道是怎么回事了。

【私聊】人生0322：你可以直接私聊发给我。

【私聊】月色朦胧：但是你看不到上面铭刻的字。

装备什么的，打造到一定级别，可以买道具将自己想铭刻的字刻上去，这也是运营商敛财的方法之一。而这样铭刻出来的字会直接显示铭刻人的名字和日期，是无法作假的，当然，在私聊的图片中，确实也是看不到字样。

卢雨寒皱了皱眉，自己明明跟这个女的没有任何瓜葛，她到底拿了什么东西，能算得上自己的把柄？朝身边站着看好戏的某女望了一眼，放弃了结婚完就立刻举行婚礼的打算，发给月色朦胧一个"好"后，便坐上坐骑，向蓬莱岛行去。

蓬莱岛并不远，是100多级怪物的区域，对他们这些等级已经快攀上顶级的人来说，100多级的地方简直就是新手村。但某人忘了，他亲爱的娘子只有刚好100多级。一路上，他狼狈地操作着他娘子的号东躲西藏，也算是熟悉了一下她的角色技能。好在人生0322的装备不错，这才让卢雨寒很快就抵达了目的地。

刚站稳，他正要给月色朦胧打个招呼，没想到对方立刻一个"金针渡劫"招呼过来，攻得卢雨寒那叫一个目瞪口呆。

没错，月色朦胧正是医生，传说中80%的女生玩游戏爱选择这个职业。可这个月色朦胧，就算有四转130来级了，主动攻击一个法术攻击强悍的职业，不是找死吗？

卢雨寒很快反应过来，作好防御准备的同时，几个小型的法攻技能便砸了过去。

"小包里有药。"清冷的声线适时提醒。

他点点头,立刻打开小包,取出红药来将血灌满。

小法其实对月色朦胧这种血厚耐高的奶妈没有任何威胁,只是能阻止她暂时接近人生0322,让她无法近距离攻击。卢雨寒冷了冷眸子,快速地将人生0322的技能牌查看了一遍,然后选取有用的技能设置好快捷键,轻哼一声,再度上前,一个大火法加一个冰单法,瞬间就将对方打掉了1000+的血。可这也只打掉她一小截血条。

这月色朦胧装备不差,又是流行的全体属性点加法,直接将血提到1万以上。医生的攻击技能不多,只有一个金针渡劫,是靠取对方生命的百分比血量来算伤害的,除此之外,便只能是宝宝攻击了。

果然,月色朦胧立刻指挥她身后的一只土黄色Q狗扑上来,瞬间出现必杀一击,扑掉人生0322半管血。卢雨寒忙后退补血,将姚蜜言一直放在宠物空间的蓝猫召出来,设置攻击命令,两只宠物立刻纠缠在一起。

蓝猫毕竟是绝版神兽,所以很快便占了上风。而卢雨寒也不迟疑地快速攻向月色朦胧。只可惜月色朦胧是医生,能给自己回血。一时间,一转104级的人生0322竟然与四转132级的月色朦胧僵持不下,谁也杀不死谁。

"包里有毒。"旁边清冷的声线又响了起来。

卢雨寒愣了愣,这女人没事准备这么多药在身上做什么?但没来得及多想,他快速地取出毒药,投毒。

月色朦胧立刻被毒成了绿人,还冒着淡淡的紫色毒雾。

卢雨寒可不手软,立刻大法小法群法全部攻击过去,反正法师的技能多,但就是吟唱时间很烦人而已。

当然,操作一个小法师跟一个算是很牛的医生对峙还没死算不上卢雨寒的本事。但姚蜜言歪着脑袋想了想,就他手上的切换技能和发技能的速度,自己就完全比不上,所以如果今天来的是她自己,那么毫无例外就是一个结果——死。

月色朦胧毫无招架能力地在人生0322的毒和法攻下快要挂掉。卢雨寒加快了手上的操作,一时间把姚蜜言的迷花了眼,只看到一双手在键盘上飞快地舞动。就在月色朦胧的血少得只剩一小管,但是又没有能力回击的时候,突然冲出来一个人,直直地攻向人生0322。

【附近】天堂小光:老婆,没事吧?

姚蜜言撇了撇嘴,有事她还能站在这里?真不会问话。

卢雨寒阴着脸,正要打字质问两人,但想到现在上的是自家娘子的号,便停了手,看那两人打算弄出什么幺蛾子来。

【附近】月色朦胧:老公,她欺负我,5555555555555[大哭]

这下,电脑前的两人呆了。不是这女人把他们叫过来,然后又主动出手的吗?怎么现在是非黑白就颠倒了呢?

【附近】天堂小光:她干吗要杀你?

【附近】月色朦胧:老公我也不知道啊!我就站在这里,在QQ上跟你聊天,然后她突然就过来要杀我。

【附近】月色朦胧:你帮我问问,到底怎么回事嘛,是不是我哪里得罪她了?

两人继续发呆,卢雨寒抽着嘴角,瞥了一眼站在身旁无语的女人,"喂!"

"嗯?"

"你要是哪天说出来这种话,我直接撞墙死掉!"怎么会有这种看到就想杀了她的女人啊!还好他老婆不是这样的人。

"那你现在就去撞墙。"姚蜜言也瞥他,继续兴致勃勃地盯着电脑。

【附近】天堂小光:人生0322,你什么意思?为什么要杀月色?

卢雨寒懒得打字,抽了抽嘴角,看他打算怎么把这出戏唱下去。

【附近】天堂小光:难道你是为了上次驴哥被盗装备的事?那事是你做的吧?你想把这黑锅背在月色身上,可惜还是被我们看穿了吧?

这会儿,轮到姚蜜言抽嘴角了。小光同学,你很适合去写小说,

真的。

【附近】天堂小光：就算你杀了月色那又怎么样？还是改变不了你这个盗号人的事实，我劝你早点跟驴哥坦白吧。

【附近】月色朦胧：跟她说这些没用，我看在她是驴大的老婆的份儿上，一直忍着没有攻击她。可是她却追着我不放，老公，我怕我以后都不得安宁了。

拜托，那也要你有能力出手好不好？卢雨寒翻了个白眼，对自己的攻击密度非常有信心。

【附近】天堂小光：真是可恶，你都这么高级了，怕她做什么。

【附近】月色朦胧：算了算了，我们不跟她计较了，我们回去吧。

【附近】月色朦胧：就怕她以后还追着我不放就惨了。

【附近】天堂小光：她敢。我现在就把她轮白，看她怎么嚣张。

姚蜜言使劲眨了眨眼，原来这月色朦胧打的是这个主意啊！想的就是让天堂小光出手教训自己啊！

卢雨寒这回连嘴角都抽不动了，就凭他，也想轮白自己？于是他扯了个微笑，讨好地冲旁边的人道："看我的。"

虽然常话是说这游戏不需要什么操作，那是因为这游戏的人、装备和宝宝还有药物的利用率太高了，一般体现不出来。而且特别是团体战，完全就是一片混乱，所谓的操作根本就是扯淡，所以卢雨寒才很少去跟别人打群架，即使打群架，他那身装备也足以秒杀对方。

而现在，他需要用自己才一转100左右的号，去对上四转140多级的剑客号，照常理来说，赢简直就是天方夜谭。可是，奇迹总会出现在某些人的手里。

比如对方毒发后，某人手下突然一个逆转，直接造成叠加高于平常80%的伤害……

又比如在对方锁定那个蓝色短发的小人后，某人利用跳跃键和上下左右键的合成，居然轻易地摆脱了技能锁定……

还比如，明明是法师的人生0322，居然能在一边绕着对方放法的同时，猛地冲上前将对方冲撞得少了好几百血……

这些操作对于姚蜜言来说，完全是一片空白。

当然，由于等级的限定，卢雨寒还一时半会儿拿天堂小光没有任何办法，不过同时，天堂小光拿人生0322也是没有办法。倒是旁边的月色朦胧，偶尔上来挠上一爪子，真的是很烦人。

卢雨寒眯了眯眸子，一个毒投过去，决定先搞定她再说。可谁知，这个月色朦胧竟然突然顿住，然后白光一闪，强制下线了。

姚蜜言又眨巴眨巴了眼睛，这个女的真是有趣啊！如此不要脸面，还真是少有。

卢雨寒无法，只得转移目标，攻向天堂小光。

不知道是月色朦胧下线给天堂小光造成的影响太大，还是天堂小光那边也出了问题，他竟然静静地待在那里一动不动。

卢雨寒打不回手的人觉得没意思，便选了个安静的位置站住，看这个天堂小光到底打算怎么样。

时间过得并不久，只有几秒钟，月色朦胧又上线了。卢雨寒立刻准备好毒药要上前去干掉她，可谁知，她竟然发了条信息。

【附近】月色朦胧：咦，老公，你在这里跟驴大老婆聊什么呀？

【附近】天堂小光：晕，老婆你刚刚怎么了？

【附近】月色朦胧：啊，我的号怎么在这里来了？发生什么事了？

于是，电脑前的两人又呆了，这个月色朦胧，花样真多。

【附近】天堂小光：刚刚上号的不是你？

【附近】月色朦胧：晕，我才从外面逛街回来。

【附近】天堂小光：晕。

姚蜜言撇了撇嘴，看样子没好戏可看了，便继续去整她的床单。

卢雨寒满头黑线地瞪着屏幕，恨不得瞪到月色朦胧那边看看她到底在捣什么幺蛾子。

【附近】天堂小光：老婆，你是不是被人盗号了？

【附近】月色朦胧：啊，不是吧？我现在去改密码。

说完，月色朦胧还真下了线。

【附近】天堂小光：人生，对不起，刚刚的事我向你道歉。

右手敲了敲鼠标，卢雨寒脑子里转了转。没可能，盗号的人不动月色的装备和物品，只是光开号过来杀人，而且顺便还把天堂小光给叫了来，这不是自找不痛快吗？到底是月色朦胧自导自演，还是确实有两个人在上号？

还有，奇怪的是，月色朦胧跟人生0322几乎谈不上有罅隙，怎么突然之间要跑来杀她？莫非是因为自己？没理由啊！这月色朦胧自他退出帮派后就一直没有骚扰过他，这回怎么突然就翻了身？这事，怎么都透着古怪。想来想去，都想不透，但卢雨寒觉得应该给天堂小光提个醒，免得他没事找自家娘子的麻烦。

【附近】人生0322：小光，我是骑驴，今天这事就算了，以后你别没事找事。天堂帮我可以一手扶植起来，也可以毁了它。

【附近】天堂小光：驴大？你怎么……生活的号真是你小号？

【附近】人生0322：这不是你该管的范围，小光，我们相处了半年多，也不想闹得太僵。话就说到这里了，你自己想清楚。

说罢，卢雨寒也不管他到底会有其他什么反应就飞了回城，继续准备婚礼。该死的月色朦胧，真是搅事精。

"女人，过来，准备婚礼啦！"

良久，得不到她的回应。

卢雨寒一边在世界上刷着婚礼的消息，一边回头看。某女根本懒得鸟他，收拾了一下床单，然后抱着被子倒在床上已经睡得香甜。

"猪啊你！"卢雨寒郁闷地放下鼠标，轻手轻脚走过去，将她的人塞进被子里。

平和的清冷容颜，在长发的纠结中苍白而又安静。

伸手替她拨开脸上的发丝，卢雨寒蹲在床头端详着她。

睡梦中的她，跟平时没有两样，唯一有差别的就是她眉间现在紧锁，仿佛在做什么噩梦。卢雨寒再伸手，抚平她眉间的褶皱，这才想起游戏，便屁颠屁颠双开着角色接受众人的祝福去了。

大概是双开挺爽的，于是某人这段时间迷上了双开的滋味，一下班，便将某女挤到一边双开着账号跑去升级。姚蜜言抗议无效，只得去床上玩他的电脑。

第一次打开他电脑的时候，那界面挺干净的，除了必要的浏览器等图标之外，就只有QQ和WORD，还有碎天星的游戏图标。大号被他赖了，她只好打开WORD，继续码字。

这时候的卧室安静极了，除了偶尔游戏里的角色会有部分技能击打声，还有姚蜜言敲击键盘的声音外，他们俩基本没有语言交流。

升级也是需要精力和精神的，卢雨寒要把自家娘子的等级升上来与他组队去参加跨服赛，所以容不得分心。而姚蜜言少了他的聒噪，更不可能主动搭腔。

虽然气氛仍很融洽，但偶尔姚蜜言抬头，仿佛也会缺点儿什么。这天，她刚码完字，瞥了一眼在自己电脑前专心升级的某人后，摇了摇头。她想起自己的新文应该可以发了，这才慢悠悠地上了线。

一上线，便又是无数声咳嗽。有大片大片进群的请求，也有大片大片退群的消息。

大约是自己是女人的事实给那些读者打击了吧！姚蜜言这样想着，快速地将那些信息关掉。再就是一些读者询问自己性别的问题。秀气的眉头皱了皱，继续关掉。最后，只剩那个鱼鱼的好几十个信息和柳树。

鱼鱼 09:45:36
哇，密大，你是女的啊？
鱼鱼 09:46:06
密大你真的是女的吗？
鱼鱼 09:47:45

密大你怎么可以是女的啊！呜……

如此，姚蜜言看得脑子都晕了一半。最后才看见鱼鱼的八卦功力。

鱼鱼 09:48:49

密大，听说你跟女频总编还有主站的另外一个编辑三角恋啊！是不是？

三角恋？一角都没有，哪来的三角？姚蜜言郁闷地皱眉。关掉她的留言，再打开柳树的。

柳树 13:23:36

小蜜啊！你真的跟那个卢总编在一起了？

柳树 13:24:32

那个姓卢的很花心的，听说他以前在主频的时候就经常出去乱搞一夜情什么的，你小心不要被骗了！

柳树 13:25:44

小蜜，主频还有好多很优秀的男人，我帮你介绍介绍吧。

柳树 13:27:36

对了，小蜜，文要发完了，你赶紧给我新的稿子。

姚蜜言扫了一眼，嘴角勾起一抹笑，再回头看了看某个在电脑前聚精会神的男人，他的口碑真差得可以。

人生0322 19:47:12

稿子已经存到存稿箱了，你上号去看。

柳树 19:48:36

啊哈哈！小蜜我又抓到你了！

人生0322 19:50:54

我知道你现在在线。

柳树 19:52:12

好，我等下就去看看。对了，小蜜，你不会真的跟那个姓卢的在一起了吧？

人生0322 19:54:13

怎么了?

柳树 19:56:54

可是,他真的不适合你!

人生0322 19:57:18

不是你想的那样,我先下了。

柳树 19:59:10

啊,对了,最近你的读者听到说你是女的,所以很多不满的,你不要放在心上。

姚蜜言怔忪了一下,苍白纤长的手指在键盘上轻轻滑过,这才打出一行字。

人生0322 20:02:12

我不是为他们在写。

人生0322 20:03:33

小蜜,别太悲观。好好写吧,你一直很棒!

人生0322 20:04:45

谢谢,我下了。

下了线,姚蜜言对着屏幕呆了一会儿,脑子里有一点点的波动。读者的反应她不是没有想过的,只是有时候觉得,其实他们在乎不在乎,跟她是没有关系。不管他们的反应怎么样,她仍然过着这样的日子,不好不坏,不咸不淡。

第二天,带升级有些腻了的卢雨寒将电脑还给了姚蜜言,看见某女平静地在她电脑上对着世界频道发痴,他突然想起,这女人好像马上就要归自己管了。

"喂,你快要进女频了吧?"

"嗯。"

"那你的新文,真的不参加似水流年的比赛?"

姚蜜言终于回了神，转过头看他。

卢某人第一次表情很淡然地看着自己的电脑，并没有看她。

她想了想，没有立刻开口承认她并不想参加的想法，说："你希望我参加吗？"

"于公，我希望。于私，我尊重你的选择。"他抬了头，隔空远远地对上她的视线。一向赖皮地翘着唇角的他，此时才终于收了那让人恼火的无赖笑容。

清冷的眉眼低敛，将目光收了回来，转过身留给他一个侧影，淡淡的语调在小小的卧室盘旋："如果你希望，那么我参加。"

"为什么？"

"就当……是你给我温暖的回报。"清冷的声音含着一丝跳跃。当然，除了这一点，她总不能告诉他，她不希望看到他为难吧！

"我不需要。"卢雨寒赌气似的使劲按着键盘，"你这像是在施舍。"

看他小孩子似的发着脾气，女人的眼里终于有了些许的笑意，"你又犯别扭了。"

卢雨寒被噎得一口气没接上来，梗着脖子红脸道："喂，你说过我不能强迫你做你不想做的事。"

"我不想做的事没人能强迫得了。"

"可是……"

"明天把合约带来，其他的事情我不管。"清凉的女声一锤定音。

卢雨寒再可是了一下，某女已经停止了挖地，拉着她的蓝猫去外面的地图溜达了。不知道为什么，她突然很想出去看看世界，看看那些地方为什么会那么热闹。

"你比我霸道多了！"卢雨寒撇嘴，还是怕她因为勉强答应比赛而受到约束，"真的不要紧吗？"

"你说什么？"姚蜜言一边看世界上喊买卖的消息，一边无意识地答道。

"参加比赛，会对你有影响吗？"

"完全没有。"

"那为什么之前不愿意参加？还特地将合约送了回去？"卢雨寒一定要搞清这个问题，不然他觉得自己睡觉都睡不安稳。

"因为没有任何影响，所以才懒得参加。"但如果对他有利，她不介意多签几个名字。当然，她绝对不会告诉他。

卢雨寒歪着脑袋想了想，道："你是说，即使你得了名次，那些奖金和名号也不会落在你的手里？"

"你这次变聪明了。"姚蜜言微微回头，轻轻勾了一抹笑。

"那……钱会去到哪里？"卢雨寒愕然地瞪着她的背影。

姚蜜言微微收了笑容，又恢复成面无表情的样子。屋内一片沉默，良久，清冷的声线才悠悠响起："这不是你管的范围。"

卢雨寒微微一震，她的意思是，自己还没有资格？

眸子里略微散乱，慌张地垂下眼帘，他只能扯一个笑脸，将所有的慌乱掩盖了去道："女人，咱俩还是以男人女人的身份说话比较好。"

她没有接下话，他突然也失去了再搭话的能力，眼痴痴地望着屏幕。

直到，门铃响了。

第十章 他是谁

听到门铃响的两个人,突然对上了眼,你看我我看你。

这是姚蜜言的家,自然不可能有找卢雨寒的人,而姚蜜言一向深居简出,连买菜都懒得挪动,怎么可能有人亲自找上门来?而且,她在这世上认识的人,恐怕一个巴掌就能数得过来了。

但,想归想,姚蜜言还是认命地踢踏起拖鞋,朝外面爬去。

站在门口的,不算快递员叔叔也算半个快递员爷爷。

"姚小姐,总裁吩咐给你送东西来了。"门口是个半百的老人,但精神矍铄。

姚蜜言微微颔首,这两年一直送来东西的都是他,她也习惯了。"谢谢。"

对方也不多话,挥了挥手,立刻鱼贯进入大批的苦力,抬着一些大的小的盒子往里搬。

"姚小姐,还是跟去年一样,十二套衣物、各地方特产、市面上流行的小说选集……"

"好,我知道了。"还不待他说完,姚蜜言立刻截住。

对方也不恼怒,微微一笑,"那,其余的我也就不啰唆了,他特别交代,说是给你准备了一件生日礼物,让你仔细查看。只是,迟了些，怕你不高兴。"

"无所谓。"姚蜜言淡淡地道，什么样的生日礼物都跟她没有关系，"替我谢谢他。"

"他说，这是他该做的。"对方微微欠身，仿佛早已知道她会这样说话。

还是那样，他什么事情都想得周到。姚蜜言微微笑了笑，回头，正好对上一双深邃的眼眸。

某个眨巴着眼睛的男人，正站在通道出口，望着面前的场景。见她的目光移过去，耸了个肩膀，回房去了。

"这位是……"门口的"快递员爷爷"仿佛被激起了好奇心，忍不住开口问道。

"朋友。"淡漠地答完，见东西都搬得差不多了，她这才又微微点了点头，"劳烦您跑这一趟，谢谢。"

"不用客气，那我们就先回去了。"

"好的，再见。"

关上门，姚蜜言顺着门往下滑。

他说，等自己真正不需要他的那天，他会放她走；他说，等自己真的想通的那天，他会为她祝福。明明知道，他只是因为她有满腹才华却无人投奔才可怜她；明明知道，他对谁都是那副温和善良，掏尽了心肺的样子。自己，还有什么可求？

"我能不能知道这个男人是谁？"通道口，修长的身影再度出现，他斜倚着墙壁看着她，脸上异常平和。

之前略微失神的姚蜜言这才抬了头，清冷的眸子渐渐开始聚焦。看他盯着自己，姚蜜言眨巴眨巴了眼，左手抱住小腿，右手朝他伸去。

卢雨寒微微愣了愣，没有动。

她的手，仍孤零零地伸在半空中。清冷的眉目倔强地对上他的视线。

两人对视良久，直到姚蜜言觉得自己的手臂都已经开始僵化的时

149

候，卢雨寒才抿了抿唇，大踏步走来，将手放在她的手心，一使劲将她带起来，狠狠地揉进怀里。

感受到熟悉的温暖，姚蜜言放在他肩上的脸突然就勾起了嘴角，纤细的手臂紧紧地环上他的腰说："你应该再胖一点，手感不好。"淡淡的语气，仿佛在说，今天的菜盐不够。

原本搭在她颈上长发的手，突然很想掐上她细嫩的脖子，"你还没有我一半重。"

"女人以减肥为终身事业。"

卢雨寒突然觉得这个世界很黑暗，之前明明一直是他占上风，怎么最近一段时间自己越来越说不过这个少言寡语的女人？

"进去吧！"趁他发愣的一会儿，姚蜜言拍拍他的腰际，放松了力道。

卢雨寒无意识地放开她，看她清冷的背影在自己面前渐渐离去。突然想起来，她还没有回答自己的问题。该死，居然这么轻易就被她转移话题了！他气急败坏地冲进卧室，却看到某女正一副惊讶的样子瞪着屏幕。

怎么了？卢雨寒快步走过去，一看，自家亲爱的娘子那蓝色短发的小人正凄惨地倒在地上，屏幕上大大地挂着"你已经死亡，是否回城"。

"谁干的？"又是哪个不长眼睛的，动到自己头上来了？

姚蜜言轻轻摇了摇头，回城。翻了一下系统信息，才刚翻过去，便看到这样一句。

【系统】你被月色朦胧杀死。

奇了怪了，这月色朦胧脑子里到底是哪根筋不对，干吗老是跟她过不去啊？

卢雨寒站在她旁边，自然也看到了刺眼的红色系统提示。一看到那熟悉的名字，牙咬得嘎嘎响。这月色朦胧真是吃饱了撑的，这样到处撒泼，他非得找她问个清楚不可。

他气愤地转身时,身后淡淡的声音传来。

"跳梁小丑,不必理会。"

"可是……她杀了你。"

"游戏而已。"

"但……"上次那淡漠封心就光是说了几句,她就设了局,让那小子一直现在都在蒙受经济损失,如此记仇的家伙,怎么对这月色朦胧就不放在心上了呢?

"带我升级去。"淡淡的声音继续道。

以他的等级,两个人要参加夫妻赛的话,她必须得到136级才能组队。这不,经过他这几天的努力,好不容易才将人生0322的号给升到了125级,居然今天被那月色朦胧杀了一次,一下掉了一级,真是气死他了。这会儿听到她主动要求去升级,某人巴不得快点上路,于是组了她,随便叫了三个好友,便开始了升级生涯。

"女人!"

"嗯?"

"怎么突然想升级了?"

"你不是要参加比赛吗?"姚蜜言仍然一边很认真地跟随,一边无意识地回答他的话。

听到这样的回答,某人嘴笑歪了眼笑没了,那所谓大神的翩翩风度,完全就是天边的浮云啊浮云……

姚蜜言愁苦地发誓,这是她自玩游戏以来升级时间最长的一次。从7点到12点,已经5个多小时,明明都凌晨了,他居然还兴致勃勃地不肯去睡觉。

"该睡了。"姚蜜言微微扫了他一眼,第一次主动提出上床睡觉。

"你又不用上班,怕什么。"卢某人那个爽啊!

"你要上班。"姚蜜言瞥他一眼。

"不怕……"

"睡觉。"

"……"为什么那淡淡的语气,他就是没能力反驳呢?卢雨寒哭丧着脸,跟其他三人解释了一下,散队,下线。

姚蜜言也收拾好,慢慢地爬上床。

他将她自然地搅进怀里,关了灯,渐渐地,淡淡的喘息声,慢慢地开始变得粗重。卢雨寒每天晚上都得忍受这样的煎熬,每次都要个把小时才能安心睡去。

一直安静的姚蜜言,每次都是最先睡着的那个。她也说不清,明明一开始就觉得这个男人品行低劣,自己却屡屡妥协于他,并且毫无理由地相信他不会真的对她做什么。

大概,是真的舍不得他这身温暖吧!姚蜜言只能这样安慰自己。

夜已经很深了,若是平常,两人也该早早睡了。可偏偏,姚蜜言这个晚上怎么也睡不着。深沉而又浓重的夜里,清冷的声线划破这样的沉寂:"那个男人,是毕宗漠。"

放在她腰腹的手臂蓦地一紧,卢雨寒没有说话。

"我和他签了合同,在字丰工作,每个月除了固定的2000块工资外,其他所有正常非正常收入全部归他所有。"清冷的声音在寂静的夜里,显得异常淡然。

他仍没有说话。

"他是我的学长,并不是你想的那样。"清冷的声线继续道。

沉默,在空气里蔓延。时间,在沉默里流失。

许久,放在她颈下的手臂突然一勾,将她揽入怀里,"为什么要向我解释?"

"因为,你想知道。"淡漠的嗓音在暗黑的夜里轻轻缭绕。

因为,他想知道;因为,她想告诉他;因为,她想抓住这片温暖,让她有自己不是一个人的感觉。

"你没有喜欢他?"男声很低沉。

"喜欢过，"腰腹上的手臂又是一僵，她接着道，"仅仅是喜欢过。"

"真的？"手臂微微松动，他闻着她的发香，半晌才吐出这样两个让他想捶自己脑袋的字眼。还未等她回话，他赶忙撇开话题："那你有没有喜欢我？"

这回，轮到姚蜜言僵硬了。也是沉默了好一会儿，某人才听到她的回答："我不知道。"

"喜欢，或是不喜欢，什么叫不知道？"某人又开始发挥他死缠烂打的特长。

"你不是我喜欢的类型。"

"你喜欢的类型，是毕宗漠那种的？"

"对。"

很肯定的回答让他瞬间接不下话。

又是沉默，沉默得让已经解释完放下心头大石的姚蜜言开始犯困。

"那你又为什么不说，不喜欢？"

"唔……"慵懒的回应声带了一点困倦，"因为我不想你离开。"

心脏猛地一缩，卢雨寒狠狠地吞了一口唾沫，才将自己突然掀起惊涛骇浪的心给平静下来。这是不是意味着，她开始在乎他？开始需要他？卢雨寒在脑子里搅了好长时间，才想起要继续追问，可是叫了几声，她却没了反应。均匀的呼吸拂在他胸膛的肌肤上，泛起酥麻的感觉。但让他无法平静的，还是那一句——"我不想你离开"。

卢雨寒很庆幸，当初为了避免老妈发飙想找个安静的女人去顶替，脑子里第一个想到的是她；卢雨寒还很庆幸，自己的脸皮一向厚实无比，紧紧地抓住她后就不想放手；卢雨寒更庆幸，怀里的这个女人聪明无比，既能看清他，也能明确她自己的想法。

她说她不想他离开，只因为她孤独得太久了，需要一个温暖的怀

抱,而正好自己闯进了她的生活。尽管自己开始的目的仅仅是因为,喜欢她的安静,喜欢逗她说不出话,喜欢抱着她娇软的身子入睡,喜欢跟她在一起时的默契和淡然,可是自己却在这些喜欢的过程中,越发地在乎她。以至于,他想把她所有的一切占为己有,只为他一人所有。

接触的这些日子,他越发地肯定,怀里的她,并不如外人看到的那样冰冷。她只是不会,不会去接触人,不会去融入集体,不会乞求别人的关注……她明明那样清傲,她明明那样冷漠,可是,谁又知道,她其实这样脆弱?

想着,卢雨寒心底的怜惜就忍不住地往上冒,揉杂着被她的话挑起的骚动,轻轻摩挲她的黑发许久,终于受不住周公的召唤,睡觉去也。

又是平淡的一天。

卢雨寒还是很听话地将似水流年比赛合约给带回了家,交给她后,他继续忙他的。

不大一会儿,清冷瘦弱的身影才慢慢地挪过来,把合约递还给他。

"好了。"

"好了?你到底看了没?"卢雨寒眨巴眨巴了眼,这合约字数老多了,她怎么能在这么一会儿时间看完。看她懒得理他这么白痴的问题,他只得接过来。

冬天被冻的有些僵硬的A4纸从她的手心抽走。

"啊!"姚蜜言突然轻呼了一声,捂住手掌虎口。

卢雨寒一看不对劲,忙将合约放在一边,抢过她的手——白皙的虎口上,一道约拇指宽的红印现了出来,慢慢渗着血珠。

"怎么会这样?"卢雨寒呆滞一下,朝她看去。

后者耸肩,表示自己没事。

正要抽回手,某人却将她的手直接送到了嘴边。感受到他的舌头在轻柔地舔着那道小小的伤口,姚蜜言感觉浑身的血液顿时倒流,全部冲上头顶。这家伙,大白天的也敢调戏她!

时间仿佛定格在那一秒,纤细瘦弱的女子,面带潮红微微不满地瞪着低头一心一意为她舔舐伤口的男人,却始终没有抽回手。

良久,卢雨寒才离开了她,满意地看到小伤口上的血迹都化了去,心里得意着,自己的口水也还是很有点用处的嘛!

"吃完饭出去跟我逛街吧。"

"不要。"姚蜜言终于回神,轻轻抽了手,转回身拒绝道。

"不行!你看你,天天不走动,吃饭还挑食,皮肤都成这样了,再这样下去小心弄出病来……"卢雨寒追到厨房门口,冲她喊。

"不要。"

这女人怎么这么倔呢!卢雨寒磨了磨牙:"不管,吃完饭必须出去!"

"要升级。"听他的语气也很坚决,某女这才淡漠回身,半歪着脑袋看他。

他微微一滞,还有一个星期就会开跨服赛了,她的等级还是很成问题啊。"那你自己出去,我双开……"

某女瞥他一眼,折了身去大厅的沙发上坐下,"外面有坏人。"她略带着狡黠的笑容,吃定了对方不会跟她计较。

啊,对喔!她一个女孩子,跑去外面遇到坏人怎么办?卢雨寒犯难了,"可是,你看你的皮肤,再不运动真的要完了……"

"等比赛后。"某女撇撇嘴,心不甘情不愿地回道。好吧,既然非得要运动神马的,能拖得一时是一时。

"这是你说的喔!到时候不准不出门!而且,每天晚上都得出去喔……"某人很装嫩地眨巴眨巴眼确认她的话。直到她点头,这才咧嘴回了厨房。

于是,听话的姚蜜言,和期待着"约会"的某人,很快又度过了一个星期。拼死拼活地,在最后一天,将人生0322的等级升到了136级。

终于,全区人民期望的跨服赛的日子到来了。

【世界】若爱：大家今天晚上加油啊！

【世界】名字只能取八个字：杯具啊……我居然得参加单人赛！

【世界】3P最销魂：话说，单人赛最惨了吧？各区大神都会参加的啊！

【世界】春色悠然：夫妻赛排在今天和明天晚上，团体赛是星期一到星期五晚上，周末两天全天单人赛。

姚蜜言支着脑袋歪头看屏幕上的世界聊天，下意识地瞟了一眼电脑右下角。18点50分。

微微皱了皱眉，卢雨寒今天怎么还没回来？再过40分钟就要入场了，他一向不都回来得挺早吗？怎么今天突然没了人影？这家伙，上次圣诞节就放了她一次鸽子，难道这次又要重蹈覆辙不成？

【世界】爱上你是我的缘：真希望我们区的人争口气，不要老窝里斗了，这回在全服赢个面子，那就好了。

【世界】名字只能取八个字：驴大驴大驴大，我支持驴大！

【世界】粉红女郎：驴大素谁呀？很厉害吗？

【世界】四月十七：驴大都不认识

【世界】我是来看热闹的：想当年，要不是驴大去参加了全区十大的比赛，咱这个区人早就跑没影咯！

【世界】码字才是王道：新人上PP报三围，有老公没？有老公拖出来砍了小鸡鸡，没有老公就从了我吧！

【世界】粉红女郎：素不素呀？驴大叫什么呀，他素介个区最厉害的银吗？

【世界】恋天星光：我靠！能打正常字不？

【世界】粉红女郎：可素伦家粉正常呀！

世界上还在讨论着的某人，一直到19点25分，还没有消息。

不爽归不爽，但她想了想，还是上了他的号，组了队去到NPC入口处等待。19点半，众人准时入场。姚蜜言想了想，便点进去打算看看热闹，顺便熟悉一下场景。

场内，是无数的夫妻，一对一对地依偎在一起。这个老公那个老婆的，让姚蜜言这个双开的人微微着恼。他到底死到哪里去了？

20点半开始入场，到21点时间结束。如果某人20点59分赶回来都还能有希望，所以姚蜜言只好祈祷，那个家伙不要再放自己鸽子。

想着，打开自己的包裹，发现里面的药水忘拿了，便开了小号去找药。一不小心开错了号，摆摊的小号就那样大刺刺地上了线。

瞬间，好友名单里闪啊闪啊。点开看了一下，全是那淡漠封心的留言。

【好友】淡漠封心：哈哈，谢谢你给我弄的新装备，这6000块花得真值，一看就爽！

【好友】淡漠封心：小号啊，我还想要你帮我打装备，我上次用你教我的方法去强化装备，结果衣服和护手全砸掉了。[大哭]

【好友】淡漠封心：怎么还没上啊？我现在只能用垃圾先顶着了！不过你真厉害，我的腰带砸到5级啦！

姚蜜言微微眯了眯眼子，正要下线，好友信息又发了来。

【好友】淡漠封心：你上啦？

【好友】摆摊的小号：嗯，什么事？

【好友】淡漠封心：帮我做装备吧？

【好友】摆摊的小号：晚点。

【好友】淡漠封心：你是不是要去参加夫妻赛啊？

【好友】摆摊的小号：对。

【好友】淡漠封心：喔，那你去吧！

好不容易倒腾完药，再回到人群中间，正好碰上那月色朦胧和天堂小光。

【附近】天堂小光：驴大也来了啊！

【附近】毛驴倒着跑：嗯。

【附近】天堂小光：驴大肯定会赢的，我们看好你喔！

【附近】月色朦胧：生活也在啊？对了，上次的事我听小光说

了,真对不起啊!我的号可能出了点问题。

【附近】人生0322:哦,没事。

【附近】月色朦胧:哈,我就知道生活姐姐最好啦!来抱抱……

某女直接在电脑前呆掉,这女人前几天还杀了自己呢!她怎么不提这事?

就在姚蜜言呆滞的这一会儿,20点整,众人被传送进正式场景。

夫妻赛的规则,先分小场,小场内约五十对,每杀一次对方的人增加夫妻积分,被杀不减积分,但死后原地复活按死亡次数依次叠加安全状态的累计时间。安全状态下,不能被人杀,也不得杀人,因此积分不涨,也算不得好事。

等小场完后,按所有夫妻的总积分排名再进每场大约有一百来队的中场。最后,就是进大场,大场就是取中场的积分排名前一百队。

如此,两天以后,积分最高的便是冠军。

也就是说,即使某人不回来,只要姚蜜言今天用他的号杀入中场或大场,再明天好好地配合一下,进入排名的话,也不是不可能的事。

想到此,清冷的脸上略微的不爽,但很快又掩盖了去,因为战斗开始了!

姚蜜言快速地吃上各种辅助药,人生0322的号瞬间发出各种颜色的外晕。

周围的人一看,这对夫妻的装备好像都很牛叉的样子,于是一时间很少有不长眼的攻上来。不过,也不代表之后就没有。

不知道谁看到了人生0322的等级,立刻一个横扫千军就挂了上来,姚蜜言只好闪开,其他人纳闷了,自己老婆被杀,这全身金光的家伙,怎么一动不动?

好奇的人冲上来就是一击,看他还不动,乐了,大赛里边,居然不动?这不是给人送积分吗?于是,哗啦哗啦一下子众人全上了……

好在,毛驴倒着跑的装备那叫一个牛,居然这一会儿十来个人的攻击,都没有挂掉。姚蜜言一看阵势不对,只好马上切换到毛驴倒着跑的画面上,赶快吃完药,再使用技能——七星煞剑。顿时,刚刚追击追得不亦乐乎的某个倒霉分子,直接被秒成了白光。

众人一看,不好,人家回来了,立刻作鸟兽散。

姚蜜言再一转身,发现自个的角色早已经化为白光不知道被刷新在什么地方去了……她那个郁闷啊!一个人操作两个号,想在危机重重的人群中保住性命不死,几乎就是不可能的事。

看毛驴倒着跑的角色没什么人敢找麻烦了,姚蜜言切换到自己账号上,立刻快速地跑到毛驴倒着跑的旁边,再切换过来,用毛驴倒着跑的角色一边保护自己,一边不停地猛灌药。好在人生0322别的不多,就是药多。但即使是这样,她双拳难敌N手,基本上属于不停地切换不停地被杀死的状态。

正在姚蜜言无比郁闷的时候,大厅的门"哐"地一声响了,紧接着,快速的脚步声奔来。

某人一脸焦急地冲进卧室,看姚蜜言正纠结着眉毛不停地在键盘上摸来摸去,把外套一脱,"我来。"

说着,大手已经抢过她手上的鼠标和键盘,瞬间一个大招,将周围几步范围内扫得不见人影。

姚蜜言迅速地滑下椅子,将位置让给他。他坐下后,快速地调整好快捷键,在两个角色的屏幕中换来换去,键盘上的那些快捷键被他按得啪啪作响。不大一会儿,某人已经迅速地适应好了周围的环境。他操作自己的号,本来就无比流畅,就在姚蜜言才站了不到3分钟内,他已经迅速干掉了十来个人。当然,这些人的装备也实在太差了点。

人生0322的号虽然有死过一次,但在他熟悉了一会儿后,竟然直接在毛驴倒着跑发招时的那几秒钟,切换过来吃药、追杀敌人、潜逃……动作干净利落,迅猛无比。

姚蜜言看得暗自咋舌,这家伙这次的操作,比上次用自己的号去干月色朦胧和天堂小光还要强悍得多。

"包里有药。"清凉的女声在某人操作俩号切换得不亦乐乎的时

候袅袅响起。

卢雨寒微微一愣，立刻打开人生0322的包裹。好家伙，全是15级药，什么加敏捷的、加耐力的、加攻击的、加生命的，就连那传说中被恋天帮用过一次的隐身药居然都有。

瞬间，某人仿佛在大热天吃了大冰棍一样舒爽，有这样强悍的娘子，实在是人生一大快事。

就在卢雨寒强悍的操作水准和姚蜜言剽悍的药物支撑下，刚开始落下的十几分钟，不大一会儿就赶了上来，屏幕上已经出现他们的积分——386分。

也就是说，这俩号加起来，最少也杀了别人386次。

一时间，小场里的人，看见这两尊煞神就绕道走，根本没有心情反抗。可卢雨寒哪里肯让他们走，几个小招大招一起，干掉这个还杀了那个。小场前十名的成绩开始在屏幕中央滚动，毛驴倒着跑夫妻愣是飚升了上千积分，比第二名整整高出900分。

姚蜜言在他身后看着，嘴角也不禁微微地勾了起来，他双开简直就跟一个人操作似的——等等，不会就是那几天升级的时候练出来的吧？姚蜜言突然觉得自己很无语。

一个多小时很快过去，比赛时间是两个小时。姚蜜言站得腿都酸了，眼看屏幕上的人影也越来越少，一些垫底的家伙，直接退出了小场，免得给别人涨积分。卢雨寒手下的动作也越来越慢，没办法，人都死得差不多了，每多死一次，安全时间就越长，他就是想杀得快也要等别人过了安全时间才行。

肚子一阵咕噜咕噜响，姚蜜言皱了皱眉，边揉着颈子，边慢吞吞地朝外面走。刚喝了口水坐在沙发上，里头就传来某人的吼声："哈，3268分！！"

然后，某人得意的笑脸出现在通道口，看见姚蜜言眉头也不抬地继续淡定地喝她的水，干干地搓了搓手："那个……对不起，我迟到了。"

"没事。"他这不是回来了吗?他回来之后确实也没她什么事,光看着了。

"不想听听我迟到的原因吗?"卢雨寒咧了咧嘴,显得极其兴奋,走过来坐在她旁边。

"嗯?"

"你的新书今天发了,三小时内点击率破百万!"卢雨寒狠狠地吞了口唾沫,语气里不自觉地扬着兴奋。

"喔。"毫不在乎的语气。

"你不高兴吗?"察觉到她并没有很大的情绪波动,某人小心翼翼地偷看她的表情,"我真的不是故意迟到的,因为看你书的人太多,所以造成了女频数据库拥挤,然后出了故障。别人都下班了,只好陪技术员一起整好数据才回来……"

"嗯。"我饿了我饿了我饿了……某女的肚子在叫唤。

"对不起,我以后绝对不这样了。我想打电话给你,可是你没手机……"卢雨寒很委屈,"这样吧!女人,为了表达我的歉意,我们出去……"

啊,终于要吃饭了吗?

"买个手机,好不好?"卢雨寒仍然小心翼翼地看她的表情。

希望落空,某女眉毛一扬,"不要。"

"可是……以后我要是又有急事联系不到你这么办?"某人继续委屈。

"我说了没事。"

没事你干吗一副愁眉苦脸的样子?卢雨寒心里嘀咕,突然后脑勺一拍:"啊!你是不是饿了?"看某女瞪着眼睛一副"你才想起"的模样,卢雨寒失笑道,"对不起对不起,我太兴奋,一时把这事给忘了。走,咱们吃饭去!"

人来人往的大街上,某个清冷无双的瘦弱女子正无言地瞪着自己的右手,因为那只白皙细嫩的小手上包着一只大手。大手的主人正兴高

161

采烈地东望望西望望,根本没有主意到她的表情。

"女人,要去哪里吃?"

"你问我?"姚蜜言很不爽地瞟了一眼他喜笑颜开的脸。

"不问你问谁啊,女士优先嘛!"某人很绅士地道完,才猛然顿住,干干地笑道,"嘿嘿,嘿嘿,我忘了你平时都不会出来吃饭喔……"

引来姚蜜言一阵白眼。

"那……你爱吃什么?或者,想吃什么?"俊逸的脸突然凑到她面前。

姚蜜言被吓了一跳,忙拉开与他的距离,不动声色地道:"川菜。"

"你能吃辣吗?"卢雨寒皱着眉头上上下下打量她那副小身子板,实在怕她被辣椒给辣得晕过去。

狠狠地瞥了他一眼后,某女才诡异地笑了笑:"是你不能吃吧?"

卢雨寒一滞,马上梗着脖子道:"谁说的!"见她淡然地偏过脸庞,并不理他,这才心虚地说,"可是S城吃川菜的少,周围……"

"那里。"纤纤素手打断了他,姚蜜言勾着笑容看他。

顺着她的左手看去,果然不远处,招摇着硕大的"重庆火锅"的亮眼招牌。

不是吧!某人在心里哀嚎,这女人今天这么突然换口味了?踌躇了半秒钟,卢雨寒狠狠地咬一口牙道:"去就去!"

两人才跨进饭店,后面就跟上来两个男子。

第十一章　站在我身后

姚蜜言一回头，眼睛瞬间亮了亮。

世界就是这么小，才刚跟自家侄子打CS打到嗨的陈自咏决定出来吃顿饭，便碰上了出来觅食的姚蜜言和卢雨寒。"小蜜，是你啊！"

卢雨寒一听，这声音好耳熟，转回身一看，忍不住悄悄翻了个白眼。

"嗯。"姚蜜言微微点头，笑了笑。

"柳树，好巧啊！"某人笑得很是灿烂地打了个招呼。

陈自咏点头回礼："原来卢总编也在。"

转眼，服务员已经在旁边等着引导他们进桌了。

陈自咏再温和地笑笑，推了推鼻梁上的眼镜："小蜜，难得遇到，就干脆一起吃吧？"

卢雨寒心里"咯噔"一下，欲哭无泪。他的"约会"啊！为什么会碰上这个灾星啊，啊啊啊啊……

"怎么样？"姚蜜言歪头朝某人询问道。

后者心里一边滴血一边扯着笑容："行啊！"他敢说不吗？好歹是同一公司的同事，这女人跟他又认识了那么长时间。

于是四人在服务员的带领下找了个小包间坐定。

陈自咏点完了菜，才慢悠悠地向同样快速的姚蜜言介绍："这是

我侄子，阿栀。"

名叫阿栀的男孩半勾着笑容，对上姚蜜言清冷的眸子。对姚蜜言来说，这男孩长的太过漂亮，完全没有陈自咏的半分书生气。吹弹可破的面部肌肤，水汪汪的大眼睛，还有两个深深的酒窝，不当女孩实在太可惜了。

姚蜜言勾着嘴角冲他微微点了点头。

手臂上传来一阵痛，姚蜜言微皱了眉朝某人望去，他眨巴眨巴着眼睛脑袋朝一边撇去。这男人有病啊？没事干吗掐自己？

"阿栀，这就是我给你提过的蜜姐姐。"陈自咏下巴朝姚蜜言一抬，语气里似乎有着其他的意味。

阿栀长而卷的浓密睫毛瞬间提高了与下眼睑接触的频率，好一会儿，语意悠长地说："原来你就是蜜姐姐啊……"

"好俊的小男孩儿……"某人语气很酸。

"我不小了，已经19啦！"阿栀不依地反驳，眼睛却看向姚蜜言。

似乎觉得气氛有点诡异，陈自咏忙岔开话题："卢总编，今天小蜜的文怎么样？"

"很好，点击率超过女频以往任何一部作品。"卢雨寒听到这个话题，正了正色，收起满心的不爽，高兴地道。

"那就好，抱歉，今天帮她发了文后，我就外出有事没来得及回去看成绩。"陈自咏点头，小蜜的成绩在第一天就这么好，那是在他意料中的事情。

"我还以为你会继续写你擅长的玄幻。"卢雨寒突然转头，朝垂目敛神的姚蜜言道。

后者耸肩。

陈自咏微微一笑，将鼻梁上的眼镜又推了推，"我看了小蜜现在上传的文，实在是，不知道怎么形容，太出乎我的意料了！"

"喔？"唯一一个消息闭塞的卢总编抬了抬眉。

"不管怎么说，都市要人看得进去，难啊……"陈自咏却偏偏不肯说，到底是怎么个出人意料法。

"都市比玄幻要难很多。"卢雨寒一边将碗筷推到姚蜜言面前，一边微微皱眉。这柳树编辑是在吊人胃口吧？

陈自咏还要说点什么，门被敲响，开始上菜了。

几人大约都是有点饿了，席间也没有什么交流。姚蜜言本就沉默少语，卢雨寒忙着给她和自己夹菜。陈自咏温文尔雅只是象征性地在挑筷子，而漂亮男孩阿柜则目光毫不掩饰地追随姚蜜言，被陈自咏暗里揪了好几次，却依然如故。

好在因为是临时合席，这次的菜色并没有很辣的出现，大家都考虑到对方，随便点了一些就够了。一顿饭吃完，卢雨寒坚持付了账。陈自咏也没有很坚持，只是说下次再一起吃饭，四人终于分开各自回家。

"女人！"饭饱后，两人徜徉在车水马龙的街道上，点点反光的大理石地板上，现出某人的微微不爽。

"嗯？"姚蜜言正在看某个漂亮橱窗里模特的打扮，无意识地答道。

"那个小男孩是不是看上你了？"

姚蜜言这才回神，被他说得有点哭笑不得，"才几岁的男孩子，看上我？"

"可是……算了！"卢雨寒歪了歪头，"喂！女人，进去看看……"

"呃？"姚蜜言还没反应过来，已经被拉进了一家饰品店。

"这个怎么样？"某人拿着一支长长的发簪，在她头上比划了两下。

姚蜜言翻了个白眼："不会用。"

"……"某人僵了僵手臂，郁郁地将发簪放回原处，"你这么长头发，也不学着盘发。"

卢雨寒瘪着嘴继续拉住她往里走，"这个呢？"很漂亮的蝴蝶形耳钉。

"没耳洞。"

某人再次将手上的东西放回原处，继续往里走，"这个漂亮

吧？"一圈银白色的手链。

"碍事。"

如此反复，卢雨寒将饰品店里的那些什么手表啊发夹啊化妆品啊之类全都拿了个遍，均被某女以这样或那样的理由给打发了开去。最后，卢雨寒不干了："我就想送你件礼物也那么难吗？"

身后的某个小女生听到他的话，扑哧一笑。

清冷的眸子瞥他，纤纤素手一伸："那个。"

顺着手臂望去，卢雨寒眼前一亮——陶瓷杯！

对，他怎么忘了，上次她的杯子被她感冒时不小心砸坏了，一直没有买新的。某人立刻屁颠屁颠地跑去，选了个可爱点的陶瓷杯取下，想了一下，再取了个一模一样的，拉起某女前台结账。

"我只要一个。"姚蜜言皱着眉头，他买俩做什么？

"我知道你只要一个……"某人得意洋洋地摇头晃脑，"另一个是我的。"这样也算是情侣杯啊！哈哈，自己真是太聪明了！

姚蜜言的额头瞬间掉了无数条黑线，"你不觉得，一样的杯子很容易弄混淆吗？"

"没关系，我不介意。"某人嬉皮笑脸地说。

姚蜜言瞪了瞪眼，恨不得一拳揍烂他那副慷慨赴义的表情，"我介意。"

"不要嘛！反正买了，不可能退回去啊……"卢雨寒眨巴眨巴着眼，打算以柔克冰。

"除非你能区别。"姚蜜言清冷的声线飘然而至。

卢雨寒犯了难，突然，他猛一顿脚："这还不简单，找支笔在上面作个记号就好了嘛！"

某人嘻嘻地靠近来神采飞扬的俊脸，被姚蜜言悄悄地撇了开去。不就是一个杯子的事吗？他犯傻了，非得要用一样的？

想不透他，姚蜜言决定不想了。安静地跟某人溜达了一圈，才慢慢爬回家去。

某人为了达到"逛街"的目的，连车都没开，让姚蜜言在心里暗暗腹诽了好几次。回到家，已经11点多，再洗洗，便过了12点。

两人相拥沉沉睡去，第二日，姚蜜言起床，看见两只陶瓷杯子整齐地摆放在她的电脑桌上。宽宽的手柄上，一只用白板笔写着"蜜"，一只写着"寒"，字的下方，各画有一个"^_^"。

大大的笑脸，实在让人的心情不由自主的好了很多。把玩了好久，姚蜜言才摇头一笑，将杯子放下去梳洗。

吃完饭洗完衣服，继续爬回房间准备晚上的比赛。不知道是习惯性思维，还是那笑脸让她的脑子有点晕，某女再一次地上错号，于是摆摊的小号再一次出现在有心人的眼里。

【好友】淡漠封心：小号，你来啦！

【好友】摆摊的小号：嗯。

【好友】淡漠封心：什么时候帮我做护手和衣服？

【好友】摆摊的小号：材料。

【好友】淡漠封心：等我，马上到。

姚蜜言长长地吐了一口气，耐着性子等他到来，将东西扔给自己后，淡漠封心便离开了。她查看了一下周围，再回新手村，将大号也飞回新手村，快速地交易完，下掉小号，开放药的小号。正准备倒腾药物的时候，发现频道上挂着几行私聊。

【私聊】淡漠封心：原来你就是小号啊！

姚蜜言眨巴眨巴了眼，被他发现了。

【私聊】人生0322：？

【私聊】淡漠封心：月色跟我说的呢！

听他的语气，好像还没看出来自己一直在耍他。倒是那个月色朦胧，怎么老是阴魂不散？这样的事情也能被她知道？

【私聊】人生0322：有事？

【私聊】淡漠封心：没事啦！你对我真好，以前是我不对，我跟你道歉。对不起。

姚蜜言呆了下，这人到底哪不正常？

【私聊】人生0322：哦，没事。

【私聊】淡漠封心：你原谅我了吧？

【私聊】人生0322：哦。

【私聊】淡漠封心：原谅我了，就答应我一件事好不好？

【私聊】人生0322：？

【私聊】淡漠封心：我叫你姐可以不？你对我这么好，那么多次给我免费做装备，还耐心地教我砸装备，我玩游戏从来没遇到这么好的人。所以我想认你做姐姐。

姚蜜言抽了抽嘴角，之前这娃骂自己骂得那么爽，没理由突然变得这么"单纯"。难道，这又是那月色朦胧的什么计策？

【私聊】淡漠封心：姐，答应我嘛！以后我保护你。[对手指]

【私聊】人生0322：哦。

【私聊】淡漠封心：那你是答应了咯？姐，你真好！

某女对着电脑无语望苍天，她狠狠地抓了抓自己的长发。算了，不理他。

【私聊】人生0322：我忙了。

【私聊】淡漠封心：好，姐，你去忙。有什么用得到弟弟的地方，一定要跟我说喔！

【私聊】淡漠封心：对了，姐，我可不可以加你好友啊？

【私聊】人生0322：麻烦。

【私聊】淡漠封心：那没事了，我以后就私聊你。姐，你去忙，我去找人PK玩！

抓拉了一下长发，姚蜜言决定忽略这个突然变得有些无法接受的家伙，继续捣鼓她的小号和药材。这回，她没忘了把成品药填满毛驴倒着跑的包裹。顺便点了点她那身拉风的装备，满眼的星星和强化的等级数，让她脑子晕了晕，

鼠标滑过，突然发现某人的腰带强8也才多加了1000多点血，再一

看那属性，明显就是垃圾腰带砸上来的。真是浪费！

姚蜜言想着，便去找了找做腰带的材料，翻了她40多个小号，终于才找到了三样材料，可还差一样。正在踌躇之际，门外传来某人回来的声响，清冷的眸子眨了眨，便将那些小号什么的全都下掉了，假装无所事事地看着世界频道。

"女人！我回来啦！"人还没到，声音倒先到了，"今天没迟到喔！"

说着，人已出现在门口。姚蜜言的眸子微微抬了抬，瞥他一眼，继续盯着世界频道。

"女人！你的新书为什么叫殇？"

"嗯？"不明白他为什么突然提起这个问题，姚蜜言稍微有了点精神。

"看你这次写的都市，明明是很轻松的语气，名字怎么这么悲？读者都说一时接受不了你的风格改变呢！"卢雨寒边松了松领子，窝在一旁的凳子上，打开了他的电脑。

"我喜欢这个字。"清冷的声音幽幽地飘过，接下来便没有了声响，她根本没打算解释其他的事情。

卢雨寒也不追根究底，微微点了点头，打开游戏登录，"今天有两场吧？"

"嗯。"

"我准备下……咦，女人，你塞了这么多药给我啊！！"

"你不回来我好用。"

卢雨寒抹了把虚汗，查看了一下，该准备的她都准备完了，甚至连装备上的临时状态加持都已经烙印好了。自家娘子的这些生活技能，各个都被她挖上了满级，现在终于派上了用场，自己原本就2万多的血现在已经翻了一番不说，攻击力也更是上了一个台阶。

"我去做饭，吃完饭该开始了……"

果然，等两人吃完饭，时间便到了7点40多分。

组队，进场。

大约是同一个服务器的人进场时会比较容易挤在一起，所以今天，骑驴两夫妻又遇上了天堂两夫妻。

【附近】天堂小光：驴大，又遇见了！

【附近】毛驴倒着跑：嗯

【附近】天堂小光：等下要是遇上驴大，记得手下留情。

【附近】毛驴倒着跑：好说。

天堂小光大概是见毛驴倒着跑对他不是很待见，所以也没有自找没趣。而月色朦胧则一动不动地呆在被传送的原处，看样子人不在。

等待的时间很漫长，特别是这样并不是显得很欢乐的几对凑在一起，时间对他们来说，就显得更加漫长。过了一会儿，越来越多的本区夫妻集中在一起，大家有说有笑的，把附近频道刷了个满屏。

就在毛驴倒着跑和生活0322被众人遗忘在角落之后不多久，系统终于开始了第二次传送。

【队伍】毛驴倒着跑：不管什么时候，站在我身后。

简短的话，带着他骨子里与生俱来的霸道。

姚蜜言微微愣住，转头朝某个盯着电脑屏幕、手指在键盘上飞舞的家伙看去。他坚毅的脸部线条在灯光的勾勒下异常完美，但是紧皱的眉头和偶尔唔巴唔巴的嘴破坏了那份让人心生憧憬的悸动。

姚蜜言没有来得及想多久，因为安全时间过了。

一身金光的毛驴倒着跑站在她的前面，顶掉了大部分的攻击，而就在这才不到半分钟的时间，他已经快速地秒掉了三个人。周围的人一看，立刻转身就跑。

姚蜜言抿了抿唇，安静地站在他的身后，在他发单招或群招的同时，操纵着手里的鼠标，同样的用单法和群法攻击他所看到的对象。

在毛驴倒着跑的强悍攻击下，两人一路畅通无阻。但到底是中场，不像初赛时那些家伙们那么好打，打了才十来分钟，众人便渐渐摸清了场内的状况。即使毛驴倒着跑再强悍，也没法一下将1万多血的剑客或牧师秒死，积分便也涨得越来越慢。

姚蜜言始终记得那一句"不管什么时候，站在我身后"，所以虽然两人是第一次PK合作，但在冰雪聪明的姚蜜言适时将责任交给某人的状况下，从来没有出过什么乱子。

当然，他们也是需要装备和药物来支撑的。两人之所以一路高歌，以绝对霸主的地位进阶大场，绝对不是那么偶然的事情。

没错，在休息半小时后，夫妻赛的最后一场便开始了。

各个服务器的高手夫妻集合在一起，熟人也就是天堂小光夫妻，还有恋天星光和恋天沛沛一队。三队在技能炮火中相遇，都互相留了个情。只是，别的服务器的玩家，可就没有这么大方了，姚蜜言很紧张地发现，别人随便一个技能，就能让人生0322的号掉下半管血。

这是一转136级与四转将近满级的玩家之间的区别。除去了装备优势，人生0322几乎算得上是这大场中唯一等级最低、操作最差的玩家。

好在，她的面前始终站着那个泛着金光的身影。虽然小部分攻击才会落在她身上，但她花钱如流水地用15级药顶着，才不至于惨兮兮地被挂了去。

金色小人一直在屏幕上晃个不停，他不仅得分心照顾旁边的蓝发小人，更要不停地杀死别人来获得积分，根本没有空闲的时间。饶是如此，毛驴倒着跑夫妻的积分由开始的7000，慢慢地往上爬到8000。几乎整场，都是他一个人在不停地大招小招、小跳大跳。

毛驴倒着跑的装备本就算顶级，再加上人生0322的药物，这样强烈对比的组合，让别人又爱又恨。

时间，一点一点地流失。

姚蜜言狼狈地在电脑前操作着屏幕上的小人，她发誓这辈子没有这么狼狈过，好在没有什么人看到。

屏幕上最中央的积分排行榜不停地滚动着，差一两分就上上下下的队伍很多，但这不包括毛驴倒着跑夫妻。因为有了卢雨寒的操作，两人的积分已经可以说算很高，但不是最高。

他们之上，还有一队，与他们相差80多分。

如果说，就这样的状况一直坚持着，卢雨寒不停地继续屠杀，这80多分也不算是很难的事情，前提是，已经排名第一的那队不来捣乱的话。

当一个洁白长袍的女角色挥动着华光四溢的仗攻击向人生0322的时候，姚蜜言就知道有问题了。这个女角色，正是现在跟毛驴倒着跑纠缠着的名叫"有点脾气"的男武士的娘子——有点娇气。同为法师，人生0322的操作绝对没有那个有点娇气好，更惨的是，那女人比毛驴倒着跑只低了一个等级，四转145级。在如此巨大的差距下，姚蜜言只能继续用15级药狂顶。

毛驴倒着跑与有点脾气正纠缠不休，看到自家娘子正处在险境，马上飞奔过来，挑开有点娇气，而一个大招，竟然只让她掉了1/10的血不到，如此，可以看出对方的强悍。

卢雨寒知道遇上了麻烦，快速地吃上一切能吃上的药物，然后继续向那有点娇气扑过去。对方丝毫不理会他，纠缠上人生0322，而有点脾气则继续上来纠缠毛驴倒着跑。

姚蜜言咬着唇，实力相差悬殊，她这样顶下去迟早会挂掉。脑子里转了很多遍，终于才决定，如果一直躲闪，还不如迎上试试。

躲躲闪闪间，将辅助药物全吃上，然后吃个隐身药。对方突然失去攻击对象，愣了三秒，猛然发现自己的脑袋上方冒出淡紫色的雾气，不一会儿便几千几千的血往下掉。

蓝发小人再次出现在有点娇气的视野中，只可惜当她再度攻击时，人生0322便又失去了踪影。

因为众人一直有意无意地攻击着的人生0322不见了踪影，便顺便将矛头转向了最近的有点娇气。有点娇气反应不及，一下也被众人打得有些恼火，不管三七二十一，大群法便哗啦哗啦地从天而降。

有点脾气见气氛不对，也过来替她挡住攻击。

毛驴倒着跑那个爽啊！看来自家娘子还是可造之才嘛！想着，手下可不停留地偷偷攻向那有点娇气。

人生0322一边掐着时间吃隐身药，一边不停地用毒盯那个有点娇气。而有点娇气浑然不知，自己在被毒的时候，早已经落下了对手的陷阱。

用毒盯人，无法让对方立刻死亡，但却能持续下降对方的属性和装备属性。像人生0322这种等级不高但生活技能高得离谱而且整天挖地的人并不多，所以这种破坏性的特殊动作，其实在整个碎天星来说几乎绝迹。

人们无论如何也想不到，这次大赛便会有这样一位人物存在。

姚蜜言看到自己的成果，心里渐渐开始乐了起来。

可是没当她乐多久，屏幕上的画面一滞，再反应过来，系统提示：本场赛事完。她再一看积分，毛驴倒着跑夫妻的积分还是被压在那有点脾气的积分下，整整相差80分。

瞪着那积分，姚蜜言瘪着嘴，怎么就还是比他们差呢……明明自己一直都很努力不拖后腿了呀！

卧室里一片沉寂，清冷的空气流转得有点萧索。过了很久，清冷的声线才悠悠地飘来。"对不起。"

"你也知道是你的错呀？"低沉的声音听不出半点情绪。

姚蜜言垂着脑袋，真的是自己错，一直不认真升级不认真操作，好不容易靠他进了决赛，居然因为自己拖后腿没得到第一。"我……"

"知道是你的错赶紧过来帮我按摩按摩，我肩膀酸死了！"某人扑哧一笑，化解了卧室内的低沉。见她有些惊愕地抬头，卢雨寒表情很扭曲地转了几下脖子："还愣着干吗？很痛啦！"

"……"她绝对不该相信他会有不开心这一说，看他现在这样子，明明就是那个无耻至极赖皮无比的卢雨寒，而不是沉默寡言一直守护她的毛驴倒着跑。

"反应这么迟钝啊！"某人等了半天没等到她的动作，起身抓起她的手，"过来帮我按摩嘛！"

姚蜜言跟跄地被他带到床边才回过神来，某人已经乖乖地趴在床

上，等待她的纤纤玉手给他"按摩"。狠狠地翻了个白眼，姚蜜言无奈地坐在床沿上，双手爬上他的肩膀。

虽然两人天天在一起睡觉，但一直以来，两人亲密的姿势也仅仅限于那黑得摸不到边的夜晚里那相拥的温度。主动地去触摸他，她还是觉得有些不好意思。

轻轻地揉捏几下他的颈子后，姚蜜言突然想起上次他说自己太轻了，不会这次也太轻了吧！心念一转，某女的手下力道瞬间加重。

"啊……"卢雨寒捂着脖子纠过身来，狠狠瞪着她，"你又谋杀亲夫是吧？"

姚蜜言眨巴眨巴着眼，一脸茫然，自己没怎样吧？

看她像是受了惊吓但又无措的小白兔模样，卢雨寒刚刚的那点调戏心情突然化成烟飘去。眼珠一转，某人凑近她："女人，帮我看看，我脸上这儿好像很疼，是不是你刚刚掐着了？"

姚蜜言很无语。自己明明按的是他的颈子，怎么就突然跑到他脸上去了？

"快点嘛！你看看，是不是出血了……"某人继续一脸委屈。

姚蜜言只好扒拉着凑近他，朝他指着的地方仔细看去，歪着脑袋研究了半天："没有……"才刚落音，她听到一声"喀嚓"。

回头，某人左手上正拿着他的手机，得意扬扬地欣赏着。

"给我。"清冷的声音暗藏着恼火。

"不要。"卢雨寒忙离她远点，将手机藏在身后，头摇得跟拨浪鼓一样。

姚蜜言使劲瞪他，他缩着脖子就是不给。瞪了半晌，也瞪累了，姚蜜言只好放软语气："我就看看……"

"这样啊！"卢雨寒恍然大悟地点头，眼珠子再一转，立刻爬起床，跑到自己电脑前，"等下。"

"干吗？"姚蜜言疑惑地半歪着头看他拉出数据线插上电脑。

"你不是要看嘛！"卢雨寒边道边忙活，鼠标在电脑上点了几点,"来,给你看咯!"

姚蜜言依言步过去,不看不要紧,一看肺都要气炸了。那图片……两个人的距离太近不要紧,她被照得很清楚的面容不要紧,他那半勾着魅惑笑容的脸也不要紧,但要紧的是——为什么这照片的角度,看起来像是她在主动亲吻他??

"删掉。"清冷的声音冷冷地道。

卢雨寒赶紧抽回手机,冲她得意地笑:"删吧!"顺便,还指了指电脑,一副欢迎她来删的模样。

姚蜜言磨了磨牙,决定不理他,算了,不就一张照片吗?让他得意去。她慢慢挪动到自己电脑上,看屏幕,世界频道又在吵闹个不休了。

【世界】晓晓晓晓:我哪有说错?明明就是她的错。

【世界】小狂狂:他们差距太大了,实在是没办法的事。

【世界】淡漠封心:不准说我姐的坏话!

【世界】傲世树散刑:人生0322本来就操作不好,等级不高,难道还不准别人说实话吗?

【世界】淡漠封心:那也不关你屁事!我姐是你能说的吗?滚!

这么明显的动静,卢雨寒也是看到了的,"淡漠封心怎么叫你姐了?"

"你问他去。"

"切,我才不问。"

这边卢雨寒才问到这淡漠封心,马上,世界上便有了淡漠封心的消息。

【世界】春色悠然:封心你怎么了?好好的退什么帮啊?快回来。

【世界】天堂小光:封心,回帮。

这时候,淡漠封心却没有在世界上蹦跶了,他直接私聊了姚蜜言,开始抱怨。

【私聊】淡漠封心：姐，那个晓晓真讨厌，老说你坏话。

【私聊】人生0322：？

【私聊】淡漠封心：姐，她们为什么那么讨厌你啊？还老说你不是女的？

电脑前的两人你望我我望你，半响无语。这孩子是不是脑子有问题，之前他那么嚣张跋扈的，现在却变得这么小白，怎么看怎么诡异。

【私聊】人生0322：你不知道？

【私聊】淡漠封心：不知道啊！姐明明那么好，为什么她们那么讨厌你啊！

【私聊】人生0322：你上午说对不起我是什么意思？

【私聊】淡漠封心：啊！那个啊……姐你不会忘了吧？有一次，我混乱的时候不小心点到你，后来你老公就带人来打架了啊！

【私聊】淡漠封心：我还是因为看你老公那么帅，才想办法进的天堂帮呢！

电脑前的两人又愣了。这淡漠封心莫非跟月色朦胧一样被盗号了？之前遇到的淡漠封心都不是他本人？

【私聊】人生0322：你的号一直是你在玩吗？

【私聊】淡漠封心：姐问这个干吗？啊，我知道了，姐想上我号玩是不是？等等，我去找密码哈，我是自动登录的，账号密码被我记在手机上了。

这到底是哪家产出来的单纯娃娃啊？姚蜜言已经对自己之前报复他的行径产生了无比的鄙视，欺负这么一个小娃娃，自己实在是太没德了。

【私聊】人生0322：不是，我只是问你，你这号有别人上过吗？

【私聊】淡漠封心：有啊，好多呢！

果然如此。

【私聊】人生0322：圣诞节前一晚是谁在上，你知道吗？

【私聊】淡漠封心：那天晚上啊？我想想。

【私聊】淡漠封心：啊，是我的一个朋友，他说我号装备不错，上来泡MM的。

【私聊】人生0322：现实的朋友？

【私聊】淡漠封心：嗯，前段时间他还有上过月色的号呢，不过这几天他不会上了，他回家了。

姚蜜言一愣，莫非，那天用淡漠封心的号骂自己，然后又用月色朦胧的号杀自己的人是淡漠封心本人的朋友？只是无缘无故的，那人怎么就看自己不顺眼？

【私聊】人生0322：月色朦胧知道吗？

【私聊】淡漠封心：姐，你好奇怪喔！怎么老问我朋友的事呀？月色知不知道我就不清楚了，但是她的账号和密码是肯定告诉我朋友的。

【私聊】人生0322：为什么？

【私聊】淡漠封心：嘿嘿，姐，这个我不能告诉你，我答应了月色要保密的。

【私聊】人生0322：月色朦胧跟你很熟？

【私聊】淡漠封心：嗯嗯，很熟。而且她也经常上我的号。

电脑前的两人又风中凌乱了，不用说，这群家伙肯定还是学生。只有学生之间才会有这样毫无顾忌的信任和坦诚，但是同样，这样给人带来的困扰便也会增多。

【私聊】人生0322：从什么时候起，你上的是自己的号？

【私聊】淡漠封心：好像是那次帮战啊！月色的同学上了我的号，不知道怎么搞的，装备属性就降啦！他们让我重新弄装备，我觉得没必要，跟他们吵了一场，后来他们就不上啦！

这个傻孩子，之前别人上他号，都是看上他的装备好啊，见他装备坏了，自然也就不想上了，他居然一点也不知情。

【私聊】人生0322：你是天堂小光上司的弟弟？

【私聊】淡漠封心：姐你怎么知道的？你千万别说出去喔！我哥

177

要是知道我老玩游戏，会骂死我，直接把我送回家的。

【私聊】人生0322：你多大？

【私聊】淡漠封心：嘿，我16啦！姐，你多大啦？

很好很强大，谁说未成年人不能玩游戏的？扯淡！姚蜜言现在哭的心情都有了，自己天天坑的人居然是个小P孩，怪不得那小子一直看不透她在耍他，还真以为她对他挺好的。

卢雨寒在一旁无声咧嘴直笑，自家娘子好不容易整一个人，结果弄错了对象，这事闹的……

【私聊】人生0322：把你的装备全给我。

【私聊】淡漠封心：姐，你要干吗？我的装备你穿不了的啦，职业不适合呀！你说，你是缺钱还是缺材料，小弟我帮你去找。

【私聊】人生0322：给我，新手村传送点，速度。

【私聊】淡漠封心：好吧！姐想要就拿去吧！不过，姐要记得给我再整一套喔！要多少钱就直说，没关系。

姚蜜言狠狠地翻了个白眼，鬼才要他那破装备，都不知道自己在上面下了多少道禁咒，一半以上的属性值都发不出威力来。这可怜的孩子，在自己无端的怒火下，傻乎乎地做了几个月的炮灰。真是让她气都气不起来，算了，还是帮他恢复装备再说吧！

于是接下来的两天，姚蜜言都在埋头给那个傻乎乎的淡漠封心砸装备。不知道是心里愧疚，还是对那小子着实有些喜爱，姚蜜言做装备的时候，也特别的用心。直到两天后，一整套的10星强8装备便新鲜出炉了，要知道，这可是全区第五套的10星装备。可以毫不夸张地说，这套装备比人生0322的强了不知多少。

虽然人生0322的生活技能很高，但是她其实一直都是小打小玩，并没有投入什么心力。这次受了那么一点点的小刺激，竟然愣是将一套原始属性高得离谱的装备硬生生地砸了上来，而且，没有失败过一次。

就在第三天的下午，人生0322将那套装备放在交易栏上时，淡漠封心整整5分钟没有回应。

等回过神来，对方立刻关掉了交易栏。

【私聊】淡漠封心：哇，姐，你好厉害喔！！

【私聊】人生0322：交易。

【私聊】淡漠封心：姐，你这是给我做的吗？

【私聊】人生0322：是。

【私聊】淡漠封心：可是姐，我今天账号里的钱不够了，你等我两天，我把钱凑够了再给你好不好？

【私聊】人生0322：不要钱。

【私聊】淡漠封心：不行！我哥说，无功不受禄。

【私聊】人生0322：你叫我姐，见面礼。

这下，对方又沉默了，隔了好久，对方才发来信息。

【私聊】淡漠封心：姐，你真好。

【私聊】淡漠封心：姐，我玩游戏这么久了，就你对我最好。

【私聊】人生0322：交易。

【系统】淡漠封心接受你的交易请求。

【系统】交易完成。

对方稀里哗啦的一片，全是感动。

【私聊】人生0322：把装备隐藏起来。

【私聊】淡漠封心：喔！好。

【私聊】人生0322：去改密码。

【私聊】淡漠封心：为什么呀？

【私聊】人生0322：以后账号不要轻易给别人，别人找你要，你就说我不准。

【私聊】淡漠封心：姐好奇怪喔！我改好啦！我以后一定不给别人账号密码！但是姐，你不要我的账号吗？

【私聊】人生0322：不要。保护自己的账号是保护自己的隐私。记住了？

【私聊】淡漠封心：喔，我记住了。

【私聊】人生0322：你去玩，我还有事。

【私聊】淡漠封心：嗯！我自己去玩了，嘿嘿，姐，你忙。

打发了傻小子淡漠封心，人生0322的号马上又忙活了起来。

为什么忙活？还不是夫妻赛那天姚蜜言在某人的号上发现他的腰带还是个破烂腰带，她决定偷偷给他再做一条。上次翻过的材料，终于找到了最后一样，然后生产。哗啦哗啦的，一下子做了20条一模一样的最高等级的腰带，居然有两条极品。其他的，次一点的留着摆摊卖，垃圾丢商店，然后从两条腰带中选了攻击比较高的一条，开始镶嵌攻击石头。

前3星，直接砸上去。

第4星，装备和石头先放上去，再点取消，然后再放上去，镶嵌，成功。

第5星，继续用取消法，反复三次，最后点镶嵌，成功。

第6星，找一条垃圾腰带，砸一个垃圾石头，砸到爆，再镶嵌，成功。

……

如此，一直到第9星，全部顺利完成。

因为之前有淡漠封心的十几件装备做底，这次姚蜜言的手倒是不怎么抖，但心里还是有一点紧张。顶级的装备砸顶级的石头，如果失败，那可是几百块的损失。

姚蜜言深呼吸几口气，沉稳地将电脑重启，再上一条人最少的线，砸垃圾腰带，砸完后，再取消法……终于，姚蜜言的手微微颤抖地按了镶嵌。

"叮！"的一声，姚蜜言立刻朝左下角的系统看去。

【系统】恭喜，镶嵌成功！

顿时，狂喜瞬间将她淹没。狠狠地捶了一下桌子，她顺手拉过桌子上的杯子就往嘴里灌。

就在她兴奋得无以复加的时候，门外哐当一声。某女立刻抱住杯子就往外奔，想要给某人一个惊喜。

第十二章　你懂我

卢雨寒连手上的鞋子都忘了放下,瞪着眼睛道:"女人,你怎么用我的杯子?"

姚蜜言将捧着的杯子转过来,一看那手柄,上面挂着大大的一个寒字,顿时血气上升,苍白的脸渐渐地晕开了艳红。还没等她回话,某人换上拖鞋,走到她面前将杯子拿过,翻来覆去看了看,嘴角斜斜地挂着魅惑的笑容:"女人,这里面可放了壮阳药的,你就不怕……"

姚蜜言狠狠地翻个白眼,在他前面进了卧室,坐回电脑前。

"你怎么啦?魂不守舍的……"卢雨寒被她瞪得没头没脑的。

"过来。"清凉的女声终于飘过来。

卢雨寒乖乖地挪到她旁边,压抑不住兴奋的清凉女声这才开口:"这个……"

光标挪到人生0322包裹里的一格物品上,卢雨寒歪着头看去,等看清那东西是什么时,瞬间瞪大了眼睛。十星145腰带!攻击力增加1350,生命值增加5600,还是未强化的!

"你打的……全10级攻石?"卢雨寒咽了咽口水。10级攻石是什么?碎天星系统能出的石头,最高不过5级,7级8级的石头,全部是玩家自己合出来的。而那10级石头,则是玩家转生之后的奖励之一。

碎天星满级为149级，等级超过120级便可以进行转生，转生后掉30级，最高四转。转生的玩家可以获得30级的属性点数，并随机获得10级各种属性石头一颗。在攻击、生命、法抗、物抗等等最重要的石头中间，攻击石头又是称霸全游戏的物理攻击职业抢着需要的石头，在各种买卖平台上，攻击石头的价位高达400-500RMB/颗。所以可想而知，这10颗10级攻击石头，到底有多贵重。

　　"你就不怕爆？"卢雨寒几乎是颤抖着用手抢回鼠标，仔细地去查看那腰带的属性。10星啊！全区10星的装备，也就是自己好不容易砸了几万RMB才砸起来的一套而已。至于其他人，那是少得可怜。而她居然敢用10级攻击石头去砸这条腰带，真不晓得是她疯了还是自己眼花了！

　　"我之前做了一套。"

　　"一套？给谁做的？"人生0322的装备仍然是自己给她的，那她做给谁了？

　　"淡漠封心。"

　　"是他啊！"卢雨寒微微点头，随即瞥见屏幕，不禁又咽了口口水。"你上哪找的石头？"

　　"以前看人卖，便宜就买了。"姚蜜言老实地回答。当然她没说，这两天她花了将近两倍的价钱才收到最后两颗。

　　"这腰带，真……"说牛都已经不够形容这腰带了。基础属性就是350的攻击，5600的血，比自己那条强8的10星腰带都差不了多少。不过，为什么是145级的？她自己可用不到这么高……某人这才想到这问题，面容凑近那苍白的脸："女人……"

　　"嗯，给你的。"姚蜜言知道他想问什么，也不避讳地立刻点头。

　　卢雨寒见她这么直接地承认，倒有点捉摸不定了，眼睛斜了斜，心里有点打鼓："你不会是打算用这个做分手费啊什么的吧？"

　　姚蜜言顿时哭笑不得："就你想得多。"

"那你干吗要花这么大力气给我做腰带……"卢雨寒扔了鼠标,半蹲下,手臂横在她面前,搭住另一边的扶手,将她环固在自己的掌控范围内。

"你那条腰带太垃圾,看不顺眼。"清冷的眸子闪了闪,不由自主地撇开目光,不想与他炽热的眼相视。

"只是这样?"俊逸的面容微微抬起,嘴角抿不住的笑意泄露出来,"告诉我,你是不是开始喜欢我了?"

姚蜜言没好气翻了个白眼,推开他的手:"胡思乱想。"

"喂,你对我这么好,我会喜欢上你啊!"卢雨寒被掀开,一屁股坐在地上,瘪着嘴装可怜。

姚蜜言才刚碰上鼠标的手轻轻一颤,而后又恢复平静。

等了半天,没等到对方的反应,告白的某人只好从地上纠起来。"喂,女人!我跟你说话呢!"

"别吵,强腰带。"清冷的语气淡淡地含着警告,卢雨寒微微一滞,朝屏幕看去。她果然已经开了小号,将一堆一堆的强化石头给拖了出来,然后跑到强化NPC旁边开始强化腰带。

强化不比镶嵌,镶嵌失败的话,只有石头消失,如果强化失败,则整件装备消失。卢雨寒狠狠地吞了口唾沫,小心翼翼地道:"女人,你行不行啊?"

姚蜜言没有答话,面色平静地将石头和装备放上强化界面。只剩某人在旁边急得干瞪眼,浑然没有意识到,他的第二次告白,失败。

跟镶嵌一样的,前三次,姚蜜言很顺利地强化完成。

第四次,先点五次取消,强化,成功。

第五次,开始垫垃圾装备,直到垃圾装备强到爆后,才放腰带上去……强化。

某人瞪眼,别失败啊,别失败啊!

【系统】恭喜!强化成功。

"呼!"卢雨寒长长地吐了一口气,看见某女继续点开强化

NPC，忙哭丧着脸，"女人，够了，够了，强5足够了……"

"别吵。"清冷的面孔连瞥都不带瞥的，使劲盯在屏幕上。垫了五次垃圾装备后，纤细的手指终于又将10星腰带放了上去……

某人继续瞪眼咽口水，上帝保佑，上帝保佑，阿弥陀佛，唔，某人现在已经神经混乱了。

【系统】恭喜！强化成功。

"呼——呼——"卢雨寒使劲地呼气，不停地抹着额上的冷汗。强6了，够了吧？就这样，已经能在市面上单独卖个上万块。可谁知，某女仍然面不改色地点开NPC。这回，卢雨寒连说话的力气都没有了，上万块钱啊。

准备工作做好后，鼠标轻飘飘地在"强化"俩字上一点。

卢雨寒绝望地闭眼，半天，没有响动。

某人小心翼翼地张开眼，看见某女继续在开NPC，而最左下角的系统提示正大剌剌地杵在那里。还好，又成功了……卢雨寒微微抚摸了一下胸口，他这颗小心肝，迟早要跟这女人玩心跳玩得罢工不可。

不对，她现在在做什么？卢雨寒手僵硬地停在半空，看面前的女人仍然一脸平静地继续之前的动作，大脑一片空白。

直到那熟悉的鼠标慢慢地向强化俩字上挪时，卢雨寒猛地回过神来，大吼着扑上去："不要啊……"

"叮！"很好，她没点到，被他点到了。

卢雨寒横着身子挡在电脑前，嘴角眉眼脸颊一起抽动，半天说不出话来。

姚蜜言见他挡了自己，很是无奈地翻个白眼，手在他的肩膀上拍了拍，"桌子被压坏了。"

"起来。"姚蜜言将他扯了扯，还真扯了开来。清清的眸光扫到屏幕上，淡淡的嘴角忽然上勾，"过来。"

"喔。"某人慢慢地挪到她旁边，就是不敢朝屏幕上看去。

"你说，还要强9吗？"

某人猛地转头，看见那条熟悉的腰带还好好地躺在人生0322的包裹里，顿时一阵狂喜，什么也不顾地抱住身旁的女人："我靠！女人，你太牛了，太厉害了！"随即想到她之前的问题，赶紧答道，"不行！不行！坚决不行！"卢雨寒慌忙拉开皮椅，将人生0322操作回城，然后熟练地点开游戏图标，上号，"你说了给我的，现在归我管，不准再强了！"

姚蜜言微笑着摇摇头，跳下皮椅，推到他屁股下。

某人兴奋地坐下，兴冲冲地买了个烙印符，转到人生0322的号上，点开，输入"送给老公的"，确定……

某女在他身后直翻白眼。

腰带上从此就被烙上了"人生0322于2011年1月28日赠与毛驴倒着跑，赠语：送给老公的"如此标记。

转到自己号上，再绑定，某人回头冲姚蜜言亮了一口白牙："喂，女人！"

"嗯？"看见他转来目光，清冷的眸子闪了闪，从他手旁取过自己的杯子往外走。

"谢谢！"身后传来短短的两个字。

"等会儿拿个第一就行了……"清凉的女声消失在门外。

"女人，你是不是搞错啦，今天晚上可没有比赛啊！"某人正喜滋滋地看着腰带，顺口在屋里喊了声，外面没人应。

姚蜜言抽了抽嘴角，果然自己也不淡定了。虽然之前给淡漠封心做了一套10星强8的，但那都是才120级的装备和5级的石头，与这条腰带实在没法相比。

再回到电脑前，毛驴倒着跑已经更不淡定地将腰带发在了世界上，引起了世界频道的一片恐慌。

【世界】傲世狂爷：驴大，你太牛了！

【世界】焚乡：我日，这10颗石头，驴大你从哪里找的？

【世界】我是来看热闹的：还强到8了！

185

【世界】粉红女郎：挖，驴哥哥好帅喔！偶可以加乃为好友不？

【世界】3P最销魂：美女，你就别想啦！驴大有老婆了。

【世界】粉红女郎：驴哥哥老婆漂亮吗？偶可不可以看看她的PP呀？

【世界】晓晓晓晓：美女，我支持你，发张照片出来，让驴大看看。

很好，世界一阵闹腾，直接将装备的事情上升到争夫的高度。

姚蜜言眼皮耷拉地一边喝水一边饶有兴趣地看着世界，旁边的某人眨巴眨巴眼，不停地回望她，见她一点反应都没有，鼻子皱得跟橘子皮似的。

就世界上人那么一闹腾，那个叫粉红女郎的女人，还真立刻就发了一张照片上了论坛。全区人民连这晚上的团体战都顾不得讨论了，潮水一般地涌向那个自曝帖。

卢雨寒撅了一会儿嘴，见某女还是没反应，便无趣地掏了掏耳朵，站起身说："我去做饭。"

"不急，去看看。"姚蜜言站在他旁边不让道，眉目淡然地说。

卢雨寒微微一愣，脑子里转了转，很快，嘴角抑制不住的笑意便显了出来。嘿，她还是在意的嘛！听话地继续坐下，打开官方论坛，再快速地找到那个自曝帖。大约是因为图片太大的关系，浏览器打开很缓慢。

某人眼珠一转，将姚蜜言手上的杯子拿走，长臂一伸，把她捞进自己的怀里。瞬间，淡淡的女性气息钻进他的鼻孔，某人暗自念了几遍清心咒，才恢复正常。

而不小心被他拽进怀抱的姚蜜言，则半天没有缓过神来。等醒悟过来，那气血不由得又上升了许多，想扒拉开他的手，却干脆连手都被他的左手一起固定住了。

"别动。"身后传来粗嘎的男声。

感受到他的变化，姚蜜言抿了抿唇，僵直着身子没敢再动。

图片终于打开了，原本卢雨寒还打算指指点点一下那个粉红女郎的长相，可谁知，一张清丽脱俗的脸愣是让他没有找到可以微词的把柄。

　　粉红女郎年龄不大，看打扮，肯定是20岁以下的学生。标准的瓜子脸，柳叶眉再加上眉间还有丝空灵的气韵，比往常只会用浓妆掩盖自己的小女生确实强了不是一点半点。

　　"很漂亮。"清冷的声音淡淡地说。

　　抓住鼠标的手微微一颤，某人赶紧将脸凑到她的耳旁："在我心里你最漂亮……"

　　某女狠狠翻了个白眼，没有答话。

　　"别吃醋啦，小心变老。"某人嘻嘻一笑，温热的气息喷在那苍白细腻的脸上，满意地看到一抹红晕悄悄地爬上了她的脸。

　　"鬼才吃醋。"姚蜜言再翻白眼，拍了拍他的左手，"做饭去。"

　　"不吃醋啊？不吃醋那我跟人家聊聊？"眼前的白嫩耳垂晃啊晃啊，真想一口吃掉。某人一边咽着口水，一边极力压制自己滚滚而来的杂念。

　　姚蜜言咬了咬牙，沉默半响后，才咬唇道："好，你聊，我去洗澡，放开我。"说罢就要扒开他的钳制，可谁知，左手却如磐石般纹丝不动。

　　"这么快干吗？你陪我一起嘛！"最终，某人还是没敢咬上那看起来非常可口的白嫩耳垂，将视线扭回到游戏上。

　　果然，世界早已经翻了天，才这一会儿，已经让好几个已有"家室"的男性上了世界，还不乏一些平时沉默装高深的高手。只可惜，那小女生仿佛真的看上了毛驴倒着跑，一直不予回应，反倒不停地在问毛驴倒着跑的相关问题。

　　【世界】粉红女郎：驴哥哥有没有在呀？为什么驴哥哥不理偶呀？

【世界】晓晓晓晓：美女，你放心，我一定帮你牵这个线，让你配驴大，我还觉得委屈了你呢！

【世界】天堂小鸟：小粉真漂亮啊！小粉你找老公不？

【世界】粉红女郎：找呀！偶要找像驴哥哥一样厉害滴老公喔！

"嘿，女人，我还是很有魅力的嘛！你要小心我被人抢走啊！"某人越看越得意，身子扭动扭动，凑到自己垂涎了好久的耳垂边，一边咽口水一边继续炫耀。

"喔？"姚蜜言轻轻应了声，微微缩了眼眸，心口上泛上来的不爽让她很想抽他，"那干脆表白吧！"

说罢，才不到半秒的时间，某女已经将"美女我爱你"的字样敲了出来正要按ENTER键。

身后的某人脸色大变，赶忙将某女的爪子拉回来，苦了脸："好了，不要闹，我跟你开玩笑的啦！"

姚蜜言淡淡地扭头看他一眼，想继续伸手去捣乱。

卢雨寒赶紧固定住她，腾出一只手，艰难地单手打出一行字来。

【世界】毛驴倒着跑：我只爱我老婆一个人。

很好，世界又沸腾了。

怀里刚刚还在扭动的身子僵了僵，趁他松懈的那一刹那，跳下了他的腿往外蹿去。

卢雨寒立刻站起身，将她拉回怀抱，额头抵上她饱满的天庭，"女人，我喜欢你……"低沉的语音在小小的卧室内流转不止。他感觉到，那娇软的身子又僵硬起来，久久没有反应。苦苦一笑，温热的唇在她的天庭印上一记，语气突然又恢复平时的吊儿郎当："我去做饭喔！你不准做坏事。"

说罢，卢雨寒便放开了她大踏步朝外走，只留下那单薄的身子僵硬在原地当标本。

"女人，我喜欢你……"

他不是没有说过同样意思的话，但为什么，今天的这一句，格外地让她心跳不已？

　　姚蜜言僵硬了许久，才慢慢地抬手抚上胸口，歪了歪头。从两个人第一次见面开始，她就知道自己对上了他的胃口。所以，几乎是惩罚性的，她毫不避讳地占有他的温暖，只因为她明白，他们两个只是互相利用而已。

　　她用自己作代价，去吸引他探究；他用自己作代价，让她汲取温暖。只是，好像有些东西，变得渐渐开始不一样了。

　　或许，从他在字丰对她说"你是我的女人"的时候，她就该意识到，两个人已经在开始为对方牵绊，或者是纠缠。

　　自己真的喜欢上他了吗？他屡次逼问，自己却屡屡不敢正面回应，为什么？只因为她怕自己做不到他所期望的，干脆连现在的温度也会消失。在孤独的苦海里沉浮二十多年，突然有一天，有一个人跟她说"你缺的就是这些"，然后将温暖一股脑全给了她。可得到的越来越多，她就越来越不敢离开这样的温暖。

　　所以，她很害怕，很害怕。她真的不想他离开，一点也不想。

　　日子，还同往常一样，卢雨寒继续跟她一起吃饭，继续喊她洗碗，继续洗澡忘带点东西，继续早早蒙进被子给她暖床……

　　但又与往常似乎不太一样了。也许，又只是她的心，在悄悄发生着不为人知的变化。

　　周末了，姚蜜言睡到自然醒，揉了揉眼，不远处挺拔的背影正端坐在自己的电脑前，手上噼里啪啦地一阵敲击。

　　抓了抓长发，姚蜜言抱起衣服去浴室。

　　"醒了？"某人的眼瞟到她，打了个招呼。

　　"嗯。"短短地应个声，换了衣服洗漱完，跑去厨房揭开锅一看，啥也没有……这娃怎么能在周末偷懒了呢？啊，不对，之前他休息也没有这么早起床的，是因为比赛的原因吧？

　　心头躁乱的某女使劲揉了揉后脑勺，轻手轻脚地回到卧室门口。

189

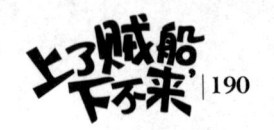

看到他俊逸而又认真的脸,突然让她移不开眼睛。

姚蜜言不得不承认,现在坐在电脑前认真的他真的很有些魅力,以至于让她的心开始不受控制地横冲直撞,似乎要跳脱出胸膛,从此停摆。

电脑前的卢雨寒正在不停地屠杀周围的人群,有了昨天晚上自家娘子准备的那些药,他就是想死都没那么容易。

可是,她说,他得拿第一。所以,他要拿第一。

正在他努力的时候,门口的人影突然晃动来晃动去晃了半天,感受到光线的变化,卢雨寒些微惊讶地抬了头,顿时一个失手。抽了抽眼角后,某人立刻调整好状态,眼睛再也不敢朝某女看,"你这是什么打扮?"

"我,我想问,糖醋排骨要放多少油……"清凉的语音弱弱地吱了声。

卢雨寒不得不再次小心翼翼地将视线调到他家亲爱的娘子身上,及腰长发被束成了马尾,几束凌乱的额前长发胡乱纠结在苍白的脸颊旁,倒也有几分凌乱美。但是她那半挽袖子的架势看起来就不那么美了,尤其是,某女此时还一手拿着锅铲,一手拎着油壶,面色纠结地看着他。

"你做饭?"虽然是在跟她说话,但他手上仍然不敢停下。

姚蜜言微微皱鼻子,这不废话嘛!自己都饿得前胸贴后背了,他那么忙,只好自己动手丰衣足食了。

见她不说话,卢雨寒只好道:"淹住锅底就行了。我说,你还是等我打完吧,很快了……"

还没等他唠叨完,纤细的身影早已消失在门口。

他抿嘴摇了摇头,瞥了一眼时间,11:36,还有24分钟就可以休息了。

跨服赛由三个环节组成,分别是夫妻赛、团体赛和单人赛。官方并没有指定或要求这三个环节必须由什么人参加,因此每个人其实都是有资格参加三项环节的。

　　之所以跨服赛会有如此高的参与度，首先不说各个小区的人民已经对平淡的日子感到厌倦，其次不说为自己小区争一份荣誉，最重要的，是每个参与比赛的成员会根据参加活动所取得的积分获得相应的神秘礼物，据说，最低级的奖励也是6级石头，怎么能不让人兴奋呢！

　　只可惜，这世上偏偏有一种人对那些就没有什么兴趣，比如人生0322。倘若不是因为毛驴倒着跑，这夫妻赛恐怕她都懒得去参加呢！

　　等卢雨寒甩开脑子里杂七杂八的想法，专心杀人获取积分半小时后，终于迎来了休息两个小时的系统通知。揉着眉心步出卧室，一股油香味扑面而来，随即抽了抽鼻子，赶忙钻进厨房。

　　"女人！糊了！"

　　"哦。"正在挥着菜刀跟一块土豆奋战的清冷背影，轻轻地应了声，不慌不忙地回头在锅里翻炒了几下。

　　卢雨寒抽搐着嘴角，往锅里一看，"女人，你不是说要做糖醋排骨吗？怎么成炒排骨了？"可不是，旁边的淀粉和白糖都被她扯出来洒得到处都是，那小碗里的勾芡也打好了，可为什么没放进去？直接让糖醋排骨变成了炒排骨。

　　"太麻烦。"某女面色不变地继续回头跟土豆奋斗，只可惜，那土豆实在是太溜滑，老是在她的手下歪七歪八的，不听指挥。

　　"我来吧！"大手赶紧握住她的手，阻止她的自残行为。

　　卢雨寒在心里直冒冷汗，她是怎么坚持到现在还没把她那双白嫩的小手给砍成排骨的？

　　微微冒汗的小脸转来，皱了皱鼻子，再瞅了一眼那坑坑洼洼的土豆，不甘心地抽了手，前去看她的炒排骨。

　　卢雨寒笑着摇头，将她的头掰过来，扯着袖子将她额上的汗轻轻擦去。

　　姚蜜言微抿着唇，目光闪烁地等他擦完，才继续挥动锅铲，"你就不能拿纸巾啊？"

才刚背过身切土豆的某人没好气翻个白眼，不满地叫她："喂，女人！"好心没好报。

"等下换掉，我去洗。"清冷的声音淡淡地截住她的话，从他旁边擦过，拿了个盘子回去盛排骨。

卢雨寒这才咧嘴一笑。嘿嘿，她现在的口气，真像他的管家婆……

某女才不管他的反应，排骨出炉后，便摸了双筷子自顾自地回房了。不大一会儿，卢雨寒也完成了剩下的两道菜，出门开饭。

第一次吃某女煮的饭，还好，熟了，就是有点硬，水放得太少了。

再尝一口炒排骨，虽然有的焦了、有的连在一起还没分开，但入口的味道还算能接受，不是很咸，也没想象中难吃。

"嘿嘿，你第一次做饭？"

"不是。"

"做得好像也还能吃嘛，为什么宁愿吃泡面也不做饭？"

"我喜欢。"姚蜜言淡淡地瞥他一眼，没告诉他，她其实是觉得一个人吃饭没胃口，才不做饭。

卢雨寒微微皱了皱鼻子，便没再调戏她。

吃完，两人继续做自己的事情。他回电脑前准备，她去洗衣服然后回来上号。时间似乎过得很快，不多久便到了下午2点。

"没问题吧？"某女第一次主动扭着脖子问道。

"女人，为什么这么想我得第一？"卢雨寒嘻嘻一笑，并没有直接回答她的话，反而抛了个问题出来。

她清冷的眸子闪了闪，并没有隐藏自己心里的想法，"你知道。"

他知道，她是因为夫妻赛拖了后腿使得他屈居第二。但是，只要是跟她在一起，就算是第二，又有什么关系？卢雨寒撇了撇好看的唇，才道："你觉得我是那种爱慕虚荣的人吗？不就是夫妻赛没得第一嘛！

你自责什么劲？我又没说怪你。"

姚蜜言微微发愣，眸子紧紧盯着屏幕不敢回头让他看到。他果然知道自己在想什么……

"游戏里的事，你不准放在心上。"清冷的背影端坐在电脑前一动不动。卢雨寒皱着眉头瞪她的背影，手下仍然没有丝毫懈怠。

"知道了。"过了许久，淡淡的声线才悠悠地飘来。

"还有，你夫君我这么厉害，怎么可能拿不到第一？不准担心了！"

这死无赖，果然是给点颜色就能开染坊的家伙！还是不要理他最好。于是某女一直盯着世界频道，看别人为单人赛播报场内状况。

【世界】我是来看热闹的：官网最新消息，我们区进阶1962人。

【世界】焚乡：啊啊啊啊，我被刷下来了，555555555

【世界】青苹果：你们猜，驴大这次到底能得第一不？

【世界】焚乡：上次全区大赛，驴大不是得了第五吗？那时候他才三转140多级呢！

【世界】3P最销魂：驴大的装备不是盖的，他昨天发的那腰带，最少能给他加2500攻击，这可是25点力量啊！最少也是五级的差距。

就这一会儿，世界又变成了拥护毛驴倒着跑成为第一的一边倒形式。

姚蜜言不知道是该高兴，还是该悲哀。高兴的是，起码众人在这时候，才会拧在一起诚心为一个目标努力。悲哀的是，这小区出众的人物实在太少，所有人的期望，都落在了旁边那个男人身上，不知是福还是祸。

姚蜜言想什么，卢雨寒现在并不知道。他要得第一，一定要得第一。

两天的单人赛终于在这个星期的星期日达到最高潮。

晚7点，决赛开始。

进入决赛的100名玩家，已经不再实行积分制，而是残酷的淘汰

赛。100进50，50进25，25进12……不出众人所料的，毛驴倒着跑很顺利地进入到决赛最后关头，与他同进前12名的还有另外一个小区人物——恋天唯栀。

当卢雨寒看到这个熟悉的名字时，神色僵直。

姚蜜言在他旁边狠狠翻了个白眼，是哪个人信誓旦旦地让她不要把游戏里的事情当真的？拍他的肩膀，清冷的声音响起："药够不够？"

"够了。"卢雨寒知道她这是在提醒自己，也收了心，活动一下脖子，进入下一场。

世界就是这么小，入场后正在等待的黑色身影，便是刚刚还让某人很不爽的恋天唯栀。

姚蜜言抚额。这系统真能戏弄人，怎么一个小区的两人偏偏都能碰在一起呢？

【附近】恋天唯栀：真有缘。

【附近】毛驴倒着跑：呵呵。

【附近】恋天唯栀：我投降，你去准备下一场。

【附近】毛驴倒着跑：？

【附近】恋天唯栀：我相信你。

电脑前的两人，都是微微一震。

卢雨寒心情复杂地摩挲了一会儿鼠标，才呼了一口气。

【附近】毛驴倒着跑：谢谢。

【附近】恋天唯栀：不客气，加油！大家都希望你赢。

【系统】恋天唯栀退出比赛，毛驴倒着跑进入六强。

毛驴倒着跑退出跨服比赛场地。每场比赛15分钟，休息5分钟。恋天唯栀的直接投降等于给他多出了20分钟的准备时间。

世界上，此起彼伏的加油声充斥了整个屏幕。在他们心中，只有这一个人，可以为他们熟悉的这个游戏的家争口气。而恋天唯栀的直接退出，却是让原本压力就很大的毛驴倒着跑更加感受到这种压力。

仔细地检查完角色后，卢雨寒在20分钟后进场。

进场后，毛驴倒着跑威风凛凛地站在场地中央，系统已经全部屏蔽了周围的人群，只剩他一个人在里面巍然而立。还没等卢雨寒跟姚蜜言眼神交换，系统已经很诚实地将比赛结果公布了出来。

【系统】疯字退出比赛，毛驴倒着跑晋级。

电脑前的两人大眼瞪小眼。

那什么疯字的，两人明明都没瞧见他老人家的鬼影子，怎么就退出比赛了？

姚蜜言啼笑皆非地移开目光，不知道是该庆幸他的运气，还是该叹息那疯字同学的倒霉。

6进2，如何进？系统自然有系统的办法，晋级的三人依照积分排行，前二争冠军，剩余一人稳坐季军宝座。而一直很认真执行娘子大人指示的毛驴倒着跑，自然是很顺利地晋级到最后的决赛。

传送完毕，电脑前两人又不得不感叹这世界之小。

那场中央站立着的某武士，可不就是在夫妻赛跟毛驴倒着跑纠缠的有点脾气吗？

卢雨寒轻咳一声，端正坐好，迅速拉开有效距离，准备开战。上次就被有点脾气给压了去，这回单人赛怎么说也要扳回来。好歹两人在夫妻赛时交过手，那时自己尚能在分心照顾人生0322的时候还与他打个平手，没有理由自己的腰带换了，也没有了某女的拖累，还打不赢这个破烂武士。

正在卢雨寒咬牙发誓要拿下对方的时候，安全时间已经倒数完毕。手下不停，立刻吃好一切辅助药物，几乎是在半秒内，一个大招便闪电般地攻击过去，对方承受一击，很快退了开去。毛驴倒着跑一击得逞，立刻追击……

【附近】有点脾气：= =

卢雨寒眨了眨眼，惊愕地瞪着屏幕上那个一直跑一直加血的武士，不由得停下手打了个问号送了过去。

【附近】有点脾气：我不跟你打，我认输。

电脑前的两人呆滞了。

【附近】有点脾气：夫妻赛你把我老婆的装备搞成那副鬼样子，今天还想再来？我不玩了，我认输了！

说罢，屏幕上便又只剩下毛驴倒着跑孤零零的一个人迎风流泪。

【系统】有点脾气退出比赛，毛驴倒着跑获得胜利。

【系统】单人赛比赛结束，XX区毛驴倒着跑获得冠军。

【系统】单人赛前100名名单已出，请玩家们登录官网查询，并于一个星期内获取相应的奖励。百名之外的玩家请于本次跨服活动NPC息影处领取奖品。

第十三章　大神的感情归路

"女人……"某人欲哭无泪地指着屏幕，一脸哭意。

"嗯？"姚蜜言闷笑着抹了抹鼻子，某人现在憋屈得很想砍人，看他那一副不爽却什么也干不了的模样，她就忍不住想笑。

卢雨寒郁闷得直想抓狂，见身旁的女人居然还敢笑自己，大喘几口气后，狠狠地将她拽进了怀里，顺势在她的肩膀上咬了一口。

"你属狗呀？"清冷的声音里带着压抑不住的笑意。

某人好歹发泄了一口，刚刚的气势忽然变没了，可怜兮兮地埋进怀里女人的颈项，"怎么会这样？"

"好了，这不是赢了吗？"姚蜜言忍不住勾着嘴角，轻拍他的肩膀安慰道。

"可是，这根本不能算！"连被人让三场让成冠军，他这男人尊严……都被扔进臭水沟，上翻下滚混了无数道了，早就看不出原来的模样。

"即使他们不让你，你也会是冠军。"没办法，他现在处于爆炸临界点，姚蜜言只有好言好语地劝着。

某人越想越不甘心，气呼呼地在小卧室里来来回回地走动，"气死我了！都怪你。"

姚蜜言纳闷了，这又关她什么事了？

"不是你给那个有点脾气的老婆下毒，他怎么会怕得退出啊！"卢雨寒哭丧着脸。

"他这种人，迟早会败。"眸子闪了闪，某女很平淡地回道。说起来，这家伙这天的运气，实在是好到逆天了。

"可是……他好歹会跟我打上一场吧？"某人现在就是不爽。

姚蜜言耸个肩，视线刚一转到屏幕上，眉目一亮，"过来，有人找你。"

"谁啊？"卢雨寒不情愿地走来，将某女揽进怀里。

游戏上，正挂着一个普通的私聊信息。

【私聊】碎天星记者团01号：你好，首先恭喜你获得单人赛比赛冠军。我是官方论坛记者团01号水仙，受编辑之令前来采访冠军。请问毛驴倒着跑，你什么时候有时间接受采访？

【私聊】毛驴倒着跑：？

【私聊】碎天星记者团01号：有什么问题吗？

【私聊】毛驴倒着跑：我不想接受采访。

【私聊】碎天星记者团01号：冠军是必须要接受采访的喔！如果你觉得我不满意，可以换人再来。但是官方有通知，每个项目的冠军都必须接受采访。

卢雨寒打开官方网站，果然，在此次跨服比赛的某个角落里，小小地印着那么一条"单人赛、团体赛、夫妻赛三项比赛的冠军必须接受官方记者团的采访，才能正常领取冠军奖励"。

有没有搞错？不带这么强制性的吧？本来就不爽的卢雨寒更不爽了。

【私聊】毛驴倒着跑：那我不要奖励就可以了吧！

反正他这冠军来得也太郁闷了，要不要奖励都无所谓了。

怀里的某女轻轻在他手臂上敲上一记，卢雨寒撇着嘴看她一眼，清冷的眸子不太满意地回视他。

"好了好了，我知道了。"卢雨寒嘴里嘟囔着，双臂抱着她，紧紧贴着她的后背打字。

【私聊】毛驴倒着跑：我老婆不准我不要冠军，说吧，你要采访什么？

【私聊】碎天星记者团01号：呵呵，那真是感谢你老婆。对了，我听说，这区的人都叫你驴大，我也可以这样叫吗？

【私聊】毛驴倒着跑：可以。

【私聊】碎天星记者团01号：嗯，那好。驴大，采访过程大概会耽误你一两个小时，只要你回答一些我的问题，就可以了。

【私聊】毛驴倒着跑：那就现在吧！

【私聊】碎天星记者团01号：好的。第一个问题，驴大的现实状况是怎样的？比如说，年龄，身高，三围等等……

"……"两人无语。这到底是什么官方记者团啊？这口气明明就一色女团！

小记者的问题层出不穷，卢雨寒简直难以招架。两人从驴大的投入装备说到投入金额，再说到游戏内容，再说到游戏现状。

【私聊】碎天星记者团01号：玩碎天星最开始的目的是什么？

【私聊】毛驴倒着跑：喜欢《碎天星》这部小说，喜欢它的作者。

【私聊】碎天星记者团01号：啊！驴大也喜欢密啊？我可是密的忠实粉丝啊！我听说，密是个女的，我真是太崇拜她了！我都进她的粉丝群半年多了！

话题转移到她身上，姚蜜言尴尬地抹了抹鼻子，拍某人的肩膀："我去洗澡。"

听这小女记者居然也是密的粉丝，卢雨寒顿时觉得亲切了许多。待怀里的女人离去后，他才贼兮兮地打字。

【私聊】毛驴倒着跑：现在喜欢她的男人多吗？

【私聊】碎天星记者团01号：多啊！驴大，你没进粉丝群吗？我

在的96号粉丝群是300人的高级群，居然是满员！里面60%都是男的，你猜他们怎么说？

【私聊】碎天星记者团01号：他们说密大长得美若天仙，才情一流，不知道是多少男人的梦中情人呢！

哼哼，就知道自己当初冲动将这女人的秘密抖出来实在是不明智的举动，尽管他一直在后悔当时一时口快，但现在卢雨寒却是瞪着屏幕没有半点办法。

在网络小说界，密的身份和行踪是件很神秘的事情，就连她当初为什么崛起，字丰网络为什么一直藏匿着她，都是让各个作者和读者们经常私下津津乐道的首要八卦。只可惜到现在为止，除了自己跟傻子似的揭开了密的真实性别，其他有关密的传说，还是悄悄地流淌在网络这个小小的圈子里，没有人能解开谜底。

卢雨寒闪了闪眸子，这个女人，那么清傲孤高。

他该拿她怎么办？他该怎样才能走进她紧闭的心房？

微微叹气，视线回到屏幕上，对方已经察觉到两人的采访进程开始歪楼，于是赶紧补救。

【私聊】碎天星记者团01号：那个，不好意思啊！驴大，我说多了。

卢雨寒想，自己手下那些个女人要是有这小记者的一般热情和干劲，女频估计早就超过主频那群小混蛋了。

小记者扒拉着毛驴倒着跑唠叨了许多，虽然毛驴倒着跑还是维持一贯沉默寡言的状态，但基本上能被套出的话也被那小记者给套了去。

姚蜜言洗完澡回房，见某人对着屏幕笑得跟小老鼠似的，微微摇了摇头，去床上躺着了。

【私聊】碎天星记者团01号：驴大，今天真感谢你。

【私聊】毛驴倒着跑：不客气。

【私聊】碎天星记者团01号：啊，对了，我能不能问问关于你老婆的事？

卢雨寒瞪了瞪眼。

【私聊】毛驴倒着跑：喔？

【私聊】碎天星记者团01号：我听说，上次你跟你老婆去夫妻赛，把别人的装备属性给打坏了。

【私聊】毛驴倒着跑：我老婆用毒盯人。

【私聊】碎天星记者团01号：冒昧问下，你老婆好像很厉害？

【私聊】毛驴倒着跑：她才一转136级。

【私聊】碎天星记者团01号：天啊！这样你们都得到了亚军？驴大你好强啊！

【私聊】毛驴倒着跑：我老婆比我厉害。

【私聊】碎天星记者团01号：因为她会用毒？

【私聊】毛驴倒着跑：这个我不方便透漏。

【私聊】碎天星记者团01号：呵呵，听起来好神秘喔！你跟你老婆感情好像很好啊！

某人顿了顿，回头瞟了一眼在床上看书的女人。被热水熏得有点脸色红晕的她，此刻看起来有种特别的妩媚和娇柔，让他心房里的某个位置不住地微微颤抖，似乎就要喷薄而出……按着胸膛深呼吸一口气，卢雨寒转回身，继续打字。

【私聊】毛驴倒着跑：是的。

【私聊】碎天星记者团01号：可是，我听说你们整个区有个很漂亮的女孩在追你？

【私聊】毛驴倒着跑：我老婆比她漂亮。

【私聊】碎天星记者团01号：我只是有点好奇，听说你老婆很低调的，而且名字很特别。

这回，某人不止是皱眉了，为了堵住那些白痴的嘴，他必须做点什么……

当某人贼笑着关上电脑爬上床的时候，看书的姚蜜言被他一脸的诡异吓得直发毛，"你干吗？"

"女人……"某人拖着销魂的波浪蹭到她旁边,俊逸的脸带着讨好的笑容,"我今天得第一了喔!"

"然后?"某女眨眼,心里一颤,但表面上很平静。

"那,人家要奖励……"嗲声顺着他的星眸和那半撅的好看唇形倾泻而出,寒得姚蜜言直发抖。

过了好半响,某女才瞪着眼将已经冒起的鸡皮疙瘩收了回去。"你要什么奖励?"

"我还没想好,"卢雨寒继续咧着嘴讨好地笑,见她挑眉,立刻又补一句,"要不这样吧?你答应我,如果明天有什么事情发生,你千万不能生我的气喔!"

姚蜜言眯起眸子端详他一会儿,脑子里转了好几道,"说吧!"

"那个,你明天就知道了。"某人心虚地撇开眼,手指在她的发尾上绕圈圈,为了避免自己的计谋落空,某人决定先下手为强,"女人,我数到3你不反对我就当你答应了喔?321!"

时间间隔不到0.01秒。

某女有些傻眼,反应过来后才知道自己被耍了。狠狠瞥他一眼,将书一合,被子一拉,躺下准备睡觉。

耶!某人在心里竖了个胜利的手势,这才乖乖地爬起床去洗澡,然后钻进被子享受温软在怀却又不能拆吃入腹的纠结状态。

第二日,某女仍旧睡到自然醒,上线后正要同以前一样去挂机挖地皮,世界上突然刷出几条让她目瞪口呆的消息。

【世界】矮子上树等红杏:驴大真TMD幸福啊!

【世界】啦啦啦我是卖报的:人生0322原来真的是女人啊!!

【世界】七月十四:话说,驴大也很帅啊!他们真配。

【世界】晓晓晓晓:切,不就一张照片吗?你们谁看清楚了?

【世界】我是来凑热闹的:我说这个天堂帮的,到底你是想怎样啊?驴大老婆到底哪里得罪你了?

【世界】恋天小风:是个人都看得到,只有它这种不男不女的家伙才会嫉妒啊!

　　姚蜜言托腮眨巴眨巴眼睛看了许久，始终没见他们说出到底是在哪里看到的照片，心下有些恼火，便将游戏最小化，点开了官方论坛。

　　贴图区，没有。

　　灌水区，没有。

　　感情区，没有。

　　电脑前素净的脸慢慢带上了疑惑，他到底把那张照片发到哪里去了？

　　图片没找到，倒是找到了一堆八卦。姚蜜言找着找着，便沉浸在那些玩家们写的感情故事中，心里还是有些安慰的。毕竟，这些也可以作为以后狗血情节的写作素材啊！

　　将论坛翻了一个下午后，某女终于才想起自己最初的目的。于是小小地打了个哈欠，又四处寻找起来。最终，某女才在某个地方找到有关这次事件的起源地。

　　某女内流满面，官方首页那张占了半个屏幕的唯美画面，有多少人能忽略啊？

　　扔了鼠标，姚蜜言抱胸歪头端详那张照片。她不知道是该称赞他聪明，还是该称赞处理这张照片的人技术不错。

　　照片跟她见过的那张，有很大的区别。图片截止到肩部，男人的脸加深了轮廓，如剑的眉、如星的眸、如梁的鼻，被大量的加深并打上了暗光。原本偷笑的嘴角此刻坚硬如冰，整个脸相当的有煞气——于是与平常一脸笑容的卢雨寒区别那不是一般的大，以至于她差点认不出来。而图片上的女人，面部已经被特效模糊掉了一半，还有一两片桃花与头发漂浮起来遮盖住脸部轮廓，唯有那张被高光渲染的嘴唇显得格外迷人。

　　两人在一起，女人虽然很朦胧，但周身所产生的气场比男人的还要大上一倍，也无怪乎众人对人生0322赞不绝口。

　　图片与真实的照片相差很大，就连她自己都差点认不出来，更不

203

要说其他人了。

在图片旁,有硕大的字体龙飞凤舞地写着"单人赛冠军的感情归路"。

姚蜜言,点击进去,看到了名为"风云人物采访录——毛驴倒着跑"的官方帖。

姚蜜言终于知道是怎么回事,不由得又好气又好笑。

不得不说,记者水仙的文笔确实是不错的,起码对于一个业余的记者来说,她的条理相当清楚。而让姚蜜言及所有人特别关注的,则是在水仙的最后的篇幅里,几个关于人生0322这个人的问题。

……

小记:可是我听说,这个区有个很漂亮的女孩追你喔!

毛驴倒着跑:我老婆比她漂亮。

小记:听说,她很低调,而且名字……

毛驴倒着跑:我跟我老婆在碎天星认识,并走到了现实。我和我老婆都是特别喜欢密大才走在一起的,她是那种话不多,也不爱跟人争名夺利的女人,我很爱她。所以区里人骂她是人妖,我很愤怒。在此,我希望攻击我老婆的谣言不要再传了。

小记:抱歉,我之前没有想到,刚刚经你提醒,才想起密大的Q名就是人生0322,怪不得驴大和你老婆这么恩爱,原来有这样相同的爱好啊!

得到驴大的同意,小记将驴大和驴大老婆的合照连同文稿一起发给了编辑,她看了以后说很感动,当即拍板,要把驴大和驴大老婆的爱情公布于众,并希望这两个人的爱情能够长长久久,永远甜蜜。

……

看完,姚蜜言久久无语。

什么两人是因为密才走在一起的,什么"我很爱她"之类的,他到底是怎么说出来的?爱一个人,这么简单吗?

这个水仙煽动人心的本事也确实不小,在看完后,回复的人跟了

300多页还在剧烈增加中。无数的祝福，湮没了那些想要捣乱的少数声音。

没有人再说，人生0322这个名字如何如何。因为，人生0322代表着的是密，是整个碎天星的神。即使没有看过碎天星的玩家，也渐渐沉了下去。而因为这个帖子的火热程度和里面对密的无限崇拜，直接导致所有看过帖的玩家，纷纷表示要去观摩密大的作品。由此产生的看书热潮又循环带动了碎天星游戏的发展。

不可谓不说，碎天星这回的跨服活动举办的是相当地成功。

姚蜜言就那样一页一页地翻着祝福，心里说不上来是什么感觉。只觉得心脏跳动得忽而快忽而慢，根本不受控制似的，被涨得有些酥麻，还有些痛……

卢雨寒回来的时候，看到的就是这样的姚蜜言，纠结着眉毛捂着胸口，却又执著地紧盯着电脑屏幕，看见他回来，也仅仅是瞟了他一眼，没有说话。

某人心里上上下下地拿捏不准，她这样子到底是生气了，还是没生气？

"女人……你生气了？"某人轻手轻脚摸到她身后，看到她正在翻看那些评论。

"嗯？"如往常，清凉的语音短短地应了声。

某人沉不住气，干脆将皮椅转过来，盯着她："喂，你昨天答应我的，不能生气的……"

"去做饭。"某女被迫与他对视，只得无奈地说了话。

卢雨寒使劲眨巴眨巴了眼，见她仍是淡然地瞟着自己，脑子转了转，忽然咧开嘴："嘿嘿，女人，你没有生气啊！"

清冷的眼很不优雅地翻个白眼，没有理他。

"不生气就好，生气会变老的……"某人见她没有生气，开心地抱住她的小脸，啪嗒往她的额头亲上一口，哼着小曲，连蹦带跳地出门去了。

某女愣在皮椅上,半天没缓过神来。

他们,真的会长长久久吗?连名分都没有的他们,真的会,这样一直在一起吗?姚蜜言怎么也不会承认,当她想到,某个男人有一天失去了探究她的兴趣转而拥抱别的女人时,心里是什么样的害怕。

就在她纠结时,某人已经快速地搞定了饭菜。

"女人,吃饭喽!"饭桌上,卢雨寒高兴地给她夹菜夹菜,自己的表白,她该看到了吧?她没有生气,是不是已经开始接受他了?

"喂,女人,快过年了。"

"嗯。"

"打算怎样过?"

怎样过?埋头扒饭的姚蜜言有片刻的呆滞。

以前过年,都是怎样过的?小时候,是关在书房里等外婆送来饭菜,吃完再继续看书;后来,是在学校的宿舍里孤单地抱着被子,瞪眼看天花板看上一天;毕业后,是睡到下午再起床,吃个饭,再看一会儿网页便到了大年初一。

她还能怎样过?

"要不,跟我回家去过吧?"

"不去。"清冷的声音斩钉截铁地回答。

卢雨寒微微一愣,随即瘪着嘴将饭粒咽下,眨巴着眼半撒娇道:"去嘛!"

"吃饭。"

淡漠的声音阻止了某人的继续纠缠,但却阻止不了某人一晚上都扒着她的身体用各种理由和好处诱惑她跟他回家过年,无奈,女人似乎是铁了心地不想要跟他回家。

直到两人已经上床准备睡觉时,某人才终于失去了耐心,在黑暗里用大半个身子压住她,以极具侵犯性的姿态逼迫她回应:"为什么不跟我回去?"

被压住的女人双手撑在两人中间,呼吸很平稳,没有半点变化。

卢雨寒甚至以为她睡着了。

"过年，是团圆的日子。"就在卢雨寒的执拗压制下，过了许久，清冷的声线才悠悠地飘来。

卢雨寒呆滞片刻，随即滚下她的身子，将她紧紧地箍进怀里，"女人，你可以试着将我爸妈当成你的爸妈……"

"那不同的……"

无力感深深地缠绕着卢雨寒，他只能紧紧地抱住她，希望能将自己心底的力量传给她。老妈说，这个女人比他想像得还要孤单。

他原本以为，仅仅是她的性子使然。可谁知，原来她只是习惯了被人遗忘。

她说，过年是团圆的日子。让她去一个完整的家庭，淡漠地看那家里的欢声笑语，真的是对她好吗？也许，她会觉得更加孤独。

深深的夜凉如水。一男一女相拥，彻夜未眠。

当男人起床离开时，她能感受到他印在自己额头上轻柔的吻，还有那双大手替她掖好被子的温柔。当大门哐当一声关上时，清冷的眼慢慢地张开。

不同的，真的不同的。

她记不起爸爸的声音，也想不起妈妈的模样，唯一记得的，是童年里无数冰冷的古籍和偶然瞥见的嫌恶表情。她不怪他们，唯一怪的，是自己成长得太慢，不足以挽救悲剧的发生。

如若不是遇到他，自己会怎样生活下去？自己又该怎样生活下去？她是该感谢毕宗漠的，不是吗？

终于在思想斗争中厮杀了一个晚上后，某女才在晨晓时分昏昏睡去。

第十四章　卢堂兄的使命

等下午爬起来，已经是3点了。照常吃饭洗衣服开电脑，上线第一个信息，让她登时抛弃了所有的纠结。

【私聊】恋天唯栀：你是姚蜜言吧？

姚蜜言迅速在脑海里搜索了个遍，始终没有找到有关这个男人的现实资料。自己大门不出二门不迈，什么时候就招惹了个男人，居然会在游戏里找到自己？

思回千转，姚蜜言仍是没有找到可以说服自己的证据。但淡漠如她，即使看到这样的消息，也只是平静地回到自己的后花园，开始采集。正要去打开文档码字，屏幕上那个不死心的信息又发了来。

【私聊】恋天唯栀：我等你很久了。

姚蜜言微微撇了撇嘴，谁让他等的？

【私聊】人生0322：？

【私聊】恋天唯栀：蜜，我爱你。

"噗！"一口水毫不怜惜地喷向了自己的显示器。某女内流满面，这娃怕是脑子抽风了吧？

【私聊】恋天唯栀：这两年，我一直在寻找你的消息，可是却没有线索。

【私聊】恋天唯栀：只可惜，他比我早了一步。早知道，我就该在他和你离婚时就拖你去结婚的。

【私聊】恋天唯栀：蜜，我真的好爱你。明明知道没有了可能，可我还是很想告诉你，我很想很想光明正大地去爱你、疼你、守护你。

【私聊】恋天唯栀：蜜，你知道吗？当我知道，你就是我要找的人时，我真的高兴疯了……可是，我却很痛。

【私聊】恋天唯栀：我不敢告诉任何人，因为所有人知道后，都会觉得我疯了。我也觉得我疯了，可我却疯得心甘情愿。

【私聊】恋天唯栀：蜜，你说我该怎么办，才能摆脱你的魔咒？我爱你，爱到疯了，谁能将我救赎？

一条条的信息，不停地在屏幕上滚动。

姚蜜言半眯着眸子，实在想不起这个从两年前就知道自己的男人究竟是谁。那时候，不是自己才毕业吗？

【私聊】人生0322：你是谁？

刚刚还在疯狂刷屏的对方，忽然沉默了几秒，然后快速地发来了信息。

【私聊】恋天唯栀：蜜，你肯理我了？

姚蜜言很无语地翻个白眼。

【私聊】人生0322：建议你去找本情书照着打。

【私聊】恋天唯栀：我就知道你不会信的……但是我真的没有说谎，蜜，请相信我，我是真的爱你。

【私聊】人生0322：我忙了，拜。

【私聊】恋天唯栀：=========

【私聊】恋天唯栀：=========

……

恋天唯栀不停地刷着屏，姚蜜言淡淡地瞟了一眼，打开文档，码字去也。等外面大厅的门响动时，某女才终于从自己编织的世界回过神来，望天揉着脖子。

直到高大的身影覆盖住她的眼帘，大手将她的头轻轻地靠上他的腹部，然后轻柔地在她的肩膀上揉捏起来。"写累了？"低沉的声音听起来分外的诱惑。

"有点。"姚蜜言闭着眼睛，任他给自己按摩。

"你呀，就是不注意身体。"卢雨寒无奈地叹了口气，语气里含满了宠溺，"不写了吧？晚上我们出去吃饭。"

"干吗？"

"你可答应过我的，等比赛一完就出去逛街的。"俊逸的脸忽然压过来，眸子紧盯着那张清冷的脸。

某女不满地皱了皱鼻子，瘪嘴道："知道了。"

"嘻嘻，这才乖。"薄唇忽然凑过来，在她的脸颊上偷了一记香吻，而后大手愉快地揉了揉她的头顶，转身去捣鼓什么东西去了，"女人，快穿衣服，马上就出发喔！"

"干吗？"又不是去救火，急什么急？

"嘿嘿，快点就是。"某人使劲埋头，没敢回头让她看见自己脸上的奸诈笑容。

算了，有的吃，早点出发早点回来也好，某女乖乖地关了文档。

弹回到游戏界面，对话框里，赫然是恋天唯栀的"倾诉之语"。

【私聊】恋天唯栀：蜜，求你，不要不理我。

【私聊】恋天唯栀：就当可怜可怜我，好不好？

【私聊】恋天唯栀：蜜，跟我见一面好吗？见了面，你就知道我是谁了。

【私聊】恋天唯栀：我爱你，哪怕爱得很卑微，我也爱你。永不后悔。

姚蜜言摇摇头，快速地将游戏关掉。不知道为什么，她突然有点儿做贼心虚的感觉。

被某人扯出门，大概是这回某人要去的地方比较远，于是也舍得开车了。就在姚蜜言窝在副驾座上，数路旁的树杈数到快睡着时，卢雨寒终于将车子开进了一处停车场。

"这是哪儿?"下车后,姚蜜言一脸的茫然。

"怎么,怕我卖了你呀?"某人嘻嘻一笑,将某女苍白的小手包裹在手心,带进了不远处一座看起来新落成的商业大厦。

新大厦尚未装修完毕,商主们也还没来得及入驻。被某人拉扯着弯弯转转好几道后,终于看到了一处灯火辉煌的店面。

五颜六色的霓虹灯将满是日文的招牌衬得龙飞凤舞,伴随着门口两个穿着粉红色和服的温婉女子清脆的问候声,姚蜜言翻着白眼被扯进了门去。

"嘿,女人,这里可是原汁原味的日本风味喔!"卢雨寒将她拉进角落的桌子,嘻嘻地笑着。

姚蜜言瞥了一眼在流水席上坐着的各色男女,毫无兴趣地挠了挠长发:"你该回去翻翻历史课本。"

某人顿时被噎得一口气喘不上来,梗得脸红脖子粗的,"喂!女人,讨厌日本鬼子就不能吃日本菜了嘛?"

"生吃是原始人类的习惯。"清凉的语音飘来,苍白的手却已经在无意识地翻看那些精美的图片。

"切,又不是只有生鱼片,要不,你吃拉面得了……"某人被气得半天才顶撞了一句毫无威胁性的话语来,顺便交代过来的服务生先随便来几样生鱼片。

清冷的眼淡淡地瞟他一眼,她放下手中的菜谱,习惯性地去喝茶。

"哎!小寒,你也来啦?"忽然间,一个欣喜的声音插了进来。

抬眼,一个半袖紧身白T恤外套牛仔夹克的男人,左拥右抱地搭着两个波霸美女,目光却落在姚蜜言身上,脸上笑得异常暧昧。

卢雨寒抬头,深邃的眼淡淡地瞟了一眼来人,"我不能来?"

"嗨!"来人怪叫一声,放开两位美女,一边凑向卢雨寒一边朝姚蜜言抛媚眼。只可惜,一个根本不打算鸟他地继续翻菜谱,一个根本

211

没看见他似的继续喝茶。

"我哪敢不让你来啊!"见姚蜜言没有朝他看,那男人又贼兮兮地将手附在卢雨寒耳边道,"我说,你这不是故意带来给小姨看的吧?"

卢雨寒又瞟他一眼,脸上淡漠的神情跟姚蜜言平时的冷漠有得一拼,好看的唇微启:"滚一边去。"

"喂喂,好歹我也是你堂哥啊!你到底有没有尊敬长辈的觉悟啊?"抹得油光华亮的头发在五彩缤纷的灯光照耀下,与他脸上的愤慨相映成趣。

姚蜜言的目光在"某人的堂哥"身上停留了一秒,就继续研究身侧雕花门栏外的人群来去匆匆。

一直留意着她的卢炮灰,见状立刻绕过桌子,在她的对面坐下,"嗨,美人儿,我叫卢展天,你身旁这个男人的堂兄。"脸上灿烂的笑容与卢雨寒脸上的阴郁形成鲜明的对比。

某人使劲瞪着自家游手好闲的堂兄,恨不得有奥特曼的特异功能,直接把对面那家伙踹到外太空去。上上下下瞪了个遍后,卢雨寒闪过诡异的一笑,顺手端过桌上的茶,慢条斯理地说道:"小姨说了,如果再让她看见你打发蜡,就直接把你腿打断。"

卢展天顿时呆滞,也顾不得调戏良家妇女了。突然双手抱头,将原本梳得整齐服帖的头发揉成乱糟糟的一团。再像老鼠似的朝外探了探身子,脑袋四周转了一圈,长呼一口气:"靠,你不说我都忘了,那老姑婆最讨厌男人这样那样了。我说……"

"谁是老姑婆?"一道带着威严的女声突然插了进来。

一个年逾50的女子,白嫩的面容上化着淡妆,一袭白底黑纹镂空旗袍显出窈窕的曲线,真真是个妙人。

姚蜜言对上女子的眼,看见对方眸子里捉摸不透一闪而过的精光。卢家的基因好得没话说。卢雨寒、卢展天以及这个看起来让卢展天害怕至极的"小姨",无论从什么方面来看,都是属于高档优质品种,随便拉一个出去,也能让众人瞪上半天眼。

现在,三个闪光体聚在一起,自然引起了众人的频频关注。姚蜜言微微皱眉,不动声色地再抿了一口茶水,却被旁边的人带起。

"小姨,这是我朋友姚蜜言。小蜜,这是我小姨。"

姚蜜言将耳边散发拨在耳后,冲女子微微一笑:"你好。"

女子嘴角微微一勾,礼貌性地半点头表示回礼,说不出的优雅。转脸又恢复了一脸威严,掷地有声地说:"卢展天,我有三位远道而来的客人没人去接,你现在马上去机场接人。"

卢堂兄可怜兮兮地扫了一眼她身后的波霸美女,撇了撇嘴,低头应了一声好。

卢小姨微微招手,唤来一位主管模样的人物,交代她把相关的事项告知卢堂兄,某兄这才携着美女灰溜溜地退场。女子举手投足之间,无不是大气加奢华,还有让人不容忽视的魄力。

姚蜜言在心里悄悄地睨着这个女子的动作,真是个让人折服的女人呢!

"小寒,你跟你朋友先待一会儿,晚点我们去庆祝,一起。"还不待卢雨寒回答,女子已经带着凌厉的风声转身离开。

卢雨寒朝姚蜜言苦笑:"你别介意,我小姨就是这样,她性子有点古怪。"

"哦。"姚蜜言点头,没有异议。

可谁知,却被某人不满地扳过了脸,"女人,你就不问问,我为什么带你来见她?"

"为什么?"

见她听话地顺着自己的意思提了问,某人还是很不满地皱鼻子,"我小姨,是个手眼通天的人物。这次带你来,其实是想让她帮你在国外打开华人市场……"

苍白的手微微一抖,稳住心神,姚蜜言半歪头看他:"我说过……"

"我知道，钱财都会给毕宗漠嘛！但是我觉得，他也应该不会不同意帮你打响密的牌子。你和他的合约，终是有个终止日期的吧？只要合约到期，你仍然能靠你自己，这一辈子衣食无忧。"卢雨寒斟酌了半天，才将自己的想法慢慢地道了出来。不管以后发生什么事，希望自己做的，能让她不再这样无助。

清冷的眼在他的脸上扫寻了一遍，抿唇道："我们的合约，无限期。"

"什么？"卢雨寒傻眼了。

瘦弱的身子微微转过，继续抱着杯子喝茶。这茶是当年外公最爱的寿眉，橙黄的茶水，在她的注目下静静的没有一丝波澜。

物是人非……

"这怎么可能？你就给他一辈子做牛做马？"不敢置信的语气里含着低低的愤怒，不仅是对毕宗漠的，还有对她的。这个女人，怎么就能傻到那程度？难道，她当初爱他已经爱到这种地步了吗？

"事情不像你想的那样。"姚蜜言回神。

"那……"卢雨寒被她轻松的语气带得放下半颗小心脏，正要抓着她好好地追问一番，却被对面突然坐下的曼妙身影吓了一跳。

定睛看去，一个烟熏妆的时髦女子，正半撅着红唇瞪向自己。

"Lily？"卢雨寒心里咯噔一下。

"Reims！"对面的女人脸色阴沉，一脸的委屈，"你为什么突然消失了？我和JOJO都找了你一年多了！"

"那个，咳……我以为……"他以为，他们不过是普通的床伴关系而已。但是现在这话，让他怎么说出口啊？瞥一眼旁边的女人，她正幸灾乐祸地抱着杯子看好戏，某人的脑子里更加混乱了。

她要是知道自己曾经那么胡来，是不是自己这些日子的努力便会化为泡影？

"Reims，我跟JOJO不都跟你说了，只要你愿意，我们不介意两人一起跟你……"

"停停!"卢雨寒匆匆向旁边清冷的女人道,"女人,我出去一下。"说完,便拽着对面的妖精匆匆离去。

姚蜜言再低头抿了口茶水,纯爽的口感让她心里小小的满足了一下,再抬头看那一男一女在门外聊着什么。男人没了平时与自己相对时的无赖表情,取而代之的是冷酷和漠然。

他的风流债,恐怕不止这一桩吧?

男人皱眉说了一通,女人垂头应了什么,似乎被女人逼得急了,几欲撇下她进得门来,可没走几步,他就被那绝对可以称得上是魔鬼身材的身躯给缠住。深红色的指甲交缠在一起,与他前腹的白色羊毛衫互相渲染,刺得姚蜜言的眼有点发胀。

喊,无聊的女人,胸长那么大做什么?正暗诽,面前光线一暗,对面又站了一位与Lily差不多打扮的女人,一脸的居高临下,"你是Reims现在的女人?"

某女缓缓垂下眼皮,静静地看着杯里的茶。

见她不回话,对方竟然也没有气恼,当下便坐了下来,但带着一股劲风。

"他现在,在跟Lily说分手吧?"女人转过线条性感的颈项,有些落寞地道。

清冷的眼这才跟随她的目光而去。

男人正在好声好气地劝着那个眼里氤氲着水气的Lily。

对面的女人忽然转回来,对上她清冷的眼,"你还没爱上他吧?"

姚蜜言沉默,喝茶。

"得不到的永远是最好的……"女人伸出手来,浅粉色的指甲,却并不配她那鲜艳的红唇,"我和Lily,当年少说也是纵横沙场,玩弄男人无数的妖女……却同时栽在了一个男人身上,你说,可笑不?"女人有些痴呆地看着自己的手,遥想起以前,嘴角带着并不符合她的一丝苦笑。

姚蜜言继续沉默。

"如果我们说，我们是真的爱他，你信不信？"女人也沉默了一会儿，才悠悠问道。

"然后？"清冷的声线忽然搭上了话，让对面的女人有点措不及防。

"不知道，我应该想办法阻挠你们在一起，然后让他回到我们身边，然后……"她突然顿住了，剩下的是深深的无奈，"可是，都是女人……"她嗤笑一声，再回头去，某个男人正在焦急地朝里面望来。

JOJO转过精致的脸，冲姚蜜言深深的笑："他看你的眼，有不同于以前的东西。"

清冷的眸子微微上抬，扫了她一眼，继续专注在茶水的品尝上。

"你猜，如果他知道是James叫我们过来捣乱的，会不会砍了James？"女人歪了头，将之前的那股落寞收拾得一干二净。

"很有可能。"淡漠的眼瞥见某个男人将那妖娆的妖精说得呆在原地，自己却大踏步走来的身影，嘴角若有若无地泄了一丝玩味。

"JOJO！"低沉的男声在喧闹的餐厅里仿佛一声炸雷，无数道目光顺过来，饶有兴趣地看着两女一男。都在猜测，这男人到底在气些什么呢？

JOJO抬头看他一眼，再朝窗外看了看，Lily也正扭着臀进门来。她魅惑的脸上勾起一抹笑，却转了头对清冷的人儿道："我还不知道你叫什么名，我叫JOJO。"

"姚蜜言。"卢雨寒没来得及阻止，清冷的声线就已经将她的大名报了上来。

"喔？"JOJO瞪了一下眼，显然是极其意外的，"这世界真小。"

姚蜜言微笑着等她的下文。

"当年，你进社团，还是我极力举荐的呢！"女人微微撩了一下长发，风情万种。

已经进来的Lily将某男人扒开，自顾自地坐了下来。

姚蜜言微微一颤，捧着杯子的手有些抖。卢雨寒发现有些不对劲，忙坐在她旁边，拉下她的手，在桌下紧紧地握着。

原来是一出校友相认戏，众人见没什么热闹好看，也都收回了眼神。

清冷的眼扫过卢雨寒，对上对面两双凤目，"原来是高学姐，很久不见。"

JOJO摆头微笑，"亏你还记得我，我介绍一下。这个是我十二年的同窗兼死党，Lily。"

被妆容掩盖的面颊勾了个笑："居然还是学妹，JOJO，咱们这是前浪死在了沙滩上啊！"

"就你胡说！"JOJO在她的手背上掐了一把，嗔笑。

被无视很久的卢某人望望这个，再望望那个，有点搞不懂状况。现在到底是新旧情人会面，还是老校友见面会啊！

被他抓着手的姚蜜言淡然地望着眼前的两个女人，脸上没有高兴，也没有不高兴。

"James说了，等你俩一分手，他就带你去找我们。"JOJO马上又对卢雨寒道。

果然不愧是死党，两人一唱一和，不把面前这一男一女说崩了誓不罢休。

卢雨寒面容冰得能冻死人，自家那游手好闲的"堂哥"大人，竟然敢这样拆自己的台。

"所以学妹啊！你可要好好看住他，姐姐就不奉陪啦！"Lily媚眼一飞，起身。

JOJO跟上，眼向清冷的影子扫了一眼，勾了个魅惑的笑容："小毕怕是不会这么容易放人的吧……"

她知道毕宗漠跟这个女人之间的关系！卢雨寒大手狠狠一颤，抓得苍白的小手一阵发痛。"放手。"某人的力道完全没有收敛，痛得姚

蜜言使劲皱眉。

谁料,大手没有听话的放手,反倒抓得更紧,"你真的和毕宗漠……"

姚蜜言翻白眼:"痛。"

卢雨寒这才慌忙放手,脸上带着深深的自责:"对,对不起……"

"你现在的样子很傻。"揉了揉自己的手背,姚蜜言继续喝茶。

某人愣住,不禁苦笑。自己在听到她跟别的男人有故事,能淡定得了才有鬼了。倒是她,一点不高兴都没有。她……还是不在乎吗?

"女人,你不生气?"

"生气?"不知道在想什么的姚蜜言微微偏头,"与我有关系吗?"

"你!"卢雨寒蓦地停手,俊脸上一阵的抽动。愤愤地朝她瞪了几秒,见她毫不理他,忽然诡异地一笑,将手上的漂亮食物递给她:"喏,吃吧!"

姚蜜言瞟了一眼,大约也是被那红红白白的鲜艳色彩吸引,接了过去。才咬一口,脸色大变地捂住嘴,朝某人瞪去。

某人吐着舌头冲她做鬼脸:"我还以为你没有其他反应呢!"

原本清澈的眼被掀起了一股漩涡,恨不得将他瞪出俩洞来。

"吃吧吃吧!"某人装作没看见,咧着嘴将手上的东西放进嘴巴,吃得有滋有味。

眼眸微缩,某人的痞子样实在让某女很不爽。没等他得意多久,忽然头部被狠狠地一拉,正在蠕动的唇被一片冰凉盖住,再接下来……娇软的舌头将一样东西送了进来。某人被电得瞪大了眼,大脑一片空白,完全不知道该如何思考。

几乎是下意识的,他硬生生地吞下那一小团东西,顿时,味蕾的刺激让某人的眼角直接飚出了泪珠。

姚蜜言满意地离开了他的唇,挑衅地瞟他一眼,给自己倒满茶。

"女，女，女人，"卢雨寒揪着喉咙口，一边抹泪，一边干咳抽空指了指空的茶杯，"水，水……我，我错了，我错了还不成吗？"

清冷的眼这才又瞟他一眼，好心地给他倒上茶。

某人立刻一口气喝掉，不停地大喘气。该死，早知道自己就不放那么多芥末了……流泪，害人终害己。不过，"嘿嘿，女人……你刚刚吻我了！"她主动吻他了，还是在大庭广众之下。

清冷的眼再瞟他，不说话。

对着的门口，卢展天领了三个黑西装大汉进得门来，几人拐啊拐的就拐到楼上的包房去了。

"这店是我小姨的，今天开张。她好像是对这个小店花了很大的心思，所以开张都是她亲自回国接待客人……"卢雨寒见她的目光随着那几个大汉转，又开始吃味，"那几个，估计是小姨的朋友。别看了，又不帅，而且搞不好还是什么黑手党之类的……"某人现在绝对是诽谤啊诽谤。

"你跟你堂兄都喊她姨？"姚蜜言完全忽略他的话，挑起了另一个话头。

卢雨寒呼了口气，她转移话题的手法实在不怎么样。"本来我们应该是喊她姑姑的，但是曾经一个年纪跟小姨只差6岁的堂兄说喊姑姑显得她好老，所以我们这一辈都喊她小姨。"

"哦。"

"你，有空去跟我见见他们吧？"

"嗯？"

"你……"到嘴边的话，怎么也说不出口。比如说他想让她融进自己的生活，比如说他想让自己的亲人都知道她的存在，比如说自己真的想跟她过一辈子。"算了，没事。等下要去庆祝，咱们晚点回。"

"喔。"

等店打了烊，两人来到了一处高档会所的豪华包间里。卢雨寒被

小姨叫了去，姚蜜言无趣地盯着桌上的纹路，忽然身旁一暗，一个高大的身影落了下来。

"美人儿，咱们喝一杯吧？"卢堂兄端着酒杯对姚蜜言这样道。

姚蜜言抬头对上他的眸子。这是一双与卢雨寒相似的深潭，只不过，她家那位眼睛里常常含的是喜怒无常，这位却是满眼的春风，扬扬得意。

不自觉的，清冷的眼眸从面前的人身上扫过，却又不经意地在人群中间某人身上瞟了一眼。

"我还以为Lily她们一定能让这小子回心转意呢！"卢堂兄也不气恼，专注地看了一眼低脚杯里略暗的液体，眼中充满了玩味，"小姨的意思，大概是想让他接手她的产业……"

消瘦的脸顶着大大的问号转过来，不知道他跟自己说这些是什么意思。

可谁知，对面的人却盯着她笑了起来，露出标准的八颗白牙："想知道为什么吗？"抬眉，冲她半举酒杯，"美人儿，咱们喝一杯吧？"

被提起话头的姚蜜言淡然地瞟开目光，低头看着自己手心的纹路。

"别看小姨相貌不老，但她今年其实47了……大概是曾经吃过亏，所以一直没有跟男人交往过。卢家虽然不算豪门大户，但当年我们的爷爷有个小小的工厂，小姨就是靠那个工厂走出去的……"

姚蜜言很纳闷，这男人有毛病，跟自己啰唆这么多干吗？

"小姨出国单独打拼十多年，直到我们这代人都已经懂事了，她才回国交代了一下她消失十年的行踪，并且将她的几个哥哥都不愿意接手的工厂收了回来。她还说，只要我们兄弟姐妹中间有能管理好工厂的，将得到她所有产业。"

姚蜜言不屑地撇了撇嘴，这时熟悉的腔调，熟悉的酒杯又出现了："美人儿，咱们喝一杯吧？"

姚蜜言使劲抽搐着嘴角,她终于知道卢雨寒那股子不撞南墙不回头,不见黄河不死心的无赖劲是怎么来的了,原来都是遗传惹的祸啊!这卢家两兄弟,某些地方还真是出奇的相似。

　　卢堂兄见她还是没上钩,便继续述说当年发生的事。

　　每讲一小段后,卢堂兄便坚定不移地说着他的必要台词"美人儿,咱们喝一杯吧",让姚蜜言听得差点内流满面。终于,咱们的姚蜜言小姐也按捺不住烦扰,狠狠地瞪了一眼那笑得跟狐狸一样的脸,几乎是用抢的,将他手上递过的酒杯夺过来一饮而尽。

　　"美人儿真是好气魄!"卢堂兄无辜地咧着嘴笑。

　　卢堂兄一击得逞,自是被激励得油光满面壮志踌躇。接下来,咱可怜的姚蜜言同志就硬生生地被卢堂兄用比唐僧还唐僧的叫魂大法灌进了第二杯酒、第三杯酒、第四杯……

　　远处被小姨紧紧扣住的卢雨寒看不到窝在沙发里的姚蜜言的表情,但看到自家堂哥那副猥琐笑容,就知道坏事了。但小姨一直在这里,他卢雨寒又一向算得上是八面玲珑的人物,怎么也不敢不礼貌地轻易抛下小姨的大客人去看看那女人现在到底怎样了。

第十五章 我爱你

卢雨寒担心得紧,他家小姨倒是不慌不忙。终于在跟对面几个男人谈妥生意后,这才拽着卢雨寒找了个安静的位置坐下。

"小寒。"

"嗯,小姨什么事?"被那抹清凉的瘦弱身影勾了魂去的心思,好不容易才拉回来。

"你真的不考虑跟我去奥地利?"虽然知道面前这孩子很固执,但卢小姨仍是不死心地想劝一劝。她找了好久才在卢家找出一个性子和头脑都适合商场的孩子,可是他却偏偏只喜欢那些风花雪月的玩意。

卢雨寒垂了眼睑,盯着自己的酒杯,"小姨,你知道的,我真的很喜欢写东西。"

"可是你现在弄的那些也不是真的文学吧?"卢小姨承认自己有些不太讲风度了,她实在不想看到这棵好苗子被活活地埋在沙砾中。

"其实网络文学也是文学的一种啊!"卢雨寒歪了歪头,半抿着唇,在长辈面前,他尽可能地做一个任性的孩子。

"你就一点心思都没有?"

卢雨寒抬头朝自家小姨看,虽然保养得很好,脸上的妆容也完美无缺,但她眼里的那丝疲惫却是怎样都抹不去的。"小姨,累的话就找个港湾靠一靠吧!"

卢小姨的眼光呆滞一秒,青葱玉手将滑在臂弯的紫色薄纱拉上覆盖住裸露的肩部,神色复杂地撇开目光,悠悠叹气。"也罢,那个女孩儿是你带来给我看的吗?"

"嗯。"卢雨寒重重地点头,"小姨,我知道你一向疼我,前些年我不懂事四处捣乱,直到去年才醒悟,收了心。"

"傻孩子,你这么多兄弟中间唯有你心思细腻,我不疼你还能疼谁呢!"卢小姨轻笑,摸了摸他的头,"你也大了,唉,小姨老了……"

"嘻嘻,小姨很年轻啊!现在我们走出去,肯定别人会说你是我姐,绝对不会说你老的。"卢雨寒的嘴一向这么甜。直把自家小姨哄得龙心大悦,直点着她那粉白的细嫩脖子。

"你呀,嘴贫。"绝美的脸朝某个角落瞟了一眼,微微摇头笑,"我看,你还是早点带她回去吧!小天那小子又在糟蹋女孩子了。"

卢雨寒闻言望去,正好瞥见卢堂兄刚灌完那瘦弱的女人一杯酒,奸笑着朝他看来,还抽空挤了下眼。

某人蹭地一下就站了起来,无名火烧得那叫一个旺盛,"小姨,那我就先走了……对了,有空回去见见我爸妈,他们念叨你呢!"

"好。"

得到长辈的首肯,卢某人几乎是浑身冒着火,将软绵绵的女人一把拽起来拉进怀里,愤怒的眼睛朝卢堂兄狠狠地发射着三昧真火。

可怜的卢堂兄完全没有看人颜色的习惯,一见美人儿要走了,立刻也站起了身,"啊,小寒,要回去了吗?我跟美人儿还没喝够呢!"

"滚!"说着,卢雨寒带着怀里的人离开了现场。

"唉,不要嘛!多可爱的美人儿,你不能独享啊……"

身后的叫唤声在一片灯红酒绿中成了嬉笑怒骂的背景,渐渐地将两人湮没在尘世中。喧哗的人群背后,只有一脸无辜的某女张着无辜的眸子,歪头上上下下打量将她搂得死紧的男人。

喝酒后的她似乎特别特别的乖，乖到让他心里很不安。把她安置好后，卢雨寒死抿着唇打开车门，忽然手机铃声响，一看，正是自家那个不成器的风流堂兄。

"干吗？"

"哎呀，好浓的火药味哟！嘿嘿，兄弟，记得温柔点啊！这小美人儿可不比你以前的那些女人……"欠扁的声音隔了电波沙沙地传来，带着调笑，还有一丝使命完成的松懈感。

"去死。"某人狠狠翻个白眼，挂机，钻进车内。

一路上，姚蜜言小姐都非常地安静，这种安静又不太一样。平常，卢雨寒在旁边开车，她都会呆呆地望着车外，而现在的姚蜜言，却歪着头，一双不大不小的眼，亮晶晶地盯着旁边的男人。

卢雨寒被盯得浑身直打颤，这女人，这么盯着自己就不怕出车祸吗？难道，卢展天那小子又把Lily她们的事加油添醋地说了，所以这女人现在打算让他坦白从宽？又或者，自己去陪了小姨没在她身边，她生气了？

某人在这边忐忑不安地开车，好不容易到地儿了，某女不等卢雨寒去扶她，很镇定地开门出来。只不过，在踏出门的时候，一个踩空，跟跄地往前栽，幸好某人身手敏捷地飞奔过去，才避免了一场灾难。

姚蜜言半歪着头，抬眼冲他咧开一个笑，娇嗔地说："谢谢。"

这回，某人差点脚下不稳往前栽了。从来冷淡漠然的姚蜜言，何曾向他咧开两颗门牙这样笑过？再加上，她脸上微醺的红酡，仿佛在白嫩的肌肤上染上了一层朝霞，真，真，真好看……

卢雨寒使劲诅咒着自家的堂兄，费力地几乎将那个腿软的女人连拖带抱地弄进门。

不过说来，姚蜜言虽然看起来有点步履不稳，但是表情却又似乎非常正常，而且行动也并不滞纳。一进门她就自顾自地换上拖鞋，一步一歪地摸回卧室。

某人弯腰一手拿鞋一手撑墙，目瞪口呆地目送她进房。直到那瘦弱的身影安全地消失在卧室门口，卢雨寒才赶紧回神，飞快地换鞋冲进卧室，某女趴在床上毫无形象地睡着了。

"唉。"卢雨寒长叹一声，轻手轻脚地走过去，脱掉她的鞋子，打算把她塞回被子。

某女突然一个翻身坐起来，"我要洗澡。"语气清冷而又执著。

"明天洗吧，你先睡一觉。"某人好言好语地劝着，想将她按下去。

某女手臂一挥，冲他撅了撅嘴。"洗了澡再睡。"

"可是……"可是看你这副样子，能洗澡吗？卢雨寒觉得自己一个头两个大，正要再劝，某人落在床沿的双腿使劲地乱弹，双手也胡乱舞动，打断他的话。

"好好，洗澡，洗澡。"卢雨寒双手在空中按了按，安抚她的情绪。

得到他的允许，某女很开心地又露出门牙朝他甜甜一笑，然后，爬起床在衣柜里拖出自己的睡衣，里面被压着的一堆衣物被她拽了出来，可她却像丝毫没有看到似的，又爬出去了……

卢雨寒一手打在自己后脑勺上，无奈地走到衣柜前，一件一件地将衣物叠好，放回原位。

"啊！"

"怎么了！"某人立刻冲出去。才冲进洗漱间，他大脑突地一片空白，两道鼻血轰地一下冲了出来。

袅袅的水蒸气下，娇嫩的赤裸娇躯，正不雅地跌坐在地上，一腿弓起，一腿平直，双手握在半弓的脚踝处，不停地揉捏着。喷洒的水珠从长长的薄发上顺流而下，滑过她的颈，她的肩，她的背，她的大腿，她的……

一向清冷的脸庞，在水雾中若隐若现。只余下那抿直的嘴唇，轻轻溢出的娇吟，重重地击打着某人的心脏。

"该死！"某人立刻转身，扭开水龙头，将鼻子胡乱清洗了一

下，再也不敢看旁边那副绮丽的画面，"你……没事吧？"

"好痛。"女人轻哼了一声，半带着哭音，但忽然她再次尖叫了起来，"啊！你出去！"她瞪大着眼，手忙脚乱地要将浴室的滑门拉上，却又一次未着寸缕地"砰"一声撞上滑门，顺势倒了下来。

卢雨寒望着滑门内露出的半张脸和半边雪嫩肌肤，几乎是反射性地，他立刻捂住鼻子，好像，这次没流鼻血……

"你没事吧？"半天，他才小心翼翼地咽了一口口水问道。

"没事，你先出去。"某女似乎被抓回了理智，语气很是沉稳。

"好，那你小心。"卢雨寒有些狼狈地退出，轻轻地合上门。

匆匆去接了杯冷水，一口气喝光，脑中的绮念排山倒海地袭来。卢雨寒如困兽般在小小的卧室里转来转去，极力压制脑子里不纯洁的思想。

"你怎么啦？"清冷的声音略带疑惑地在身后响起。

回头，某女歪着头看他，忽然间，她的笑容如雪莲花般绽放："嘻嘻，你有反应啦？"

卢雨寒老脸一红，不自在地从她松散的睡衣里裸露出的锁骨处艰难地移开目光。轻咳一声，恶声恶气地道："好了，睡觉！"

"睡觉就睡觉嘛！那么凶干吗？"某女撇着嘴，摇摇晃晃地与他擦肩而过。临近床边，她眼睛一闭，轰地一声倒在床上。

卢雨寒朝天花板翻了个大白眼，无奈地走上前替她脱下鞋子，再极力地克制自己，将她掀进被子里后，然后像遇到猛虎般连连后退。

被欲望激得浑身火烧火燎的某人，只觉得四周都是烈火，不断地在烧烤着自己的灵魂。他一边深陷其中，一边却不得不狠狠地克制自己。

"唔，睡觉啦！"床上的某女翻了个身，手胡乱摸了摸，似乎不习惯没有抱枕的日子。半睁了眼，扫到他的影子，朦胧地邀请他赶快睡觉。

睡吧睡吧！柔软的床铺，娇嫩的身躯，似乎都在向他招手。

卢雨寒其实一直很佩服自己的忍耐力，跟这女人在一起同床共枕都一个多月了，竟然纠结这么久都愣是没下手。

一是因为他答应了她不动她，二是因为他想好好珍惜她，只是今天，这禁咒忽然被浴室的那一幕给打破了。

某人现在忍得实在很辛苦，额头上的汗珠都一颗一颗地冒了出来。

"我去洗澡，等会儿。"狼狈地丢下这句话，某人夺门而出。

床上的某女这才安心地继续闭眼睡觉。正睡到酣处，她身旁被子一掀，半边床被压了下去。瘦弱的小手立刻缠上去，忽然，她被他裸露的手臂肌肤冻得打了个寒战。

"啊！冷！"小小的身子，顿时缩了回去。

卢雨寒没有回答，将灯关上，也没有像往常一样去揽住她。因为他刚刚才浇了冷水，怕把她给冻着了。

本来，两人这样一个怕冷，一个怕她冷，在黑暗里相安无事地过上一夜，也循了以往两人互不往来的规律。但前提是，如果姚蜜言小姐不是在酒醉状态下的话……

"唔，抱……"某女的声线在黑暗里哗地一下打破沉寂，手臂也如蛇般缠上他的胸膛。

顿时，卢雨寒心跳如鼓。

"女，女人……"卢雨寒咽了口水，血液又开始倒冲。

大概是因为卢雨寒的身体回暖，姚蜜言非常满意地哼了哼，将大半个身子都压了上去，半干的头发被一丝一丝散在某人身上。

什么叫冰火两重天？什么叫又热又冷又无奈？卢雨寒终于体验了一把传说中的另类快感，全身紧绷，丝毫不敢动弹，生怕一个控制不住，身上这个人儿就会被他撕成碎片，成了他的腹中食。

只是，光是半个身子压在某人身上还不够，某女贪心地将腿也压了上来，一边压一边蹭。"好热啊！"某女咕哝道。

某人内流满面，咬紧唇一手紧握，一手死死地抓住身下的被单。

挺住，挺住，卢雨寒，千万要挺住啊！

"你是不是很难受？"大约是察觉到某人的呼吸粗重不稳，清凉的女声在夜里显得悠长绵滑。

卢雨寒在黑暗里使劲翻着白眼，这不是废话吗？

"真的很难受吗？"小脸钻啊钻啊，钻出被子，在某人的面颊上碰了碰，感觉到他浑身僵硬，突然嘻嘻一笑，"嘻，要不要我帮你呀？"

要你帮个鬼，赶快睡你的觉就是！

见他还是不说话，姚蜜言同志忽然垂下头去，在他的颈子上咬了一口："坏，不理我……"似乎是撒娇，又似乎是嗔怒。

卢雨寒欲哭无泪，他不敢说话是因为谁啊？老是任由她那双小手在自己腰部不规矩地摸来摸去，自己迟早炸了不可。"乖，睡觉。"无可奈何的某人不得不出声，阻止某女的继续侵袭。

可是，话音刚落，胯部的睡裤忽然一松，紧接着，一只冰凉的小手钻了进去……卢雨寒不由得狠狠打了个寒战，喉间溢出一丝无力的呻吟。

"不好玩。"某女半埋怨地道，然后缩手，长长地打了个哈欠，"好困，睡了哈……"

卢雨寒拎着裤头，一边喘气一边瞪大眼睛磨牙。该死的女人！被怒火和欲火双重攻击的某人，终于在忍耐的临界点，爆发了！

脑子里空白一片，三下五除二地扒光自己，再也管不住手上的动作，只知道，吃了她，吃了她，吃了她……

……

冬天的清晨，在窗帘的缝隙中，悄悄探出了一缕金色光芒。

床上的一男一女，紧紧相拥。

忽然，苍白的手臂动了动。男人迅速地张开眼，正好碰上那双清冷的眸子。

"女人……"卢雨寒心虚地半咬着唇，撇开目光，却不由自主地收紧了双臂。

苍白冷漠的脸，微微皱了皱眉。下身传来的酸痛感，自然很明显地让她知道发生了什么。

"放开。"清冷的声线，在小小的卧室里微微流转。

"女人……"卢雨寒不放，将手臂又收紧了些。

"痛。"姚蜜言被箍得很痛，更是将眉头皱得死紧，"放开我。"

卢雨寒忙松了劲，但手臂仍圈着她，"不要。昨晚上是你挑逗我的……"

"我知道。"

知道那你还怪我？咦，她知道？她说她知道？某人瞪大眼睛朝她看去。

见他仍是不解的样子，姚蜜言没好气地翻个白眼，拍了拍他的手臂，"我要去洗澡，放开。"

"你不怪我噢？"卢雨寒咧开了嘴，一定要得到自己的答案才敢放手。

某女皱眉，但还是点了头。

"那……不准赶我出去喔！"天知道，某人最怕的就是这个。

姚蜜言无奈，只好道："知道了，不赶你出去。可以放开了吧？"

被放得自由的消瘦背影，捂住胸前的春光，将落在他那边床侧的睡衣捞了起来。才站起来，腿脚一软，她踉跄地两步，感觉到一阵晕眩。

卢雨寒赶紧爬起来抱住她，一脸焦急："女人，没事吧？"

姚蜜言挣脱他的怀抱，揉了揉太阳穴，"没事。"说罢，她捡了干净的衣物，踉跄地出门去了。

身体酸痛的某女头痛地抚额，她是很想忘记昨天晚上发生的一切啊！但是该死的酒品竟然让她记得所有的事情。就连他在激情过后，为

229

她仔细擦拭身体的细节,她都记得一清二楚。她不知道是该一头撞死,还是该一头撞死他。

纤细的手指插入薄发,仰头对着莲蓬喷出的水雾,任凭那晶莹透亮的水珠洒遍全身。

也罢,就作是一场梦。如果他只是因为得到自己的身体,那么,他也该功成身退了。

"女人,你洗了一个小时……不会晕了吧?"外面传来敲门声。

女人这才抹了抹脸,回应道:"没有。"

门外的声音消失。待她出得门去,一股菜香味扑面而来。将衣服抱到洗衣机旁,才发现被单被套什么的,已经被放进了机器里正在清洗。

姚蜜言抿了抿嘴,将衣物放下,转回身,一下撞进那深幽的眸子里。仿佛含着浓浓深情的目光,想要一点一点地将她融化。

心里扯了个嘲讽的笑容,何必呢?装得这样深情。你不是已经如愿以偿了吗?

"女人,做我女朋友吧,好不好?"男人迎面走来,将她拥进宽阔的怀抱里,下巴抵在她的头顶上,略忐忑地请求道。

"好。"

清冷的声线传来,让某人差点以为自己幻听。着急地抓着她的双肩,盯住她的眼,卢雨寒欣喜若狂地道:"真的?你愿意做我女朋友了?"

"嗯。"女人撇开脸,挥开他,消失在他的视线中。都这样了,是不是恋爱关系,似乎都不重要了。

回到卧室,姚蜜言长长地呼了一口气。像往常一样打开电脑,上线,这时某女才发现自己的脑子里已经乱成了一锅粥。

【私聊】恋天唯栀:对不起,昨天我失态了。

姚蜜言微微失神,才一天而已,就让她从一个世界,到了另一个世界。

【私聊】恋天唯栀：蜜，你上了。

【私聊】人生0322：？

【私聊】恋天唯栀：没什么，只是，昨天激动了，让你笑话。

【私聊】人生0322：哦。

【私聊】恋天唯栀：把我昨天说的话忘了吧！那个男人好像还可以，只要你喜欢就行。

【私聊】人生0322：哦。

【私聊】恋天唯栀：没什么事了，就是，如果你有时间，我们见个面，我想把一样东西还给你。

这个恋天唯栀，到底是谁呢？姚蜜言半支撑了头，微蹙眉头盯着屏幕上那句话。

就在姚蜜言思考的时候，一双手忽然搭在她的肩上，吓得某女一个哆嗦。回过神来赶紧要去关游戏，却干干地将手停在了鼠标上。

她为什么怕他看见恋天唯栀对自己说的话？她为什么怕他生气难过或者是不高兴？

"怎么了？"低沉的嗓音里含着雀跃，还有一丝疑惑。顺着她的目光看去，某人的手臂又僵了僵，"他是谁？"可能觉得自己的语气太过僵硬，他又低下头，用脸贴着她的面颊，轻柔地道："你认识的？"

姚蜜言略慌乱地移开脸。尽管两人有过最亲密的接触，她还是不习惯他呼吸出来的温热气体轻拂自己的感觉，酥酥麻麻，让她的心底痒痒的。

"不知道。"

"他认识你？"

"可能。"

"喔……"男人明了地将搁在她肩上的头点了点，双手忽然伸长，左手放在键盘上，右手握住她的手，将光标移到对话框处。

【私聊】人生0322：今天吧！约在哪儿？什么时间？你电话多少？

"你……"姚蜜言惊愕地转头，他干吗替自己做决定？但她只看

见他好看的侧脸和略带闪光的眸子。

男人闻言,低头在她的唇上点了一下,而后笑开,"你不想知道他是谁吗?"

姚蜜言暗地里撇嘴,明明就是他自己想知道是谁。再将视线拉到屏幕上,恋天唯栀已经将时间地址和联系方法说了出来。

某人念了一遍,转身去用手机记下,"女人,吃饭了。"

"哦。"姚蜜言应了一声,挠了挠半干的头发,跟恋天唯栀道了声,正要下线,却在瞟到世界上的一道消息时,心底的某处使劲翻滚。

【世界】银色妖精:毛驴倒着跑在不在?

花心大萝卜!死萝卜,臭萝卜!又勾搭人家小姑娘了!

"世界上有人找你。"隔了一会儿,清冷的声线才很镇定地说道。

"谁啊?"正在往外走的某人不解地回头问道。

"叫银色妖精。"

"不认识,不管她。"说罢,某人便跨出了门去。

某女的心情忽然间又好了起来,嘴角微微勾了一下,轻快地将游戏一下,电脑一关。

饭桌上,某人不断地给姚蜜言夹菜,吃不到两口,就傻笑着看她。

姚蜜言望着碗里堆满山的饭菜,无奈地眨巴着眼:"你干吗?"

"没,没……你快吃,这些都是……呃,补血的。"某人很严肃又赧然地道。

姚蜜言脑子里轰的一下,不知道怎么的就想起了昨天晚上的一幕幕纠缠,立刻将头埋进碗里扒饭。

"吃完饭,去逛下,到下午2点去见恋天唯栀。"某人得意地开始安排接下来的流程。

姚蜜言终于不解地抬头:"你今天不上班吗?"

"翘班。"某人面色很正常地回答。

就在某人的强烈要求下,姚蜜言拗不过他,乖乖地跟他去"逛街"。

大约是心疼某女昨天晚上被摧残,所以一路上,他将她整个都揽在怀里,恨不得直接抱她出门才好。

姚蜜言一言不发地抱着奶茶在他的搀扶下慢慢行走。大街上来来去去的人里,有无数对像他们这样亲密的恋人,姚蜜言有点失神。他的胸膛很宽厚,他的臂膀很结实,他的大手很温暖。如果,一直这样下去该有多好?姚蜜言长长地叹了一口气。

"怎么了?"卢雨寒正在看衣服,听到她叹气,立刻收回目光,放在她腰上的手也不禁加重了力道,"是不是累了?"

"没。"摇头。

"累了就说。"卢雨寒爱怜地用另一只手拨开她面颊上的发丝,"这件衣服怎么样?"

顺着他的手望去,姚蜜言眨巴眨巴眼,"还好。"

卢雨寒点了点头,又走了几步,指指其他几件,耐心地问道,"这件呢?"

"还好。"

"还有这件?"

"还好。"

时间,就在这样的一问一答中过去。终于,卢雨寒满意地点头,骚包地打了个响指:"美女,帮我把这个、这个、这个……全部包起来。"他所指的全是刚刚被某女说"还好"的物品。

"……"姚蜜言目瞪口呆。

导购员却乐得鼻子眼睛全没了:"是!先生,你还要看看男装吗?"

"不用了。"卢雨寒的目光继续在一堆衣物里寻找,腰上忽然传来一阵痛,"怎么了?"他忙用大手包住自家女友的小爪子,不知道自

己哪里惹了她。

"败家子。"某女恨铁不成钢地抽回手。

卢雨寒嘻嘻一笑:"女人,你怎么知道我是送给你的呀?"

是傻子都知道好不好?姚蜜言狠狠翻了个白眼,"退了,不要。"

"别啦!"卢雨寒赶忙四下看了看,压低声音道,"我刚刚的样子不帅吗?你看我好不容易才耀武扬威一下,这会儿退掉,人家得怎么看我呀?"

某女已经完全失去了语言功能,狠狠地剜了他一眼,低头喝她的奶茶。

卢雨寒这才屁颠屁颠地跑去结账,然后一手拎着大包小包,一手牵着她将物品丢进车内,继续扫大街。

掐好时间,两人赶到与恋天唯栀的相约地点。

第十六章 过去的回忆

掐好时间，两人赶到与恋天唯栀的相约地点——一家欧美气息浓重的咖啡厅。

略带着不舍的眸子，流连地盯着桌上一本发了黄卷边的笔记本发呆，忽然她的手机铃声响了起来。

"31号桌。"

"嗯，好。"漂亮的脸上，卷曲的睫毛刷地覆盖住那美丽的眸子，深吸一口气，然后张开。一个清冷的人儿出现在他的视野，若罂粟般的绝美笑容绽开。

"蜜姐姐，你来了。"声音撒娇，却又并不稚嫩。

"嗯。"姚蜜言在他对面坐下，"阿栀，你找我什么事情？"

是的，没错。在游戏里深沉高傲，性子阴冷但却通情达理知晓事故的恋天唯栀，便是这个如陶瓷一般的娃娃——阿栀。

"蜜姐姐还记得我呢！"阿栀略带羞涩地垂了头去，幽幽地道。

"我跟你叔叔感情很好。"姚蜜言不动声色地看着他手上压住的那一本笔记，眼眸却缩了又缩。

"可是，我却比小叔先认识你。"阿栀抬头，眼里满是坚持。

姚蜜言端起咖啡，轻轻抿了一口。

"是因为这个吗?"姚蜜言下巴点了点桌上的笔记本。

"嗯。"阿栀抿唇,像做错事的孩子一般,低低地垂下头,"对不起,我不是故意不还你的。"

"已经过去了。"清冷的声线配着苦涩的滋味,无论怎样,都是过去。

"我只是,太喜欢你的文字,我不知道里面有你当时急需的稿件。"阿栀喃喃地道,仍是不敢抬头看对面自己倾心的女人。

姚蜜言淡然地喝着咖啡,脸上没有一丝表情。

"对不起。后来我听社团的人说了,因为这事,让所有人都误会你是故意拖社团的后腿,还……"

"我说了,已经过去了。"姚蜜言忽然将咖啡放下。

"对不起。"阿栀闪亮的眸子昏暗昏暗的,眸子里有着雾气。

"如果你今天是来说对不起的,我接受了,现在可以把东西还给我了。"姚蜜言淡漠地道。

"嗯。"阿栀小心翼翼地看了看手下的笔记本,终于将它推到对面。而后松了一口气似的,语气忽然轻松起来,"蜜姐姐,我很喜欢你。"

姚蜜言仿佛没听到似的,打开笔记本,第一页内一张已经泛黄的旧照片上,一男一女微笑着相拥,很快乐,很幸福。

"从看到你的文字,开始想象你是什么样的人,到看到你的故事,开始可怜你。进了S大,才知道你受过的委屈和发生过的事。只可惜,君生我未生……"告白渐渐地弱了下去。

"直到看到《碎天星》,我才知道原来你还是这么坚强。主人公的父母,是你的父母写照吧?我知道小叔是你的编辑,可我从来都没说。因为我想自己一个人私藏……可是,现在你有了他……"幽幽的视线慢慢地转到外面的停车位上。

姚蜜言摩挲了一阵那张旧照片,抬头时带了淡淡的笑容,"谢谢你,把它还给了我。我先走了,再见。"

对面的男孩，孩子气地笑开了。

"再见。"

"你是说，陈自咏的侄子暗恋你？"卢雨寒瞪着眼睛一边开车一边拔尖了声调。果然，上次吃饭就见那小子不对劲，还真让自己猜着了。

"什么暗恋？"姚蜜言没好气地瞥他一眼，摩挲了一下手上的笔记本，轻轻地打开，目光停留在那张照片上。

"好！不是暗恋，是明恋！"某人很是吃味地瘪着嘴。该死的恋天唯栀，怎么那么讨厌啊！卢雨寒抽空瞟了一眼，看见刚刚被她的头挡住的笔记本扉页。那张被透明胶布细心地贴在扉页中央的泛黄照片上，一男一女笑得异常幸福。

"你……父母？"

"嗯。"姚蜜言轻轻地回答。

"他们……"

"啪"地一声，笔记本被合上，"我要吃糖醋排骨。"

"呃？"某人眨巴眨巴眼睛，被她突然转移开的话题闹了个痴呆，"你怎么就喜欢吃这个，小心长蛀虫。"

某女冲他皱了皱鼻子，不说话。左手压着笔记本轻放在大腿上，右手支撑了脸，呆呆地望向外面。

不大一会儿，已经到了超市下面的停车场。卢雨寒正要停向一个空的停车位，却突然横里插进一辆红色小轿车，嘎吱一声，拉起长长的刺耳刹车声。

卢雨寒微微皱了皱眉头，但没有作声，打个转，在那红色小轿车的旁边停下。

两人下车，往出口处行去。身后传来急匆匆的高跟鞋踢踏声，卢雨寒拖着某女的手，往旁边让了让。

姚蜜言只觉一阵风过，然后头皮传来一阵痛，"哎哟……"忍不

住皱眉按了按后脑勺，纤长的发丝在风中被扯得断成几截。

"对不起。"娇俏的身影听到姚蜜言的轻呼，立刻转回身来道歉，"怎么是你们？"

"鱼鱼？"姚蜜言眨巴眨巴眼，也不由得惊呼。

"啊！兮兮啊！我找了你好久啊！"鱼鱼精致的脸上瞬间绽开美丽的笑容，直接扑过来挂住她的脖子，半撒娇道。

"呃……"姚蜜言被勒得有点翻白眼。

"啊啊啊啊！"忽然，鱼鱼又尖叫起来，"兮兮，我没空跟你说这么多了！我男朋友生病了，他说要吃鱼片粥。我先走了哈！对了，我电话你记一下……"一想到自家男朋友，鱼鱼立刻就放开了某女，神情也不由得焦急起来。

卢雨寒拿出手机记了一下，然后回拨过去。

鱼鱼见到他，很是奸笑了两声，然后冲姚蜜言挤挤眼，像蝴蝶一样翩然而去。

姚蜜言摇头，这孩子的性子，可真是单纯。

两人很快买好菜回家。

姚蜜言趴回电脑前挖材料，卢雨寒见还没到吃晚饭的时间，便进了卧室，骚扰自家媳妇。

姚蜜言很郁闷地翻白眼，旁边的位子不坐，他偏偏要挤到她屁股下面当座垫，"该干吗干吗去。"

"不要。"某人温香软玉在怀，才不要一边去呢！

"我码不了字。"

"那就不写了嘛！"大手忽然钻进厚重的衣裳，贴着滑腻的肌肤。呼着热气的大嘴立刻将他垂涎已久的白玉耳垂吞进去，不停地挑逗着……

冰凉的卧室，渐渐升温。姚蜜言被耳上的酥麻感刺激得浑身瘫软，不自在地扭动身子，再也说不出完整的话来。

有人说，女人清冷，是因为没有享受过鱼水之欢。已经人事的女人，对昨天晚上被掀上顶峰的快乐感觉，却是无论如何也忘却不掉了的。她身体的某些部位，就像慢慢开始苏醒的植物一样，不自觉地迎合着他的挑逗，并发出让她自己都控制不了的呻吟声。

忽然一个腾空，某女被打横抱起，挪到床边。还没等她从被丢在床上的惊愕中回过神来，某人已经快速地扒掉身上的衣物，带着熊熊的火焰压下来。

他在她的身上，烙刻着只属于他的印记。

一丝一丝的缠绵，一缕一缕的纠葛。仿佛一生一世，极尽温柔……

又是一晌贪欢，惨遭蹂躏的女人，昏昏沉沉地睡去。

俊逸的脸上，那深邃的眼眸，慢慢地加深了颜色，目光久久停留在她如婴儿般的睡颜上。

女人，如果失去了你，我该怎么办？到底要什么时候，你才能放开心怀接纳我？

直到某女悠悠醒来，慵懒地在被子里伸了个懒腰。酸痛的腰部瞬时让她扯了扯嘴角，很好，该死的花心大萝卜，赔她的腰来！

"女人，吃饭了。"卢雨寒轻轻地走来，在日光灯下，晕着一丝七彩光晕，让姚蜜言有瞬间的失神。

好不容易爬上饭桌，某人就开始狂轰乱炸地要某女跟他回家过年。

"不去。"

"去嘛！"

"不去。"

"去嘛！女人，你一个人，我不放心。"

"不去。"

"女人……"卢雨寒很无奈，"那，你不去，我就出来跟你过！"

"……"威胁,绝对是威胁。

"反正我也没有出来过过年,嗯,那就这样好了……"卢雨寒觉得自己的决定非常英明。

姚蜜言磨了磨牙,将饭碗重重一放,吓得某人赶紧收起笑容,乖乖地扒饭。

"跟你去。"过了半晌,清冷的声线极不情愿地在空气中缭绕。

耶!卢雨寒在心里举了个胜利的手势。

接下来的几天,卢雨寒依旧朝九晚五的上班,姚蜜言依旧睡觉睡到自然醒,码字码到人穿越。有了第一次,便有第二次,第三次……几乎每晚,卢雨寒的作战力都持续地坚持下来。这让姚蜜言很郁闷,之前他都没有碰过自己,那时候他是怎么宣泄的呢?

"女人!"人未到,声先到。

姚蜜言淡然地关上文档,回到游戏上看了一眼。修长的身影出现在门口,斜斜长长的影子拉下来,显得有些萧索。

"喂,女人,你怎么可以把我写成流氓啊!"某人很不满意地走到她身边,将她包裹着移到自己腿上。

"你不就是流氓?"某女狠狠地翻白眼。

"你才流氓呢!"卢雨寒气不过,嘴一张,将她的鼻头咬出牙印,方才罢休。臭女人,竟然把他写成调戏女主的花花大少,太讨厌了!

"女人,人家不要当男配啦!人家要当男主,好不好?"哆声配着他的鼻子,一拱一拱的,扰乱女人的思维。

"男主性无能。"某女表情正常地道。

拱着的某人忽然间停下了动作,抽搐几下嘴角道:"那还是算了。你欺负我。"

装吧装吧你就!姚蜜言在心里狠狠吐槽。随即想起来很不爽的事,脸色变得异常苍白,"银色妖精又找你了。"

"啊？"忽然话题被转移，卢雨寒非常不适应，眼睛眨巴了好久，才憋出一句话，"银色妖精是谁啊？"

"我怎么知道？"姚蜜言跳下某人的大腿，下巴朝屏幕上一抬，"自己看。"

说着，某女已经抱着杯子爬出去找水了。

卢雨寒疑惑地皱眉看向屏幕，世界上，那个叫银色妖精的隔一段时间就会蹦出来问毛驴倒着跑在不在。

【私聊】人生0322：你好，我是毛驴倒着跑，请问你是？

【私聊】银色妖精：[惊讶]

【私聊】银色妖精：啊！你是卢大哥呀！这个就是你女朋友的号吧？

【私聊】人生0322：我们认识吗？

【私聊】银色妖精：卢大哥你忘啦？我们元旦见过呀！那天在你家。

元旦？不就是带姚蜜言回去的那天？这个银色妖精，就是自家母亲大人的学生，名叫李银的那位？

【私聊】人生0322：你是李银？

【私聊】银色妖精：嗯嗯！卢大哥好厉害，还记得我的名字喔！

【私聊】人生0322：原来是你啊！找我又什么事吗？

【私聊】银色妖精：是这样的，我是悄悄来网吧的，那天看到你跟你女朋友的照片后，才知道原来你就是卢大哥呢！我替小月的事向你道歉。

【私聊】人生0322：？

不知道什么时候，姚蜜言已经抱着陶瓷杯进门来了，站在他的身后，将屏幕上的对话看了一遍后，不自觉地勾了勾嘴角，低下头喝茶。

卢雨寒伸长猿臂，搭在她的腰上，把她揽近了些。

【私聊】银色妖精：小月在游戏的名字叫月色朦胧，卢大哥你应该知道吧？

【私聊】人生0322：知道。

两人对望一眼，这月色朦胧，看样子确实是有点故事呢！

【私聊】银色妖精：其实事情很简单，就是小月最近找了个男朋友，然后她的男朋友经常上她的号。一开始盗你的号，其实也是她男朋友做的。不知道什么原因，那男的就一直很讨厌你女朋友，然后老是上小月的号要杀人，两人都因为这个吵了很多次了！

卢雨寒瘪着嘴，原来，人家是冲着自家老婆来的啊！

"女人，老实交代，是不是你在外面的风流债？"

姚蜜言衔着一口水，吞也不是，吐也不是，狠狠翻白眼。

【私聊】人生0322：谢谢你小银。盗号的事情已经过去了，对我没有什么影响。

【私聊】银色妖精：不客气。我只是想让你不要再怪小月，她其实人很好的。但是小月不想让人知道她在现实有了男朋友，所以每次她都假装说是盗号。可是……那男的用她的号已经骗了好几个人了。

真是奇怪的孩子，明明知道对方喜欢骗人，那为什么还要跟他在一起呢？难道爱情，可以让人失去最基本的道德判断力？

【私聊】人生0322：脚踏两条船，迟早会翻船。

【私聊】银色妖精：唉！卢大哥，你不知道，这事很复杂。小月游戏里的老公对她一直都挺好的，小月不想伤害他。那个男朋友，也是游戏认识的，叫什么来着……

【私聊】银色妖精：对！淡漠封心。不过好像也不是那个号的本人。

见到有人提起某女在游戏里唯一的小弟，姚蜜言顿时盯着电脑，脑子里迅速地搜索有关资料。

淡漠封心说过，他跟月色朦胧认识，他的一个朋友跟月色朦胧很熟。淡漠封心似乎还隐晦地提到过，他的朋友知道月色朦胧的账号密码。

月色朦胧现实的男朋友，便是淡漠封心的朋友，所以淡漠封心因为他朋友的关系,才听了月色朦胧的话?这个月色朦胧,还真是……

【私聊】银色妖精:卢大哥,你以后千万不要把账号密码告诉小月啊!她一般是不会找别人要账号密码的,但是她那个男朋友就不一定了!

【私聊】人生0322:谢谢,我本来跟她就不怎么熟。

【私聊】银色妖精:那就好,我见过她账号上被偷过来的东西,好多钱呢!你的装备那么好,那男的肯定会惦记的!不过暂时应该没问题,那男的回台湾去了。

【私聊】人生0322:台湾?

【私聊】银色妖精:对呀!那男的是台湾人。唉,小月真是的,为了一个小孩子闹得自己吃不好睡不好。那男的说的话根本不能信啊!他说等他两年,他就娶她回台湾,还说他家很有钱什么什么的。小月啊!真傻!

看到这里,两个人终于知道了一点内幕。

那个年龄或许并不大的男孩,经常利用月色朦胧的账号作一些偷鸡摸狗的动作。大概是因为那次他被人生0322给打乱了盗号,所以一直怀恨在心,想着办法要找她麻烦。

而月色朦胧为什么一直忍耐她的现实男朋友在游戏里作乱?即使跟他吵架也不愿意分手?

"唉!女人啊!就是这么爱慕虚荣,这月色朦胧不就是看上了那张身份证?"卢雨寒嘲讽地摇头。

"当"地一声,身后,传来瓷器掉落的清脆响声。卢雨寒转头一看,消瘦的女人苍白着脸,眼神空洞地盯着屏幕。

"女人?"察觉到她的不对劲,他试探地唤了她一声。

女人被唤回神,慌乱地蹲下身子,去捡那些已经碎掉的瓷片。

"别,女人!我来。"卢雨寒忙扯住她的手,却不小心将她手上的瓷片带出,划出一道长长的血痕。鲜红色的血珠随着瓷片飞出,在空中张扬起高高的抛物线。

"女人,你没事吧!"卢雨寒焦急地想要将她的手攥过来,姚蜜言却苍白着脸奋力后退。

姚蜜言挣脱他的手,狼狈地坐在地上,满眼的空洞带着疮痍和凄凉,深深地震撼他的心。

她,究竟怎么了?

"出去。"清凉的女声在卧室里流转。

"女人!"不可置信的眸子瞪着她忽然绝情的脸。

"出去。"面无表情的人儿一字一顿。

"女人,你到底怎么了?"顾不得心底爬上来的恐惧,卢雨寒慌忙凑近她,想要将她攫入怀里,褪去这突然而来仿佛就要失去她的害怕。

"出去!"一向清冷的声音忽然拔尖了音调。大吼过后的女人大口大口地喘气,跌落在床沿的阴影里,狠狠地抓住手上破碎的瓷片,一滴一滴的鲜血从她的手指缝里滴落,在地板上溅起绝美的血花……

卢雨寒想要接近她的身体,却僵硬在原地。

"女人,有什么事情,你就不能跟我说吗?我真的就那么不能让你信任吗?"

"女人,你说过不赶我走的,你要食言了吗?"

"女人,哪怕我爱你爱得这样小心翼翼,你还是没法接受吗?"

"女人……"

他掩藏着他所有的自尊与骄傲,只为搏她红颜一笑,可终究,空梦一场。

"出去。"清冷的声音,似乎只会重复这两个字。空洞的眼神里,没有半点情感的波动,仿佛他只是个陌生人。

终于,男人锁住她的视线,轻轻地移开了。嘴角勾了个嘲讽的笑容,卢雨寒潇洒地起身,步子却如千斤般沉重,每一步带着沙沙的音响。

男人的心一直提在胸口,只要她轻轻地"唉"一声,他马上回头。很可惜,一直到他出了门口,消失在她的视野里,男人还是没有听到梦里的声音。

女人,我走了。

铁门"哐"地一声被关上,跌落在床沿的女人怔怔地抬起满手的鲜红,直到那晶莹透亮的泪珠滴落在一片红色当中,慢慢地晕开,融了进去。

"哇……"女人终于忍不住,瑟瑟地抱着双腿,大哭起来。

"叶家的脸,都让你丢光了!你还回来干什么?"

"叫你不要去不要去,结果呢?"

"你脱离叶家的时候,这个孩子就跟我们没了关系!"

回忆如潮水般涌来,淹没人的理智。一声一声的抽泣,在寂静的卧室里久久不散。

童年的片段就像被剪切的旧影片一样,残缺而又破败。当初不晓世事的她,瞪着眼睛看看世界,入目一片冰冷。

泪眼朦胧中,她似乎看到爸爸的笑脸,还有妈妈幸福的依偎。

叶家是书香门第,名门望族,却出了一个被认为是污点的女儿,带回了被认为是污点的她。

消瘦的身躯在冰凉的夜里颤抖。如冬风里的一片树叶一样旋转着,找不到可以落脚的方位。

如果,这些,只是过去,该有多好?

无助的呜咽在冬天的夜里萧瑟地悲鸣。姚蜜言记不清自己有多久没有这样哭过。就连亲人们,一个一个相继离开,她都忘了去哭泣,可是她偏偏忍不住在他的面前失去了镇定。

二十多年的委屈和痛苦,突然之间找了一个宣泄口,如决堤的洪水汹涌而来。

手心的痛,远远比不上心上的麻木。

爸爸、妈妈,就让我再哭一次。外公、外婆,就让我再放纵一次……

过去,只是一条长长的生命线,将自己缠得越来越紧。最终,自己就如那退缩的蚕,紧紧地关闭上最后一扇心门。

颤抖的女人抱着血液干涸的手,在泪痕中沉沉睡去。

这一夜,只有地上那清冷的瓷片反射的光芒,映照在她无助的脸上。

直到第二天昏昏沉沉的醒来,清冷的眸子悠悠张开,失神地望了一眼地上的狼藉。再抬手看了看手心的伤痕,她不由自主地将手心凑到了嘴边,伸出舌头,一点一点地舔舐那干涸的血液。

腥味仍充斥着鼻腔,舌头触碰到血痂,引起轻微的战栗。

一半是疼痛,一半是酥麻。姚蜜言忽然记起,曾经有一天,昨天那个悲伤的深邃眸子的男人用舌头为自己止血的情景。

一个失神,牙齿磕碰上伤口,顿时牵扯起长长的心疼。

收拾好心情,瘦弱的身影扶着床沿站起,无视地上的狼藉,慢慢地踱到阳台。

外面的天,正是蒙蒙亮,她从未这样早起。初升的光线,柔和地洒下来,映那些人那些房子那些树木全是嫩红的色彩。

多好的一天啊!果然,过去的事,终究还是过去了。

现在留下的,是她,姚蜜言。

不管曾经发生过什么,她只想活下去,好好地活下去。

消瘦的背影凭栏眺望,微风拂起她长长的薄发。

隔了许久,女人才慢慢地转身,回到卧室,一点一点地,捡起那些碎片。在拿起那片带着蜜字的瓷片时,张扬的"^_^"忽然间拨开了所有的阴霾。

"笨蛋……"清冷的女子,略启朱唇,如是道。

被称为笨蛋的某人,此刻正在自己的大床上翻来翻去地睡不着。准确来说,是他已经一整夜未曾睡着过了。姚蜜言凄婉的表情深深地烙印在他心底,让他不敢轻易碰触。

女人，我该拿你怎么办呢？

卢雨寒深深地叹气，揪起丝绒被，蓦地盖上自己的脸。在浑浊的空气里，越来越粗重的呼吸让她的面容越来越急促在他的脑海里闪过。

那时，她绝世无双的清冷气质，孤独却又倔强。

那时，她蜷缩着身体任自己替她吹干长发，如受伤的小兽。

那时，她吟着笑，调笑他的大小。

那时，她抱着被子发抖，只因为怕黑怕冷。

那时，她可怜兮兮地缩着鼻子，说要吃糖醋排骨。

那时，她淡然地为他强化腰带，认真却又执著。

那时，她醉酒后的慵懒和调皮，可爱又可恨。

那时……

脑子里，盘旋的全是她。包括她绝情地赶他离开，包括她死守着她的过去不肯坦诚，包括她始终无法全盘相信和接受自己……

卢雨寒烦躁地揉了揉脑袋，揉碎了心，却仍然忍不住担心她有没有吃，有没有睡，有没有开心。

那个该死的女人。

卢雨寒苦笑，心情早已不如昨夜的激动，除了心疼，还是满满的心疼。这些日子，自己太过在乎那女人，以至于开始失去他自己。

现在，还是让她多冷静冷静吧！

下定决心，卢雨寒跃起，飞快地洗脸漱口刮胡子，对着镜子里略微憔悴的自己，扯了个微笑。手指一拨，额前发尾微微落下。他还是那个大帅哥卢雨寒啊！

整洁的西装外套在空中划了个半弧，落在他的身上。

房门轻轻被带上，只留一地叹息。

第十七章　你会回来吗

日子，就这样不咸不淡地过着。

在外人看来，卢雨寒仍旧是那个再正常不过的卢总编，有时会吊儿郎当地笑，有时会严肃狠厉地批评人，有时会拽拽地装酷，有时会臭屁地开个玩笑。

没有人看到，当他单独一人时，脸上只剩下面具里的怔然。有好几夜，站在阳台上发呆发到半夜；有好几次，在红绿灯前遗忘了时间……

离放假回家过年的日子越来越近了，她还答应过他，要跟他回家的，现在看来，怕是要食言了吧？

正想着，门外传来敲门声，打开一看，正是自家那不成器的堂哥卢展天。

"小寒啊！哥哥我被人追债没地方躲了，收留我几天吧！"卢展天大喇喇地无视某人，直接钻进房间打量起来，"哎呀呀，都几年了，你也不打算换个样儿？"

"又干什么坏事了？"

"没，哪敢……"卢展天不满地撇撇嘴，左右转了转头，"咦，那美人儿呢？你没把她弄到手？"

卢雨寒正要给他倒茶，忽然听了这么一句，手有点抖，便干脆放下，语气也变得不怎么好："再乱说话我就打电话让大伯把你收回去。"

"啊！小寒，你可不能见死不救啊！"卢堂兄就差点没跪下来抱住他的大腿哭了。

"好了好了，吃饭了没？"

"没呢！我没钱了没钱了……"无比地怨念。

"扯淡！上次炒股的钱又拿去泡妞了吧？"卢雨寒继续镇定地拿起水壶，对堂哥的不靠谱已经不再关心。

"没，没……"卢堂兄心虚地撇开眼睛，"那个，那个……我不就是，赔了点钱……"

"发生了什么事？"

卢堂兄正要回答，门口却又扣扣地响起。还不等他阻止，卢雨寒已经打开了门，从外面风风火火地闯进来一个身材火辣的女人。

"卢展天呢？"

"JOJO？"卢雨寒微皱眉头，回手正要指卢堂兄坐着的位置，瞬间，卢雨寒瞪大了眼。

自家堂兄人呢？

卢雨寒摸了摸鼻子，喉腔里哼出个音节。不知道是对自家堂兄的不满，还是对已经风风火火闯进他卧室的JOJO的不满。

眼看JOJO碰地一声踹开主卧房门，没有。再踹客房门，还是没有……某人赶紧跟上去，打算阻止她，只觉背后黑影一闪。转头，卢展天同学的骄傲身影只留下了一抹骚包的古龙水香味。

他无力地揉了揉眉心，见JOJO正打算翻箱倒柜地找，忙阻止："好了好了，他已经走了。"

JOJO诧异地回头，对上他的眼。她眨巴了几下眼，忽然鼻子一皱，狠狠地将已经翻开的衣柜奋力关上柜门，大踏步地从他身旁掠过。

卢雨寒巴不得她赶紧走，自己好消停会儿。可谁知，人家出了

门,纤腰一扭,直接在刚刚卢堂哥坐过的位子上屁股一塌,二郎腿一翘,根本没打算离开。

"他还没走远,你不去追?"卢雨寒提醒道。

妖娆的女人瞟了他一眼,被进口睫毛膏拉得长长的卷睫毛轻轻在眼睑上滑过。涂着丹蔻的手指探进包包里,摸出一包香烟和一只打火机,优雅地抽了一支叼在嘴上,她抿着唇道:"抽支烟可以吗?"

"……"拜托,你这架势已经抽上一半了,还问我?卢雨寒翻白眼,在她旁边的沙发上坐下。对方忽然扔过来两样东西,他反射般地接住,一看,正是她刚刚的香烟和打火机。

"看你眉头不展的,也出问题了吧?来一支?"高高在上的女王,骄傲地半支着右臂,优雅地吞云吐雾。抽烟的女人,有种特别的颓废美感。

卢雨寒不得不承认,这个JOJO确实是个小瞧不得的妖精。某人悄悄地吐了一口长气,打开烟盒,依样地叼上烟嘴,打火。

女王狠狠地吸了一口烟,道:"你们卢家的男人真难搞。"

卢雨寒不自在地挪了挪屁股。"他为什么躲你?"

"怕我追债呗!"JOJO很理所当然地道,见他不解,便好心地解释,"那天我刚好一个人去混午夜场,几个小崽子想灌我药把我拖出去。他看见了,就跟那帮人打了一架,把夜上煌的东西全毁了,结果没钱赔,我就帮他出了……"

卢雨寒这才恍然大悟,原来堂兄是英雄救美啊!可惜这美倒是救了,半副身家也搭上了。那夜上煌夜总会可以说是全S城甚至全国都在一线的品牌店,里面随便一个酒杯都得标价好几千,他在那里打架,还不得被讹死?不过,好像讹死他的,并不是店家,而是面前这个女人。

"你看上他了?"

"嗯哼,我老了,也该安定下来了。那小子还会过来的,我已经把他身上搜光了,他去不了别处。倒是你,需要跟知心姐姐谈一下心吗?"

"我有什么好谈的？"卢雨寒愣了愣，一没注意，烟头上的零星火焰掉在了手上，疼得他立刻跳起来。

JOJO伸手拽过一直是摆设的烟灰缸，将烟头掐灭，找了个舒服的姿势斜倚在沙发上，"你跟我那学妹，闹翻了吧？"

某人这才回神，朝她看去，喃喃地坐下，"有那么明显吗？"

"不要把我当傻子。"JOJO吟着笑，"看在我即将是你嫂子的份儿上，替你解惑怎样？"

"你跟她很熟？"卢雨寒脑子里还是有点不灵光。

"不熟，但跟小毕比较熟。"

"毕宗漠？"

"不要用这种表情看我……"JOJO有些怔忪道，思绪慢慢漂浮，开始回到四年前，"你被甩是正常的，就连小毕都不能幸免……"

JOJO的描述很简单，她上大学的时候是S大文学社社长，单纯地为了爱才，她去硬拉了进学校不到两天的姚蜜言进入考核严格的文学社，后来将她的一些手稿发在社报上，引得毕宗漠也进了文学社，然后就掀起了S大惊天雷勾地火的文学热潮。

"就这样？"某人死死掐住烟头，瞪她，"你刚刚不是说那女人甩了毕宗漠？"

"当时很多人传言她喜欢小毕，只可惜，他们进社团没多久我就毕业了。后来曾经见过小毕，那模样跟你现在差不多，也是一提起小学妹就蹦老高，所以……"JOJO耸了耸肩，脸上的表情不言而喻。

卢雨寒闭上眼睛倒在沙发上，脑子乱成一团。那个女人亲口承认她喜欢过毕宗漠，但是后来却不再喜欢了，是因为两个人签约的事？他们究竟是为什么才签下那份极不平等的条约？

"就算是这样，那也跟我没有关系……"过了很久，某人才悠悠地道。

"我敢保证，小毕不是这么轻易罢手的人。所以，小学妹不要你，绝对跟这件事有关。"

"你怎么知道是她不要我,我就不可以不要她?"某人咯噔咯噔地吊着小心肝,梗着脖子红着脸。这妖精,还真不懂得给他留面子。

"傻瓜都能看出来。上次Lily抱你的时候,她连眼皮都没掀一下。如果她对你有心,还会不吃点小醋?"白嫩的手指戳来,直接顶在他的脑门上,直把他戳得往外挪。

卢雨寒定了定心神,想着想着,心脏似乎被纤细的钢丝绳划开,尖锐的痛苦盖过了所有理智。紧紧地咬完牙后,某人气势如虹地将手伸到妖精的面前:"给我烟!"

……

嬉笑怒骂之后,是深深的孤独。

而最孤独的,莫过于生活已经塌陷一半的姚蜜言。清冷的女人捧着带有寒字的陶瓷口杯,曲肘抵栏,目光放在遥远的半空。

越过高耸的建筑,越过蝼蚁的人群,越过灰蒙蒙的天空,苍白的唇没有一丝血色,透明的脸上更没有半点表情,目光收回来后,她瞟了一眼右手边的那个寒字,轻轻地吐了一口气。

"笨蛋……"还有一个星期,就该过年了吧!

寒风袭来,单薄的身子晃了晃,终是慢慢踱进室内,反手将玻璃门拉上。

墙角处那群搬运工曾经搬来的东西,甚是有些碍眼,就像它们的主人一样。

姚蜜言踢踏着拖鞋,抿一口微凉的白开水,拐进卧室,才踏进门,一串铃声倏地划破淡漠的空气。清冷的眸子闪了闪,慢慢地走过去,翻找出他遗落在衣柜外套里的手机。

"你好。"

"兮兮,是我!鱼鱼!"对方轻快的声音传来,活泼开朗的语调顿时将卧室里的温度调高了些。

"嗯。"清冷地应了一声,姚蜜言坐回床头,继续抿着已经变凉的白开水。

"兮兮,我好想你呀!什么时候有空,我们出去逛街吧好不好?"

"嗯。"

"嘿嘿……兮兮啊,那天的帅哥……"奸笑阵阵。

"男朋友。"

"哇,兮兮你真厉害啊!真的这么容易就钓到那个编辑帅哥啦!我太崇拜你了!"

"还好。"

"不行不行,兮兮你现在有没有空,我们出来聊,我要听八卦,哈哈!"

喝水的动作略微迟滞了一秒,清冷的声线随即飘向电波的另一方:"好。"

鱼鱼欢快地报上地址,才依依不舍地挂了电话。轻轻地抓住手里的金属物体,感觉到它的冰凉,好久,姚蜜言才将手机拿下来。屏幕上,清冷的女人凑向男人那张笑得极为欠抽的脸。透明得能看见血管的手背在上面摩挲一阵,轻不可闻地叹了口气。

等姚蜜言赶到离字丰公司大楼不远的商场门口时,鱼鱼已经在那里等着了。

看见她,鱼鱼便立刻亲热地扑上来挽住她的手臂,说是刚发现一个很好很好的茶座,姚蜜言静静地任她边说边拽着自己前行。

两人走了不多久,终于来到一个幽静的去处。那是一家隐藏在众多高楼大厦里的毫不起眼的小店。外面看起来与一般的成衣店没有什么差别,但是走进去,顺着一条布满绿色植物的窄道往前,放眼望去,却是一个半露天的幽雅之处。

这店坐落在建筑的斜出一角,大半墙壁都已经被换成了玻璃,大片大片的阳光洒进来,却又在一片绿色的生机盎然中显得异常安宁。

253

每个茶座被植物隔开,甚是宁静。大约是店面的关系,并没有什么客人。连同她们两个,也总共就四个人而已。

"怎么样,不错吧?"鱼鱼像献宝地道。

姚蜜言轻轻应了声,将服务员刚倒的茶端起来抿了一小口。

居然是纯正的苦茶。这时,若有若无的旋律送过来几句男声。

"泡一杯苦茶,陪伴你到夜深,你知不知道,你总有一种很可爱的独特,让我充满勇气,抵抗冬天的寒冷,怎样做才会完美,像个男人……"

姚蜜言抱着杯子的手指关节有些泛白。

"兮兮,你男朋友舍得让你一个人出来呀?"鱼鱼也喝了一口茶,放下杯子,放低声音,怕打破了这样的安逸。

"他……不知道。"

鱼鱼歪了歪头,笑:"兮兮你真好运,我就知道你们能成的!对啦,他在字丰的代号是什么?改天我去骚扰他!"

姚蜜言低着头,抿了抿唇,"我不知道。"

"不会吧?怎么会不知道呢?"鱼鱼吃惊地眨了眨眼,然后认真地扳着指头数,"字丰的编辑都很出名的呀!像柳树、杏树、松树……柳树肯定不是了,松树据说已经四十了,橡树好像也结婚了,杏树……啊,我想起来,还有个茶树!"

姚蜜言阴沉的心情忽然被她的一顿话逗得拨开了一些阴霾,"他不是主频的……"

这一句把鱼鱼打击的,只见她转了转眼珠,忽然瞪圆了眼睛,手指着姚蜜言颤抖,半天说不出话来。

姚蜜言将耳旁的碎发拨到耳后,微蹙眉头。"怎么?"

维持受惊过度的姿势很久,鱼鱼才转了转眼珠,活了过来,说:"你……是密?"

这回,轮到姚蜜言微微吃惊了。她怎么知道的?

"不是主频的编辑就只能是女频的,女频只有一个总编是男的。

前些日子不是说了，女频总编跟密……"鱼鱼终于收回了手，眼眸里既是兴奋，又是期待，"兮兮……啊不，你真的是密？真的吗，真的吗？"

"嗯。"

"哦，我的天！"鱼鱼狠狠地拍了一下自己的额头，"兮兮你太不够意思了！啊，不，密大……你怎么能骗我呢！兮兮，你，啊不，密……"进入疯癫状态的鱼鱼已经语无伦次。

"我没有骗你。"清冷的女子低垂着眼睑，慢慢地道。

鱼鱼眨巴眨巴眼，回想从认识她到现在，她还真的没有说过自己叫什么到底是谁……反而是某人自己在那里叫兮兮叫个不停，不禁皱了小脸，"那你也不能让我误会什么都不说呀！"

"我该如何让你明白我爱你，在那之后你点头说我愿意，想照顾你，想守护著你，这一刻，只想把你抱紧……"清澈的女声传来，深深地将她缠了进去。笨蛋，你该好好听听这歌呀！我该如何让你明白，我爱你啊！

"兮兮，啊不，不对，密大，我要签名！"鱼鱼忽然递过来一本书和一支笔。

"嗯？"姚蜜言终于拉回视线。书的封面是一个破碎的蓝色星球，上书：碎天星，作者：密。

"我不记得我有出版。"

"不好意思啊！密大，我……"鱼鱼绞着手指咬唇，良久才仿佛鼓起勇气一样，道，"这个是我自己装订出来的，对不起对不起，我不是故意要侵犯你的版权……"

"哦。"姚蜜言点头表示明了，随即挑了挑眉，"签名就算了。你天天带着它？"封面有被卷过的痕迹，书页也很蓬松。

"嗯！每次没事我就要拿出来看的！"鱼鱼使劲点头，"密大，你的书写得真好，我好喜欢好喜欢……而且，你的第二部《碎天星前传》我也有看喔！太好看了，还有还有，你现在的《殇》，也好好

看……"

姚蜜言微微笑了笑。

鱼鱼仿佛被鼓励似的,继续道:"我最喜欢殇里面的那个叫小驴的男配,哇真的太帅了!如果我有他那样的男朋友,肯定不会像女主一样对他不闻不问的……对了,密大,我想问一下,女主到底有没有一点点一点点喜欢小驴呀?虽然他是男配,可是……"

看鱼鱼张着亮晶晶的眼睛望着她,姚蜜言心里被重重地敲了一下。手机上的那张照片,忽然又出现在自己眼前。他那么得意满足的笑……

"不喜欢……"

"啊!"鱼鱼惨叫,苦着脸,"兮兮你太狠心了!人家不要……"

"她爱他。"

鱼鱼蓦地瞪大眼睛,差点掀翻茶杯,好不容易摇摇欲坠的杯子,她才拽着桌沿问道:"兮兮,啊不,密大……小驴会不会成为男主?"

"不会。"

"为什么啊?他虽然没男主有钱,没有男主温柔,但是他也是很用心的啊!女主既然喜欢他,为什么不能让他做男主?"鱼鱼暴走,她的小驴啊!可怜的小驴啊!

因为,他是我的男主。姚蜜言再抿了口茶,没有再接下话去,任由鱼鱼怎么威逼利诱,也不再说这个问题。

鱼鱼撒娇了好久,始终不见她松口,撇着嘴赌气喝茶。

"好了好了,兮兮,我不问了!你真坏!"鱼鱼含泪指控,却忽然发现某女心不在焉地盯着音乐的来源方向。微微皱了皱眉,鱼鱼默默地收了收桌上的书和笔,道:"兮兮,你……和他出问题了?"

"嗯?"姚蜜言愕然回头,见她一副"我又说对了"的模样,扯了扯嘴角,"有这么明显吗?"

"如果不是你一直分心听这歌,我还真的看不出来。"

姚蜜言继续喝了一口茶，眼眸微闭，"鱼鱼，如果一个男人一直很迁就你，有一天，你触动了他的底线，他还会回来吗？"

　　这是鱼鱼自认识她以来，听她说得最多字的一句话。但这回鱼鱼却没有跳起来兴奋，明亮的大眼睛里微微变了变颜色，消失在一片清明之中，"会的，只要你肯。"

　　会的，只要你肯。

　　"不用等你开口先说我爱你，在那之前想对你说我愿意……"

　　歌声，如是道。

第十八章 不想你离开

姚蜜言在床上捂着冰冷的被子，对着那屏幕上的男人喃喃自语："你会回来的吧？"紧紧握住手机的指关节越发的苍白。

终究，他还是没有回来。尽管小小的卧室里，还遗留着他的物品，残留着他的味道，但是却越来越淡，淡到姚蜜言已经忘了，该怎样才能继续面对手机上的那一男一女、游戏上的那两个小人儿。

于是，她干脆像蜗牛一样，整天窝在被子里。

不想吃东西，也不想动。累了，就睡觉；醒了，就对着手机发呆；饿了，就喝点水……

直到某个半夜醒来，听见外面巨大的狂呼声，紧接着，是无数烟花迸发的声音。已经颓废了好几天的女人，终于爬了起来，一步一颤地扶墙走到阳台。

漫天的烟花像是天庭洒下的祝福，所有的居民楼里灯光通透。无数的人笑着闹着。

过年了……

他说："女人，跟我回家过吧！"

他说："女人，留你一个人，我不放心。"

他说："女人，你不去，我就出来跟你过？"

她的手不自觉地抓住栏杆,失去了应有的知觉。笨蛋,你现在放心吗……

仰望着天,姚蜜言长长地呼了一口气,清冷的身子悄悄侧转,正待回房,却在转身的那一刹那被楼下的树荫小道里一簇一闪一闪的火光吸引了。

定睛望去,那斜倚在车门上狠狠抽烟的身影顿时让她大脑一片空白……

S城靠海,冬天的风夹杂着寒冰,刮得人脸上像被锋利的刀子一刀一刀割过的疼。卢雨寒低头对着自己的影子狠狠抽了几口烟,这才抬头望向12楼那熟悉的位置。不知道什么时候,灯光已经将整间屋子装点得灯火辉煌。

这女人,不是半夜起来吃东西的吧?

某人再狠狠吸了口烟,任凭缭绕的烟雾在寒风里飘散而去。现在是大年初一……

新的一年,该有新的气象才是。卢雨寒掐灭剩下的烟头,扔进不远处的垃圾桶,裹紧了一下羽绒服,转身——披头散发的女人,挂着薄薄的睡衣和拖鞋,定定地望着他。

地上清冷地反射着天上五颜六色的烟花火光,一闪一闪中,两张平静的脸互相对望着。

卢雨寒身侧的拳头不自觉地握紧,心里翻滚着,他恨不得立刻就踏过去,将她拥在怀里,狠狠地打她一顿屁股。

这女人穿那么少,就不怕感冒?好歹也披件外套再出来啊!

好多天没见了吧!一个星期?两个星期?一个月?还是一年?

一日不见,如隔三秋。

看她一眼,再多看她一眼。

"我就是来看一眼。"

干涩的男声在风里被吹得凌乱,传进她的耳里,只剩下了一抹叹息。姚蜜言就那样望着,不动,也不回话。

卢雨寒的拳头握得更紧，指甲深深地陷进手心，"上去吧！外边风大，我……"深深地看了她一眼，他抿抿薄唇，"该走了……"

男人说完，身体僵硬地转向另一方的车门。他不敢回头，他怕自己会忍不住，想要拥抱她，想要亲吻她，想要……爱她。

就在他打开车门的一刹那，背部被狠狠地冲击，一双冰冷的手环扣在他的腰间。

"女人……"男人身体僵硬，剧烈的心跳已经抵挡不住负荷。她……这算是道歉吗？

女人仍然没有说话，只是将手臂收得更紧了一些。

两人的身体紧紧地贴接在一起。她的脸在他的背上摩挲，嘴角不经意地勾起一抹微笑。

"笨蛋……"良久，清冷的声线悠悠地传来。

卢雨寒抿了抿唇。

"笨蛋，我饿了。"

卢雨寒狂躁的心忽然被浇了一盆冷水。这女人……

"笨蛋……我冷。"女人很严肃地陈述道。

见他还没反应，女人又摩挲了一阵，道："笨蛋，我好痛。"

男人一震，扣着她的手，转过身来，"哪儿疼？"

"脚！"她顿了顿，望进他深幽的眸子，"还有心……"

还没等她说完，巨大的力道忽然将她箍进怀里。女人被勒得生疼，但是什么也没说，双手环上他的背。心底升起的满足感淹没了她，嘴角的笑意也越来越明显。

"以后，不准你离家出走。"

高大的身子僵了僵，"嗯……"声音如小羊般的柔顺，带着浓浓的甜腻。

"笨蛋……"小脸又往里蹭了蹭，语意里含着笑意，"回家做饭去，我五天没吃饭了……"

"你！"男人蓦地推开她，横鼻子竖眼地冲她吼，"你自己的身体你不知道好好照顾啊！"

"你不在，我吃不下……"女人委屈地瘪着嘴，手臂一紧，又将自己裹进他的怀抱。

可是下一秒，身体被整个腾空。抱着她的男人，大踏步朝门内行去。

女人吊在他的脖子上笑得灿烂无比。男人身体紧绷，脸色铁青地说："死女人，以后不吃饭我抽你。"

"好。"女人依旧笑着。眼角，却悄悄地滑落一颗晶莹剔透的泪珠，飘落在路旁的灌木丛里，消失得无影无踪。

"也不准穿这么少出来晃！"

"好。"

"还不准赶我走……"

"好。"

"不准不信我……"

"好。"

男人将女人抱回家，上上下下地打量她一阵，看她已经面色苍白气若游丝的模样，打也舍不得打，骂也舍不得骂，只得无奈地进厨房忙活。

姚蜜言不知道什么时候爬过来靠着门沿，看着他忙碌。

"我妈……当年就是看上我爸的钱，才嫁去的台湾。"

卢雨寒淘米的手忽然一顿，想起自己曾经说过的话，忽然想抽自己。没事干嘛说这句话，不是自找苦吃吗？

"为了嫁我爸，我妈连大学都没读完，不顾家人的反对离家出走了。到了台湾才知道，我爸其实只是在靠银行的借款过日子，我爸的父母早就不在了……"她看着他的目光，渐渐地开始涣散，"妈妈觉得，嫁了他，就该好好地跟他生活。后来她生了我哥哥姐姐和我……为了贴补家用，我妈只好去找工作。她学历不高，又人生地不熟，被老板压榨，身体慢慢地垮了……"

卢雨寒静静地将电饭煲插进插座，开始煮饭。

"那段时间，虽然艰苦，但是全家人在一起很开心。直到我4岁那年，全家染上流感。爸爸的信用额度全部花光，银行不肯再贷款。家里没有钱去看医生，我妈就找了点药给大家吃，正好到我这儿的时候，那药没了……"她忽然停顿了一下，厨房里只剩下菜刀一刀一刀切在砧板上的声音。

"后来才知道，那药过了期。我爸爸、哥哥姐姐因为没有得到及时的治疗，全去了……我妈就带我回到C城。"

后面的话，不言而喻。妈妈跟父母翻脸，家里所有人都觉得她做得不对。一回家就受尽了责骂，妈妈知道是自己错，只求她的家人能够看在血缘关系的份儿上，收留她们。

当年，她张着纯净的眼，看着亲人一个一个地死去。后来，对着妈妈家里人恨铁不成钢的气愤，满心都是伤痛。

再后来，妈妈也终于去了。

舅妈是个极厉害的女人，她不喜欢妈妈，也不喜欢她，所以小蜜言交由外公外婆抚养。可是外公外婆也不喜欢她的爸爸，年幼的小蜜言只得把所有的话往肚子里吞。

"妈妈的死给外公外婆打击很大，他们的身体也渐渐不行了。那时候我还小，他们没有精力管我，但不敢让我出去，所以我只能被关在书房里，懵懵懂懂的从小看那些我外公的书。"

妈妈家是书香门第，很小的时候，妈妈就开始教她认字。小孩子认字不多，但是一个人被锁在书房没事做，就干脆一个一个地翻字典，直到把那些字认全为止。

那是一段很孤独的时光，她看透了书里所有的人情世故，再加上亲人的变故，使得她生性淡漠，不爱与人交往。

卢雨寒将土豆一个一个洗干净，然后切成丝，在她的淡述中，有好几次差点砍到自己的手。

后来，她上学了。舅舅因为工作的关系，举家迁徙。外公外婆便带着小蜜言在C城生活，两个老人碍于她父母的原因，对她不怎么亲热，但是该提供的也都提供给了她，就这样一直到了她上大学。

"大二那年，外公接到一封来自台湾的通知，是当地银行的……说是我爸爸欠了银行好几百万，需要他们偿还。"姚蜜言闭了闭眼，深深地吸了一口气。

"外公外婆清贫，为了供我读书，已经花费了很多，根本不可能偿还得起。二老被这通知气得吐血，不到几天便双双去世。我舅舅安葬二老后，给我来信，说是外公外婆已经去世，他也无法承担那笔债务，希望我好自为之。"

"所以，毕宗漠这个时候出头，为你还清债务，同你签订了那份不平等的合同？"卢雨寒终于知道事情的始末，也终于猜到了那份合约的来历。

"是的。"所以，她需要感谢他，"其实，当时他提供的这份合约对我是再好不过。现在找工作困难，以我的性格并不适合与人交往。他不光是替我解决了当时的债务，还为我提供了一份工作，至于工资，他也没有克扣……"

可是，他却知道你日后的前途不可限量。

卢雨寒倒了油，将土豆丝放进去，激起一片油花和阵阵的声响。毕宗漠，毕宗漠……

"该说的也就这么多了。"女人微微叹气，收了神色，盯了他一会儿，才慢慢地走过去，双手环上他的腰，脸贴在他背上，"是我不对，没有早告诉你。"

卢雨寒将锅铲放下，回身将她抱在怀里，下巴搁在她的头顶上。清幽的发香味钻进他的鼻子，让他的心沉甸甸的。

"女人，谢谢你。"

谢谢你现在可以对我说这些，谢谢你能够将我留下来，谢谢你让我有机会好好地爱你。

"我只是不想在你面前哭，所以才让你出去，并不是要赶你

走。"女人轻柔地解释道。

卢雨寒愣了,恨不得又想抽自己一耳光,真是个笨蛋!

"女人,我错了,以后再也不胡思乱想了。"

"我想你,我怕你会离开……"声音悠悠地传来,将他纠缠住。

她这么多年都一个人过,没有父母,没有亲人,只有他了。如果连他都离开了,她该怎么办?早在不知不觉间,她的生活,已经离不开他。

"对不起,以后再也不会了,好不好?"卢雨寒狠狠地将她揉进怀里,狠狠地亲吻上她的薄发。他爱上她,何其有幸。

"可是,女人,你跟毕宗漠……"

怀里的人静静的,不知道是不是不爱提起这个话题。卢雨寒抱紧了她,手臂僵硬地不敢乱动半分。

"菜糊了……"隔了很久,清冷的声音才闷闷地从他怀里传出来。

卢某人慌乱地垂了垂眸子,回过神来,然后慌乱地转过身去,拿起锅铲胡乱挥了两下。

身后的脚步声,慢慢地往外走,眼看脚步声就要消失在门口,卢雨寒轻轻地叹了一口气。

不期然,熟悉的声音飘来:"你为什么一直对他耿耿于怀?"

某人抿了抿唇,思考一秒钟,然后很理直气壮地看她:"我吃醋!"

姚蜜言斜倚在门口,脸从门口探出来,满是无奈,"你先做完饭吧。"女人被他吓跑了。

卢雨寒立刻干劲十足的将剩下的菜炒好,喊女人吃饭。

菜桌上,某人不停地给姚蜜言夹菜夹菜,已经堆成了小山。

姚蜜言夹了一口土豆丝,嘴里满是糊味,暗地好笑,"真难吃。"

"喂!"卢雨寒不干了,自己半夜三更地给她做饭,容易吗,

"不带你这样的啊！不就是糊了一点点，一点点，而已……"声音在她眼睛一眨不眨盯着他的状况下，越来越小。

"你比他重要。"终于在他瘪着嘴低下脑袋时，她蹦出了这么一句话。

"啊？"某人还没反应过来。

"你说过不会胡思乱想的。"某女继续一脸平静地吃饭。

"但是……"

"或许，你可以解释一下高学姐那次和我们的偶遇，还有我们第一次见面时你对我做的事。"

"……"很好。

谁说大神不记仇的？记性好的大神全都搁这儿好好等你呢！卢某人悲催地抓了抓头发，想解释点什么，但又不知道从什么地方解释起。

"你可以不说。"姚蜜言无谓地耸肩，淡淡地瞟他一眼。

"我……"卢雨寒现在是茶壶里煮饺子，肚子里一堆的话，可就是挤不出来。抓了半天头发后，他才小心翼翼地看她的表情："那个……女人，我，我，我真不是……你要相信我……"

"我相信你。"女人面色不变地重复他的话，像是在安抚他。

可是她越这样，某人就越发胆寒。

那个JOJO不是说他家女人不在乎吗？扯淡！人家明明是闷在心里头，自个儿玩呢！

说好听点，她这叫淡定，说不好听点，她这叫闷骚！

"女人，别……你还是别说话了，我说还不成吗？"悲催的小卢同学想要套别人的话，结果掉进了别人的陷阱。

"其实，我是被卢展天那小子给坑的。刚毕业那年，他说要给我介绍工作，结果带我进了一家夜总会。那天晚上我被他和他的一群朋友给灌醉了，然后就跟Lily和JOJO……那时候糊涂，觉得他们的日子过得很潇洒，所以也就无所事事了两年。每天呢，白天睡觉晚上活动，跟那伙人一起花天酒地，干了很多放纵的事……"

正说着,某女习惯性地将菜里的肉末剔出来放到一边,卢雨寒立刻不顾自己正在忏悔这个阶段,低吼道:"不准挑食,本来就瘦了,还敢挑食!"

姚蜜言抬头看他,微蹙眉头,将那肉末还是混着米饭吃了下去。

"然后……前年,卢展天的家人催他结婚。我大伯因为生气,就直接在夜店堵到他,骂了他一顿。那时我才知道,卢展天在学生时代其实是有一个女朋友的,只是后来,那女孩的父母嫌他太老实,阻断了两人的交往……"说到这儿,卢雨寒继续叹气。

某女扒饭的手轻颤了一下,望向他的眸子闪了又闪,而后继续埋头吃饭。

卢家的这两兄弟,还真是相似得不像话呀!

"当时我有些害怕,就是怕有一天,我真的遇到一个像卢展天那样死也忘不了的女孩,会因为我的荒唐而拒绝我……"卢雨寒很是老实地交代自己的心理问题,"遇到你那天,其实开始只是想逗逗你,后来,我错了嘛……女人,是你魅力太大了我实在忍不住嘛……"

"那你后来又怎么忍住了?"姚蜜言忍不住翻了个白眼。

"后来……后来……后来是因为,因为,因为……我爱你。"吞吞吐吐很久,某人第一次清醒地将这三个字说了出来。

姚蜜言一口饭堵在喉咙,吞也不是,吐也不是。

"好了,女人,我保证,以后再也不去混了……一定!"卢雨寒的脸渐渐地升起了两朵红晕,撇开头想掩饰掉自己因为说那三个字的尴尬,结果越说越起劲,到后来干脆要发誓。

"哦。"女人很给面子地应了一声,饭碗一放,"我吃饱了。"

"才吃了一碗,不行,再吃点。"卢雨寒皱眉。看她那单薄的身子,越看越不爽,这么瘦,以后生孩子怎么办啊!悲催的小卢啊,您想得真远!

"晚上吃太多对胃不好。"某女无视他的阻拦,直接将桌上的东西收拾起来。

"那……你不生气了吧？"

"生气？"女人端着碗，半侧过身子来，疑惑地道，"我没有生气啊！"

某人郁闷了："那你还问JOJO和……"

"喔，就是好奇。"说罢，女人进了厨房。再出来，看他还在桌子边发呆，微微皱眉，"去洗澡，早上早点回去……"

"嘿，你跟我回去呀？"男人回过神来，嘻嘻地贴着她弯下的身子。

"我不去了，初一忌讳多。"姚蜜言继续收拾盘子，抹桌子，然后摆脱他的纠缠钻进厨房洗碗。

"你说陪我回去过年的，你也没去。不行，早上跟我回去！"

"在我们那里，初一只能是亲人才能给大人拜年……"姚蜜言无奈地道。

卢雨寒抓了抓脑袋，琢磨了好久，忽然一拍后脑勺。灵光乍现的某人钻进厨房，正好某女洗碗完毕要出门，却被他挡了个实在。

"嘻嘻……女人，我们结婚吧！"

半晌，姚蜜言对着他的眼，没有作声。

某人抿不住嘴角的笑意，女人，与其让我们都害怕，不如干脆套死吧！如果他们结婚的话，她就能光明正大地去自己家了啊！

好久，姚蜜言才扒拉开他，背着他该干吗干吗去了，"我记得你上次不是双开结过吗？还是，你又去点了离婚？"

"不是，我不是说的游戏……"卢某人急匆匆地跟着姚蜜言冲进卧室。

女人将他的衣物捡出来递给他："去洗澡吧！"

卢雨寒不依地将她连人带衣服一起抱进怀里："不要，你不答应我就不去洗澡。"

姚蜜言长长地吐了一口气："现在还不行。"

"为什么？"

"去洗澡吧！明天回家，记得代我向伯父伯母问声好。"姚蜜言低敛着眉，将衣物往他怀里一塞，急急地退了开去。

卢雨寒微怔，看她倔强地孤立在那里，心里又渐渐地抹不开心疼。他轻轻叹了口气，再转身时却勾了个笑脸，"女人，去床上等我喔！"

"……"身后的女人瞪着他的背影半晌无语。

次日，男人终是依了她，单独早早地离开。

如果父母知道他是因为她，连家都不回，到时候肯定会对她颇有微辞。所以，尽管满心的不舍，男人还是在她额头上轻轻印上一记，狠心地走了。

就在他关门的那一刹那，清冷的眸子张开。

起床，消瘦的背影慢慢地踱到阳台上，看着熟悉的车牌号码离去。

清冷的眉眼，放空在浩瀚里，发了一会儿呆，却忽地在嘴角绽放了一朵绝美的雪莲花。

他向自己求婚了，不是吗？

手指互相搅动着，直到寒风袭来，她才裹了裹睡袍，慢慢地踱回卧室。开机，打开QQ，鼠标毫不迟疑地点上柳树的头像。

人生0322：让毕宗漠过来找我。

等姚蜜言回过神来，才摇头苦笑。自己真是傻了，人家初一哪有时间会有时间上线？就算上线也找不着毕宗漠啊！

这个被某人求婚弄得不淡定的女人，对着安静的QQ发了一会儿呆，然后做了件更不淡定的事。她居然一个一个打开被屏蔽的QQ群，然后一个一个打了"新年快乐"发了出去。她自己是没有感觉到这项工程有多巨大了，但是她忘记了现在的电脑里面有"复制"这一功能吗？

再去看时，各个群里已经闹翻了天。她自从被柳树编辑拖进群两年后，就一直没有吭过声，所有粉丝大多以为密大的这个QQ是字丰弄出来忽悠人的,可谁知,她今天居然说话了。

一时间,所有的群成员截图的截图,围观的围观,可惜某女早就关了电脑,又窝去床上睡觉去了。这一睡,又是两天。

两天后,姚蜜言忽然觉得不对。为什么那家伙没有回来看看她,为什么他没有打电话给她报个平安?

恋爱中的女人是盲目的,我们的姚大神也不例外,她想了很久后,才发现日子只过了两天而已。于是,吃吃饭,上上网,她继续等吧!

这一等,就是十天。

姚蜜言终于知道,确实是发生了点什么事了。他是发生了车祸出了事不能来?还是改变了想法不想跟她再在一起了?

女人想不透,怎么都想不到结果。可是无论怎样看,这时候的姚蜜言仍然是极平静的。她照常吃菜的时候皱眉吃肉,照常上游戏挂机看那小人笑脸盈盈,照常天黑就睡觉。唯一不平静的是,她没有再码字,即使WORD从早上8点打开到晚上10点,她都写不出一个字。

卢雨寒失踪的第十五天,某女决定自己去找答案。

其实两个人的其他接触都少得可怜,姚蜜言只得去到字丰,但公司没有开始上班。在大街上晃荡很久,姚蜜言想起他的手机,于是冲回家,把手机上存的号码从头到尾一个一个翻了个遍。

"哈喽!小寒啊!你终于拿回你的手机啦?"终于找到卢展天的号码,对面传来很轻快的声音。

"是我。"姚蜜言道。

"啊……哈……"卢展天由于太过惊讶,声调由惊讶硬生生被他转成了高兴。

"我想问一下,卢雨寒去了哪里?"

"啊?他不是要去找你的吗?"

"找过,然后走了。半个月没有消息。"姚蜜言很平淡地陈述着,仿佛在说与自己没有任何关系的事情而已。

"那不对呀！看他要死要活的模样，没可能半个月不理你啊！"卢展天也疑惑道，突然他一拍脑袋，"他不是出……"

姚蜜言呼吸一滞。

"美人儿，你别着急，别着急。我这乌鸦嘴，你别放心上。这样，我给他老子打个电话问。你等等啊！"

"好。"

挂断电话的手指关节，使劲攥着手机，清冷的唇抿得死紧。

"喂！美人儿，听说是小姨临时把他召唤到奥地利去了。据说小姨出了大事！那小子是来不及跟你说才走的，你千万不要担心。婶婶跟我说啦！等他回来好好骂骂他，还让你没事去他家玩呢！"

"好，谢谢。"姚蜜言提着的心这才放下，只要他人没事，那就好说了。

等卢展天的电话一挂，马上又进来一个电话。

"你好。"

"小蜜啊！我是卢阿姨。刚刚小天打电话来我才知道，小寒临走的时候没跟你打招呼……小蜜啊，我替小寒给你道歉啦！他小姨十万火急地把他召到国外去了，当时来不及联系你。他又找不到手机，还以为……"

"没事，我怕他出事，才打电话问问。"

"嘿，小蜜啊！我听小寒说了，他跟你求婚啦？你们两个什么时候才能定下来啊？你看，我跟你卢伯伯等了好久啦！对了，小蜜啊，你有空就来陪陪我这老婆子呗！那什么规矩啊咱不稀罕，你也别放心上，我们巴不得你早点过来呢！"

"我……"好不容易趁卢妈妈喘气的当口插了一个字，可还没说完，马上又被卢妈妈给截了。

"哎呀！小蜜啊！你好像还没喊我呀？"

"呃，伯母……"姚蜜言那个郁闷啊。卢妈妈您好歹给你未来儿媳妇个插话的地儿啊？

"什么啊！这么还叫伯母？不行不行，换个！"卢妈妈非常不满。

"啊？"姚蜜言眨巴眨巴了眼。她不是傻子，自然明白卢妈妈在说什么，但是，现在真的合适吗？

"叫呀！我等着呢！"

"那个，妈……"终于，某女牙一咬，眼睛一闭，久违了二十年的称呼再度出口。

"哎！"那头的卢妈妈笑眯了眼，"小蜜真乖。好啦！妈现在要去跟邻居他们打麻将，小蜜记得一定要找空回来陪陪我哦！"

"嗯！"姚蜜言擦了擦冷汗，忙不迭地答应。

热情而又豪爽的卢妈妈简直就是她的克星啊！一挂机，姚蜜言趴在床上半天没力气动弹，但是心底上升的满足感却淹没了她。她有妈妈了……以后，她还会有个家，有爸爸，有妈妈还有一个，他……

等着他的日子，漫长而又无奈。好在，她知道他没有危险，倒也安心。

时间过着，除了偶尔看看手机上乱七八糟的广告和游戏世界上乱哄哄的吵架外，姚蜜言仍然很正常地吃啊睡，睡啊吃。

当然，有时候那个鱼鱼还会冷不丁地打个电话来骚扰她一下。特别是知道她因为卢雨寒离开没有心思码文的时候，差点就杀到她家来跟她拼命。

不过好在，密大人保证准时按时更新，那丫头才稍微冷静，不过，催更的电话从此每天一道，绝不落下。

"我保证今天有更，好了没？"姚蜜言没有等她开口，便立刻截下话头。

谁知这回鱼鱼倒没有说这个更新的事，只是沉默了一两秒，便道："密大，我好像看到你男人了……"

拿着手机的手颤抖了一下，姚蜜言清冷的眼微微缩了缩瞳眸，平静地道："在哪？"

"S城海城酒店509号包厢。"

S城海城酒店509号包厢内。

某人一身黑,对面的人则一身白。

两个男人对视很久,终于,身着黑色西装的俊逸男子微微一笑,将之前营造出来的严肃气氛一下子打破:"毕总裁,好久不见。"

"卢总编……喔,错了,卢董,好久不见。"白色西装的温和男子勾起唇,与卢雨寒截然不同的温柔笑容融化了包厢里的寒冰。

"在字丰,多亏了毕总裁的照顾。"卢雨寒微笑着,端着酒杯微微抬起。

毕宗漠也微笑着与他遥相碰杯,仰头喝下:"好说。"两个面带笑容的男人,都在心里维护着自己想要维护的东西。

"今天约白总裁过来,是有件事情想要跟你商量。"

"喔?"毕宗漠微微抬眉,明知故问。

卢雨寒也不懊恼,眼睫毛扫过眼下的阴影,"辞去女频总编一职的时候,我就说过原因。"

"你说,你要去做一件你不知道能不能做到的事。现在看来,你已经能够确定了。"毕宗漠仍然笑着,微微点头。

"是的。"卢雨寒也点头承认,"我想,我现在应该有这个资格站在我的对手面前说这句话。"

"你一直都有资格。"不知道为什么,毕宗漠的笑里忽然带上了苍凉,"你一直都比我有资格。"

卢雨寒愣了愣,随即低下头狠狠地偷笑了一下,然后收拢笑容抬头:"不管怎么说,我还是希望自己能达到毕总裁的要求。"

"达不达到都无所谓了吧。"毕宗漠苦笑着摇头,顺势喝下一口酒,"你知道,即使你不来找我,她也会来……"

"她……"卢雨寒听到他提起她,有一点慌神,但立刻又恢复过来,"我觉得,两个男人对话会比较好一点。"

"我不觉得。"这回,不是毕宗漠在说话,而是门口的那个清冷女人。

两个男人都站起身来,终是黑色身影奔了过去,将那个女人紧紧地抱在怀里。

"女人,有没有想我?"

"……"女人无奈地翻了个白眼。

"女人……"卢雨寒不依地跺脚,之前的稳重已经被鸭子叨到了外太空。

"好啦!我想你。"姚蜜言无奈地拍拍他的腰部,示意他放开,"我有些事要跟他谈,你出去等我一会儿。"

卢雨寒瘪着嘴,像鱼嘴巴呼哧呼哧地一张一合,但没有说出声来。

"去吧!解决完我们回家。"姚蜜言半歪着头,替他紧了紧已经歪了的领带,再拍拍他的肩膀,一副哄小孩的模样。

"那……我等你哦!"男人依依不舍地一步三回头地往门口挪去,一直挪到门口,仍然没有看到姚蜜言让他留下来的意思,只好撇了撇嘴,出门了。

姚蜜言回过头,白色人影坐在桌边,手里晃动着酒杯,双目无神地望着前方。

她抿了抿唇,走过去在卢雨寒坐过的位置上坐下。

"他很爱你吧?"她才坐定,毕宗漠放下酒杯,朝她微微一笑。

"也许吧!"姚蜜言淡淡地道,"我今天来,是想和你解除那份合约。"

"喔?"毕宗漠眉目未动,只是轻轻挑起了尾音。

两个人对望着,没有探究,没有憎恨,没有喜悦。

"那份合约没有劳动合同期限,本身就是无效合同,我只是来通知你一声。这几年多亏了你的照顾,把该结清的账目算给我,余款我会在近日内打给你。"姚蜜言的语气仍旧淡淡的,说着好像并不是自己的

273

事情。

毕宗漠挑了挑眉,嘴角仍然带着笑意:"你早就知道这份合约只是给你看的,那么这两年一直没有提出异议,是因为什么?"

"合约对我有利。"

"很好,那你现在为什么又要解约?"

姚蜜言清冷的眸子闪动,沉默半晌才道:"他会误会。"

"误会我跟你吗?"温柔的手指轻轻地在酒杯上摩挲,他的声音仿佛是从极遥远的地方传来。

姚蜜言不置可否地望着他,任他沉吟。

也不过就是一转眼的时间,温和的男子忽然深深一笑,如迎面拂来的春风,扫去室内所有的寒冰,"小蜜,恭喜你。"

"谢谢。"

"我忘了通知你,给你的生日礼物里,就有那份你想拿回去的合约……"轻柔的声音却像平地而起的炸雷,震得清冷的女子失神地望着他。他再度笑开:"小蜜,你还没有拆开你的生日礼物吧?"

清冷的眸子闪了两闪,随即低头,嘴角上扬,仍是这两个字:"谢谢。"

"不客气。"

"我该走了,再见。"轻不可闻的叹口气,姚蜜言起身离开。

温柔的目光跟随着她,待她的手触到门把,他忽然出了声:"小蜜,其实当年我很讨厌你。"

消瘦的背影微微一颤,没有动,等待他的下文。

"你太完美,让我忍不住想毁了你。所以,你的笔记本是我拿走的……你的文章是我故意发在社报上的……"

门轻轻地被打开,清冷的身影消失在那束温和的目光里。

卢某人正斜倚着墙壁,对着通道口发呆,听得声响,回头与她的目光相遇,顿时扬起一个灿烂的笑脸连同手脚一起缠了上去:"女人……"

"嗯?"

"有没有生气?"高大的身子在她身上蹭啊蹭啊……

"没有。"

"那你不问问我去干吗了?"

"你去干吗了?"

某人忽然顿住,这女人,还真是提一下动一下。"小姨找到她老情人了,但是那男的为了救她受了重伤,所以小姨把我召唤过去替她处理一点事情……"

"哦。"怀里的女人轻轻应了下,眉目恍惚。

卢某人这才觉得不对劲,摇了摇她,抢回她的注意力,不满地道:"女人,想什么呢?"

女人眨巴眨巴眼睛,看了他一会儿,才继续向通道口行去,"大一那年,我进了文学社。"

卢雨寒愣了愣,赶紧跟上她的步子,"跟毕宗漠有关?"

"我大一,他大二,据说他很有才气,虽然为人温和,但不知什么原因一直没有进入文学社,是当时文学社成员的遗憾。所以后来他当着所有成员的面,告诉大家说他是冲我进的文学社后,所有人都把我们打上了郎才女貌的标签……"姚蜜言微微皱眉,慢慢地叙述道。

这是她人生中的第一次动情,动得并不突然,或许只是众人喧闹的结果,可是当时,她也以为自己是真的很幸运,或者说,幸福。

旁边的卢某人使劲皱鼻子哼气,哼,有什么了不起的!不就是会写两句诗嘛!

"他待人一向温和有礼,对我也一样。"

可是心存异念的女孩,总会以为对方那温柔的一举一动都是特别的,对自己如此的特别。在心里排斥和渴望的矛盾下,她只好仍然淡漠地看着他对她的好,还有成员们对他们的调侃,以及他的暗恋者们对她的中伤——苗采就是其中的一个。

跟所有白雪公主灰姑娘的故事一样,苗采拥有着反派角色里典型

的尖酸刻薄和趾高气扬。

她看见姚蜜言便会昂着头,鼻孔朝天地哼上一哼,转而踢踏着高跟鞋离去。

每到那个时候,姚蜜言的心里都是暗自甜蜜着的。苗采越这样,就越代表着毕宗漠与她姚蜜言的关系越明显。只可惜,当事人毕宗漠却总是对闲言微微一笑,转身离开。

"我大二的时候,他毫无疑问地坐上了社长的位子。社团接到通知,说是有很重要的考察团要来学校考察,他便把撰写社团出演剧本的任务交给了我。"

卢雨寒听得使劲皱眉:"那个剧本,在你上次拿回来的笔记本上?"

清冷的手在他的手心微微抽了抽,但没有抽回。"是的。3月22号那天,我在社团收尾的时候苗采出现了,她说门卫有人找我,还说帮我把东西交给毕宗漠。没等我同意,那个笔记本就被她抢走了,我追不上,只得去门卫处……"

"她骗了你?"

"没有,找我的人,是要告诉我外公外婆去世的消息……"那个时候,苗采没有骗她。

可是不知道为什么,她却觉得以苗采的为人一定有事骗了她。

所以,她固执地以为毕宗漠说他没有收到她的稿件是真的。

所以,她固执地以为她笔记本里的那些涂鸦被登上社报是苗采匿名。

所以,她固执地以为她去找苗采对质是正确的。

清冷的她,不若苗采的泼辣霸道,却也字字铿锵将苗采挤对得无话可说。更何况,她以为自己没有错,只是,这样的行为引来了毕宗漠和学校领导,引来了她的一场无妄之灾。

苗采家境优渥非一般人可比,而她却是已经负债367万的贫贱之人。

在这个时候，毕宗漠出面，答应为她解决债务和学校的一切问题。条件有三，一是向苗采道歉；二是签订那份不平等的合约；三是必须单身。

"为什么必须要单身？"卢雨寒怎么想也想不明白。

"因为那个时候，我喜欢他。"他不想让她接近，却也不想让她离开。

毕宗漠的心思她猜不透，就如她的心思，毕宗漠也猜不透一样。

"那你现在不喜欢他了吧？"卢雨寒撇着嘴，眼泪汪汪地望着某女。

清冷的人儿偏头看他，忽然微微一笑，"如果还喜欢他的话，那么我就不用来这一趟了……"她感激他，所以知道即使被压榨也不吭一声。可是，他却一直都不需要她的感激。

"嘿嘿，女人，还是你厉害，这么快就搞定了！"

姚蜜言扯了扯嘴角："他早就把合约还给我了，只是我不知道而已。"

"他还是喜欢你……"某人又开始吃无名飞醋。

姚蜜言再笑，思绪却回到她离开包厢之前，那个温和的男人，用温柔的声音，说着那一段话："我很讨厌你……"

这个"温和"的学长，折断了她原本就所剩不多的羽翼，将她禁锢在字丰。如若不是自己当年做编辑时捧起的新人正好是柳树的死党，她姚蜜言又怎么可能在她亲爱的学长眼皮子底下被柳树包装成为人人仰望的"大神"？

她想要的，不过是那一点点的关怀和温暖而已，却不是那些被夸大和污染了的名头。

通道口越来越近，出口处的光线，与里面的昏暗形成鲜明的对比。走出去，就是另一个世界。姚蜜言抬起苍白的手，将眼遮了遮。

"女人……"

"嗯？"

"他的意思是不是承认你现在不是单身了?"卢某人的脸,笑得奸诈。

姚蜜言不解地望向他。

"嘿嘿,女人,以后,我就是你的人了喔!你要好好对我喔!"

"……"

"对了,我这身行头是跟小姨借的,还得还回去。女人,以后我没工作没地方睡了,你会一直收留我不?"

某女对天翻白眼。

"还有还有,我已经接了老爸的工厂……"卢雨寒摇晃着她的袖子,不让她沉默下去。

姚蜜言蹭了蹭脸颊。工厂?就是卢展天口中那个"长辈们都想毁掉的破烂"?

"我爸是说,那些老员工们就靠着那点工资养家,所以不想扔了……"卢雨寒似乎看出她在想什么,将她搂进怀里悠悠地道,"女人,你嫁了我,会过苦日子,你怕不怕?"

"谁说要嫁你了?"怀里的女人忽然出声,打断他的煽情。

男人果然急了,拽住女人,堵在通道口跳脚,"之前求婚你都答应了的!"

"你有求婚吗?"清冷的女人半歪着头,很认真地看他,眼里的戏谑一闪而过。

"怎么没有!"男人继续跳脚,忽然好看的眼瞪了几瞪。一拍后脑勺,哎哟!原来自家媳妇是这个意思啊!自己真是笨!

"我知道了,女人,你等等,等等!"说着,某人已经快速地跑了开去。

大厅里一派辉煌,水晶琉璃吊灯和璀璨夺目的雕饰以及周边和中央的喷泉假山,光滑锃亮的大理石地板在众人脚下光鲜地招摇着。

姚蜜言摇了摇头,往前走几步,忽然黑色的身影又跑了回来,一膝跪地一膝半曲,以极标准的求婚姿势举着一把红彤彤的花。

"小蜜,嫁给我吧!"连气都还没喘够,男人的声音洪亮地穿透了大厅。

几乎是一瞬间,所有人的目光都瞟了过来,看热闹的人也渐渐地围拢过来。

卢雨寒嘻嘻地往周围一望,很好,自己预期的效果达到了。鲜花,下跪,这可都足够了吧?戒指嘛!回去再买。

"我爱你!我保证,以后你让我往东,我绝不往西;你让我做饭,我绝不洗衣;你让我打怪,我绝不休息……女人,嫁给我嘛!好不好?"说着说着,男人的嘴又开始瘪起来,大有她不答应就哭给她看的架势。

眼看周围的人群越来越多,女人无语地望了望天花板,素手一伸,将他从地上拉起来,"知道了!"

求婚成功,周围一片掌声。即使是路人,也是渴望幸福的。

男人傻笑,随即向周围道谢:"谢谢各位的祝福!大家要为我作证,我卢雨寒今天向姚蜜言求婚,她可是答应了的噢!如果她以后赖账,大家可要为我主持公道。"

姚蜜言再翻白眼道:"拜托你,有拿鸡冠花求婚的吗?"

原来手上这一坨叫鸡冠花啊!卢雨寒对着那红红的鸡冠花俨然,随之,一向厚厚的脸皮也变得跟鸡冠花一样红了。

众人一番感慨完毕,正待散开,人群外挤进来一保安模样的大叔。

"小伙子,你求婚是好事,但是我们酒店的花可不能乱采啊!现在请你去我们保安部协商一下赔偿事宜……"

这回,轮到姚蜜言对着那红红的鸡冠花发呆了。

待两人从保安处交了罚金出来,卢某人捧着那一堆鸡冠花傻笑。

"还笑,快走啦!"姚蜜言觉得自己这辈子的脸都在今天丢得差不多了。

悲催的小卢同学,这才在某女的主动拉扯下,磨蹭地往外滑去。

走着走着,他忽然就想起来一事儿,"过几天小姨要结婚了,一起去吧!"

"不去。"

"去嘛去嘛!"

"不去。"

"一定要去啊!"

当然,在卢某人的纠缠大法下,姚蜜言自然是无论如何也推脱不掉的。

到底,是她克制了他,还是他克制了她?没有人知道。

番外　另一个故事

阳光灿烂的茶室内，娇俏的女孩摊着那本已经卷得起了毛边的书，慢慢地啜着手上的苦茶。

不多久，清脆的风铃声响了起来。门外进来了一个人。

"表姐来啦！坐。"女孩头也没抬，抿了一口茶，下巴向对面的空位上点了点。

"遥遥，你这店真难找。"来人精致的脸上带了一点疲惫，但却笑容满面。

大约是走得匆忙，稍微起伏的胸脯让她不得不停下来灌了一大口茶进嘴，却在感受到味道时瞪大了眼睛，当着店主的面她又不敢吐，只好硬生生地吞下去。

顾遥遥轻轻一笑，这才抬眼："爹地说了，又不指望我赚钱。"

"姑父就是惯你！"女人很不满地再抿一口，好在，这回没敢大口吞下，只是小小地啜了一小口。

顾遥遥也不气恼，将面前的书轻轻一合，"怎样了？跟你的小天哥……"

"去你个小丫头片子，敢取笑我，也不想想我是为了谁……"

"好嘛好嘛！就算是为了我，那也是为了你自己呀！"顾遥遥继

续笑道。

"就那样啦！我那学妹跟卢雨寒啊，现在是如胶似漆……噢，不对，是卢雨寒像狗皮膏药黏着人家。不过说起来，他以前不是这样的人啊！怎么在姚学妹面前就跟换了一个人似的？"已经褪去了浓厚的妆容的高阳漾，有着让大家很熟悉的名字——JOJO。

"这也是她看中他的原因吧！"顾遥遥慵懒地晃了晃脖子，全然没有了在她的偶像"密大"面前的咋呼和热情，取而代之的是让高阳漾一直钦佩的稳重和泰然。

"我就搞不懂，你干吗没事就撮合他们两个，现在还得打听他们的状况。"高阳漾很不解，就像她一直不解，自家的表妹为什么在人前都是一副活泼可爱惹人喜欢的样子，背后却是这样的冷静自若，万事胸有成竹。

顾遥遥优雅地再抿一口苦茶："如果不能让姚蜜言彻底消失，断了他的念想，总是我的威胁。"

"你是说……"高阳漾瞪大了眼，不可置信地说，"小毕？"见表妹不吭声，她又掂量掂量，才道，"怎么可能？小毕真的喜欢姚蜜言？"

"不止是喜欢。"顾遥遥微微一笑，却没有任何的不满。

"那你……"你怎么办？你在他的心里，又算什么？

"宗漠……他以为自己很讨厌姚蜜言。"所以，他以为自己爱着她顾遥遥。

高阳漾忽然想起表妹让她转告给卢雨寒的话：后来曾经见过小毕，那模样跟你现在差不多，也是一提起学妹就蹦起老高。

顾遥遥的目光回落在书页的封面上，破碎的蓝色星球，破碎的不只是"她"的世界，还有"她"曾经的爱情。

姚蜜言不会知道，她喜欢着学长的同时，温和学长却对着汹涌而来的感情不知所措。一向自律能力过人的他，害怕自己的失控，只得将感情归结为憎恨。

他憎恨她的才华，憎恨她的清冷，憎恨她的淡然。毁了她是他的梦想，却在她真的绝望时，他抛出了那唯一的橄榄枝。

时过境迁，他忘了那个自己曾经想要毁掉的人，也或许是他想要忘记。

顾遥遥看着他疼痛，看着他为难，却不能提醒他。因为她爱他。即使摧毁所有的一切，她顾遥遥必须要得到毕宗漠。

作者见面会只是一个开头。原本，单纯可爱的鱼鱼只是要去近距离见一见自己的情敌，却不料将两个素不相识的人撮合在了一起。

不得不承认，后面的发展出乎了她的意料。卢雨寒追查狐兮兮没有结果，让她起了好奇心。

原来，狐兮兮也是姚蜜言。

顾遥遥对着结果发怔，她的情敌到底在做什么？如果不是知晓狐兮兮签约的身份证刚好是她的一个同学，而那个同学，刚好和柳树是亲戚，她怎么也不会想到，姚蜜言竟然在字丰有着这样的写手身份。

再度追查下去，顾遥遥才知道了密与毕宗漠的合约。姚蜜言想还债，即使她表面上清冷无双，但实际上，她有着毕宗漠都无法比拟的傲然，她的自尊建立在她所有的才情之上。

姚蜜言与毕宗漠，注定错过。他们都太骄傲，以至于忽视了周围的芒刺。只有懂得迁让的人，才能够将他们保护得滴水不漏。于是，姚蜜言有了卢雨寒，毕宗漠有了顾遥遥。

"如果小毕知道你把他们的合约擅自还给我那学妹，他会不会生气？"高阳漾有些担心地问道。

那一天，那个清冷的女人，也是在这张桌子上，也是在对面问她："如果一个男人一直很迁就你，有一天，你触动了他的底线，他还会回来吗？"

"会的，只要你肯。"

顾遥遥记得，自己是这样回答她的，也是这样回答自己的。

"他早就知道了。"

"不会吧？"高阳漾惊讶地道。

门口的风铃再次响起。

高阳漾眨巴眨巴眼睛回过头去，对着缓缓走过来如天神般的温和白衣男子发呆。

对面的顾遥遥微微一笑，在男子温和的眼中，施施然站起，伸出手道："你来了。"

大手抓住她的小手，温柔的声音流转在苦茶厅内："我来了。"

这，将又是另一个故事。

——全文完——